KB202189

죽도록
책만 읽는

이권우 李權雨

1963년 충남 서산에서 태어났다. 경희대 국문과를 졸업했고, 서평전문잡지 〈출판저널〉 편집장을 끝으로 직장생활을 마감했다. 책만 읽고 싶어 도서평론가라는 직함을 만들어 다양한 활동을 펼쳤다. 그 동안 『책읽기의 달인, 호모 부커스』, 『책과 더불어 배우며 살아가다』, 『각주와 이크의 책읽기』, 『어느 게으름뱅이의 책읽기』를 펴냈다. 함께 쓴 책으로는 『9인 9색 청소년에게 말걸기』, 『영화관에서 글쓰기』 등속이 있다. 현재, 안양대학교 교양학부 강의교수로 새로운 세대에게 읽기와 쓰기를 가르치고 있다.

죽도록 책만 읽는

2009년 5월 15일 제1판 1쇄 인쇄
2010년 7월 10일 제1판 4쇄 발행

지은이│ 이권우
펴낸이│ 전명희
펴낸곳│ 연암서가

등록 │ 2007년 10월 8일(제396-2007-00107호)
주소 │ 경기도 고양시 일산동구 장항동 591-15 2층
전화 │ 031-907-3010
팩스 │ 031-932-8785
이메일 │ yeonamseoga@naver.com
ISBN 978-89-960434-7-8 03800

값 12,000원

죽도록
책만 읽는

이권우 지음

연암서가

네 번째 서평집을 내며 제목을 어떻게 정할까 고민하다 퍼뜩 떠오른 생각이 있었습니다. '죽도록 책만 읽어온 바보'가 그것이었죠. 암만 생각해도 저 자신을 이르는 말로 이만한 것이 없다 싶었습니다. 당연히, 방점은 '바보'에 찍혀 있습니다. 강을 건넜으면 의당 뗏목을 버려야 하는 법입니다. 그런데도 저는 책에 대한 미련을 버리지 못하였으니, 강을 건너고 나서도 머리에 뗏목을 이고 달리는 사람과 다를 바 없다 싶었습니다. 그러니 바보라 할 수밖에요.

제목을 떠올리고는 혼자 좋아하다 다른 생각이 들었습니다. 책 제목이 너무 자세하면 흥미 없으니, '읽어온 바보'라는 말을 빼면 어떨까 싶었습니다. '죽도로 책만 읽는.' 처음에는 너무 무거운 듯 싶어 좋다는 생각이 들지 않았습니다. 다른 분들에게 저를 너무 자랑하는 듯한 느낌도 들어 주저하였습니다. 그런데 곱씹어 보니, 달리 보면 이 구절이 상당히 풍자적인데다 해학적이더군요. 죽도록 책만 읽은 내 꼴을 보니, 참 한심하다는 푸념이 될 수도 있겠다 싶었습니다. 죽도록 책만 읽어왔는데, 아직도 답을 찾지 못하고 헤매는 꼴은 무엇인가 싶었습니다. 그리고 이런 질문도 떠올랐습니다.

정말, 죽도록 책만 읽었는가?

그래서 냉큼 마음을 굳혔습니다. 이번 서평집 제목은 '죽도록 책만 읽는'으로 하자고. 목소리 높여 스스로 칭찬하기 위해서가 아니라, 자신을 조롱하고 더 깊이 성찰하자는 뜻에서 말입니다. 그리고서 원고들을 다시 보니, 느낌이 달랐습니다. 한 권의 책을 읽으며 얼마나 치열한 정신으로 마주섰는지, 지은이의 문제의식을 오늘의 우리 삶과 관련시키려 얼마나 노력했는지, 다른 누구를 위해서가 아니라 나 자신의 변화와 성장을 위해 얼마나 진지했는지 되돌아보게 되었습니다.

책 낼 때마다 확인하는 바이지만, 이번에도 민망하고 부끄러웠고 죄스러웠습니다. 그래, 죽도록 읽어왔는데 이 정도 밖에 안되는가, 하는 생각이 들었으니, 결국 죽도록 읽어오지 않았구나 하는 자책감이 밀려올 밖에요. 자랑할 것은 사라지고 반성할 것만 수두룩해졌습니다. 지난 삶을 정리한 제목이 아니라 앞날의 제 삶을 규정한 제목이라는 생각이 들었습니다. 이제, 정말, 죽도록 읽어야 한다는 결심을 굳히게 되었습니다.

도서평론가라 나부대며 설레발친 지도 십년 가까이 되었습니다. 길이 있어 걸었던 것은 아닙니다. 좋아하는 일이라 걸었을 뿐입니다. 앞을 볼 적마다 닫힌 문이 가로막고 있었는데도 걸었습니다. 열려 있어 걸은 것은 아닙니다. 걸어가니, 열렸습니다. 안 열리면 돌아서 걸어갔습니다. 한참 가고 나면 문은 또 열렸습니다. 참으로, 가고 나니 길이 생긴다는 말이 무슨 뜻인지 알게 되었습니다. 그렇다고 혼자 세운 공이라 여기지는 않습니다. 홀로 뚜벅뚜벅 걷는 모습을 귀하게 여겨 문을 열어주신 분들을 기억합니다. 제가 용하게 버티면서 함께 책 읽는 공동체를 만들려고 애쓸 수 있었던 힘이 여기에 있습니다. 감사하다는 말, 거듭해서 드립니다.

전문가연하면서도 전문성이 부족한 글들을 모아 세상에 내놓습니다. 비판도 달게 받으며 더 발전하는 계기로 삼겠습니다. 어차피, 제 삶은 비록 '서서히'라는 부사가 필요하나 한 발짝씩 나아가고 있습니다. 이 서평집이 책을 죽도록 사랑하는 모든 분에게 격려가 되었으면 하는 바람을 담아놓습니다.

2009년 5월
이권우

2 | 참 사람의 향기에 취하다

3 | 인문의 바다에서 헤엄치다

4 | 무엇이 세상을 변화시키는가

5 | 생명의 아름다움을 이야기하다

6 | 열정과 냉정 사이

7 | 희망을 읽고 쓰다

1

문학의 숲을
거닐다

젊은 날의 우울한 초상
김애란의 『침이 고인다』

기억하는가. 젊은 날, 입안 가득 침이 고였던 경험을. 꿈꾸어왔던 것이 눈앞에 펼쳐졌다. 얼마나 간절히 희구하던 것이던가. 지금 당장 내 것으로 만들어버리고 싶었다. 그러나, 아직은 아니다. 어려서, 준비가 안돼서였다. 그렇다고 절망했던 것은 아니다. 곧 품에 안을 수 있으니까. 잠시 유보해 둘 뿐. 그순간 당혹스러워진다. 의식하지 못한 사이 침이 고여서다. 욕심냈다는 것을 남들이 눈치챌까봐 조심스럽다. 뱉어낼 수는 없는 법. 얼굴에 홍조를 띠며 살짝 소리나지 않게 삼켰다. 정말, 젊은 날의 아름다운 추억이다. 김애란의 소설들을 읽다보면, 오늘의 청년들도 고인다는 것을 안다. 그 침이? 그랬으면 얼마나 좋을까.

만두가게 하는 엄마가 피아노를 사주었다. 밀가루 풀풀 날리는 곳에서 피아노를 쳤다. 나이 들어 시큰둥해져 더 이상 치지 않았다. 그래도 피아노는 상징이었다. 교양 있는 딸로 만들겠다는 엄마의 자존심, 엄마보다 나은 여자가 되고 싶다는 욕심 따위가 피아노에 새겨져 있었다. 하지만 피아노는 이제 애물단지가 되었다. 차압 들어오기 전 값나가는 것 빼돌리자고 해놓고 보니 피아노밖에 없었다. 이 피아노를 서울의 반지하자취방으로 옮겨야 했다. 비가 쏟아지더니 그예 일이 터졌다. 물이 넘쳐 방으로 쏟아져 들어왔다. 퍼내도 소용없었다. 무릎까지 찰 정도가 되었을 때 피아노가 눈에 들어왔다. 뚜껑을 열고 건반을 누른다. 상상해보라, 그 방에 가득 찬 것이 설움 말고 무엇이었겠는가.(「도도한 생활」)

갈곳 없는 후배하고 함께 살기로 했다. 그랬더니 갑자기 껌을 내민다. 사연이 있었다. 어릴 적 엄마가 도서관 휴게실에 앉혀둔 뒤 잠깐 기다리라 했단다. 책 빌려 올 텐데, 심심하면 씹으라고 껌 한 통을 손에 쥐어주었다. 기다리다가 껌을 씹었다. 그때 "입 속 가득 그윽한 침이 고여 자꾸 입맛을 다셨"다. 다섯 번째 껌종이를 벗겨내고서야 엄마가 자기를 버렸다는 사실을 깨달았다. 후배는 말했다. "떠나고, 떠나가며 가슴이 뻐근하게 메었던, 참혹한 시간들을 떠올려 볼 때면 말이에요…. 지금도 입에 침이 고여요." 보라, 거기에 탐식가의 미각을 만족시키는 침이 고이는 것이 아니잖은가. 너무 일찍 상처입은 젊은이의 가슴에 쌓이는 설움과 원망이 있을 뿐이다.(「침이 고인다」)

사내가 혼자 자취할 적 이야기다. 연인이 생겨 그 방에서 몸을 섞었다. 화끈 달아올라야 하는데, 영 분위기가 따라주지 않았다. 동네 아이들 떠드는 소리, 채소 트럭에서 터져나오는 확성기 소리, 심지어 하수도 공사하는 소리마저 들려왔다. 그래도 사랑의 힘은 위대했다. 한창 '진도' 나가다 갑자기 사랑한다는 말을 하고 싶었다. 힘주어 말했다, 사랑해! 그녀가 대꾸하려 할 때 창밖을 지나는 아이들 무리에서 험한 말이 들려왔다. "씹탱아! 그게 아니잖아! 저 새낀 항상 저래." 그때 사내는 생각했다. "아 그 새낀 항상 그러는구나"라고, "진짜 나쁜 새끼네"라고. 이제 설움을 넘어 절망마저 가득 쌓인다.(「성탄특선」)

되돌아 본다. 우리 젊은 시절도 이토록 우울했던가를. 정치적으로는 탈출구가 없었다. 그러나 삶에 대해서는 낙관하고 있었다. 얼음장 밑을 흐르는 물과 같았다. 생동감과 목표의식이 있었다.

그러나, 김애란의 단편집 『침이 고인다』(문학과지성사, 2007)를 읽고 있노라면, 오늘의 젊은이들에게는 희망도, 낙관도, 전망도 없어 보인다. 번듯한 직장을 잡은 주인공은 없다. 학원강사를 하거나 아르바이트를 하거나 공무원 시험을 준비한다. 집도 없다. 고시촌에, 독서실에, 반지하에 산다. 오죽하면 이들을 가리켜 '88만원 세대'라 하겠는가. 그러면, 어찌 해야 하는가.

「칼자국」이라는 작품에서 실마리를 찾을 수 있을 듯하다. 칼국수집을 꾸려가며 가족을 먹여살리던 어머니가 돌아가셨다. 어머니, 하면 칼이 떠오른다. 늘 반죽 썰고, 김치 썰고 했으니. 한밤중 주방에 들어가자 도마 위에 칼이 놓여 있었다. 그때 주인공은 참을 수 없는 식욕을 느낀다. 시렁 위에 있는 사과를 깎는다. "사과는 내 손에서 둥글게 자전하며 자신의 우주를 보여주고 있었다. 싱그러운 향기가 났다. 입안에 침이 고였다."

앞세대의 희생과 양보 없이 다음 세대의 성장을 바랄 수는 없다. 더 이상 젊은 날의 초상이 김애란이 그린 군상들처럼 우울해서는 안 된다. 길을 열어주자. 아마도 앞세대가 자신의 몫을 줄이

기 위해 애쓰면 숨통이 트이리라. 그리만 한다면, 그들의 입안은
희망에 자극받은 싱그러운 침으로 가득 하리라.

직장인의 애환 담은 추리소설
이케이도 준의 『은행원 니시키 씨의 행방』

　은행 영업시간이 끝나 뒷수습하느라 번잡할 적에 갑자기 "대리님, 돈이 부족한데요"라는 소리가 터져나오면 어떤 일이 벌어질까. 그야말로 벌집 쑤신 꼴. 『은행원 니시키 씨의 행방』(이케이도 준, 민경욱 옮김, 미디어 2.0, 2007)에는 그 장면이 잘 그려져 있다. 당연히 다시 돈을 계산해본다. 고객을 상대하는 행원들이 가지고 있는 현금관리용 박스에서 돈도 다시 세어본다. 그 다음에는 출금전표를 확인한다. 거래 기업에 전화해 초과지불되지 않았나 확인해야 한다. 그래도 해결되지 않으면? 쓰레기통이다. 은행에서 나오는 쓰레기는 만약을 대비해 일주일쯤 보관하도록 되어 있는 모양이다.

　이쯤해서 문제가 해결되어야지 안 그러면 일이 정말 커진다. 본격적으로 정밀조사에 들어갈 수밖에 없다. 손이 많이 가는 CD기 정산을 한다. 그리고 나서 은행 안을 샅샅이 뒤지고, 개인사물을 확인한다. 소설에 보면, 100만 엔이 빈다는 사실을 발견한 것이 오후 3시반이었는데, 밤 10시가 넘었다. 이렇게 되면 서로 의심할 수밖에 없는 듯싶다. 대리가 직원들의 사물을 검사하고, 2인 1조가 되어 사물함을 뒤진다. 현금사고는 은행에서 중대한 업무과실이라, 이른바 인사고과에 큰 영향을 미친다고 한다. 그러니, 이런 소동을 한바탕 치를 수밖에!

이 소설은 도쿄제일은행 나가하라 지점에서 벌어지는 일을 현실감 높게 그리고 있다. 직장생활하는 사람이라면 대체로 동의할 애환을 잘 담고 있는 것이다. 학벌 콤플렉스를 안고 승진하고 싶어하는 부지점장, 명문대 출신이라는 것만 믿고 선배 우습게 아는 후배, 외국계은행으로 자리를 옮기려는 사원, 옛 연인의 애인에게 복수하는 여사원, 가족들 먹여살리느라 자신을 가꾸지도 못하는 청순가련한 여사원, 천신만고 끝에 목표를 달성해 승진하는 사람 등속이 등장인물로 나온다. 이 정도만 해도 흥미롭고 관심을 끌 만한데, 이 작품의 주제는 다른 데 있다. 현금분실사건의 진짜 범인을 찾던 니시키가 갑자기 행방불명된 것이다.

작가는 능수능란하다. 얕은 산이지만 계곡이 제법 깊은 곳이 있다. 마치 그런 산 같은 작품이다. 실마리인 줄 알고 답을 예측하지만, 다음에는 다른 이야기가 펼쳐진다. 두뇌게임을 하자고 유혹하는 것이다. 그렇다고 겁먹지는 말 것. 어디까지나 소품이니까 말이다. 같은 지점에 다키노라는 행원이 있었다. 이 사람이 한 부동산 업자와 대출비리에 얽히게 된다. 이 사실을 기획하고, 들통나지 않게 하는 과정이 펼쳐지면서 니시키가 연루된다. 이 정도면 실타래는 다 풀린 격이다. 그러나 그래서야 어디 추리소설이라 할 수 있겠는가. 작품 후반부에 니시키에 관련된 새로운 정보가 밝혀진다. 이 자리에서 다 밝히면, 나중에 흥미가 반감될 터. 살해된 것일까, 행방불명된 것일까, 잠적한 것일까라는 궁금증을 품고 읽으면 된다.

꼭 큰 반전만 있어야 재미있는 추리소설이 되는 것은 아니다. 작은 반전들이 잠복했다 출현해도 흥미는 배가된다. 이 소설은 그런 잔재미가 있다. 그 가운데 하나가 지점장과 감사가 벌이는 대결이다. 나중을 위해 그날의 실수를 눈감아주고 오늘 그 대가를 지불하라 압박한다. 둘 다 도박을 벌였던 셈이다. 결코 좋게 말할 수 없는 대목이지만, 비정한 직장생활에서는 얼마든지 일어날 수 있는 일이다. 그러니 꼭 추리소설로만 읽을 필요는 없다. 꽉 조인 조직생활에 염증을 느끼는 사람이라면, 그 조직의 허를 찌르고 세상에서 사라지는 꿈을 꿔본 적이 있으리라. 바로 그런 사람들을 위한 소설이라 생각하면 딱 맞다.

오늘의 사마천은 누구인가?

커윈후이의 『소설 사마천』

사마천을 둘러싼 이야기들을 읽다보면 뚜렷한 논쟁점이 떠오른다. 궁형이라는 가혹한 형벌을 받고도 살아남아 역사서를 남긴 것은 가치 있는 일일까 하는 것이 그 첫 번째다. 사마천이 이릉을 변호한 것도 고민거리를 안긴다. 신하된 자가 군주에게 참된 것을 말하고자 할 때 올바른 방법은 무엇일까. 이릉에 얽힌 이야기도 토론거리다. 전멸의 위기상황에서 자결하는 것이 옳은 것인가, 수치를 참으며 다음을 기약하는 것이 바람직한 것일까. 운명을 건 선택의 갈림길에 놓인 자들이 겪은 고뇌는 읽는 이들에게 곱씹어 생각해볼 것들을 던져준다.

개인적으로 『사기』 가운데 열전을 흥미롭게 읽었는데, 그 무엇보다 백이 · 숙제편에서 사마천이 내뱉은 말이 오랫동안 기억에 남았다. 백이와 숙제처럼 덕을 쌓고 행실이 고결한 사람이 굶어 죽었다. 공자의 수제자인 안연은 궁핍하여 지게미나 쌀겨조차 배불리 먹지 못하다 요절하고 말았다. 이에 반해 도척은 잔인한 짓을 도맡아 하며 세상을 어지럽혔으나 천수를 누리고 죽었다. 이런 예는 얼마든지 들 수 있으니, 사마천은 도전적인 질문을 던진다. "정말, 하늘의 뜻이란 사사로움이 없고 착한 이들의 편인가?"라고. 사마천의 정직한 현실인식을 발견하게 되는 대목이다.

커원후이의 『소설 사마천』(김윤집 옮김, 서해문집, 2007)은 새로운 관점을 제공한다. 권력과 역사가의 긴장 관계가 그것이다. 작가는 무제를 일러 영민한 군주와 폭군의 모습을 동시에 지니고 있다 평가한다. 영민하다 보니, "그대는 오직 최선을 다해 가장 좋은 사서를 완성하라. 그대의 명성은 천추에 길이 빛날 것이고, 짐의 명성도 그대 덕분에 길이 빛날 것이다. 짐과 그대가 한마음이 되어 역사에 길이 남을 전대미문의 본보기를 남기는 것이 어떤가"라고 말할 줄 안다. 폭군이다 보니, 사마천에게 궁형이라는 형벌을 내리는 데다, "사마천의 글이 훌륭한 까닭은 짐이 그를 학대했기 때문"이라고 천연덕스럽게 말할 수 있다.

이런 긴장관계는 무제에게 마키아벨리적 고독을 강제한다. 문장 잘 쓰는 이가 필요하나 그에게 중책을 맡기면 나라가 혼란에 빠진다. 관료로서 탁월한 이들 가운데 글 잘 쓰는 사람을 찾아볼 수 없다. 그러니, "사마천을 중용하고 사마천을 죽이는 것, 모두 영원히 벌을 받을 행위"라 말하게 된다. 권력의 변덕에 명줄을 맡길 수밖에 없는 사마천에게는 그래서 처신이 중요하다. 아버지 사마담이 이를 강조했으니, 아무리 사관이 "죽통 위에 붓을 든 작은 황제"라 해도 자신의 재능을 뽐내면 안 되는 법이다. 외려, "황제에게 사관의 존재를 잊도록 한 후 조용히 글을 써야만 믿을 만한 역사를 남길 수 있을 뿐만 아니라 화를 피할 수" 있다.

오늘의 사관은 누구일까 생각해보면, 언론이겠구나 싶어진다. 나날이 일어나는 일을 기록하는 데다 그것의 가치를 평가하고, 앞날에 대한 전망을 내놓으니 말이다. 그렇다면, 정작 오늘의 사관들은 권력과 관계를 어떻게 맺고 있는지도 살펴보게 된다. 더욱이 이제는 권력이 정치에서 경제로 그 무게중심을 옮겼으니, 이 새로운 군주와 어떤 긴장관계를 펼치고 있는지 궁금해지기도 한다. 함부로 말할 바는 아니나, 사마천 같은 이는 점점 찾아보기 어려운 듯싶다. 지금 이곳에 하늘의 뜻이 과연 올바른 이들의 편에 있느냐고 울부짖는 사람이 몇이나 있는가?

꿈꿀 권리를 옹호하다

정한아의 『달의 바다』

세상에는 두 파派가 있다. 진보파와 보수파? 아니다. 그러면 민주당파와 한나라당파? 그것도 아니다. 한쪽은 "환상과 꿈, 아름다움, 비극, 무지개에 대한 믿음을" 품고 있고, 다른 한쪽은 "저금과 등산, 단골손님, 소갈비, 독감예방주사에 대한 믿음을" 안고 있다. 당신은 어느 파인가. 아마도 한때는 '환상'파였지만 어느덧 '저금'파가 되었을 터다. 그렇다면 세상은 어느 파를 손들어주는가. 당연히, '저금'파다. 오로지 돈과 건강만을 추구하는 삶이란, 기실 얼마나 속물적인가. 그럼에도 세상을 손아귀에 넣고 쥐락펴락 하는 것은 이들이다.

정한아의 『달의 바다』(문학동네, 2007)는, 꿈꾸는 이들이 현실주의자들에게 멸시와 모욕을 당하면서도 살아갈 수 있는 근거가 어디에 있는지 보여준다. 왜 있지 않은가, 다 읽고 책장을 덮을 때 지친 어깨를 토닥여주는 손길을 느끼는 듯한 분위기, 바로 그 기분을 만끽할 수 있는 소설이다. 이야기는 이렇다. 신문사 시험에서 번번이 낙방한 은미에게 할머니가 미국에 다녀오라 한다. 오랫동안 소식 끊겼던 고모를 찾아가보라는 것이다. 전도가 양양했던 여성과학자였다, 고모는. 그런데 미혼모가 되었고, 재미교포와 결혼해 미국으로 갔고, 이혼하고 아이를 한국으로 보냈다.

그러고는 소식이 끊겼다.

할머니는 그 동안 고모와 연락이 있었다. 일방적이긴 하지만 편지가 왔던 것이다. 더 놀라운 것은, 고모가 미국에서 우주비행사가 되었는데, 극비로 추진하는 사업에 참여하다 보니 가족에 알리지 말라 했단다. 근데 왜 갑자기 미국에 가보라는 것일까. 곧 달에 가는데, 이번에는 아예 그곳에 정착할 예정이라 소식이 끊어질 수 있는 모양이다. 아직은 지구와 달을 오가는 집배원이 없으니 말이다.

고모집에서 이것저것 살피다보니, 정말 다 있었다. 케네디 우주빌딩의 열쇠, 출입증, 자격증. 신났다. 고모와 함께 그곳으로 갔다. 조금 이상하긴 했다. 생각한 것과 달리 출입절차가 까다롭지 않았다. 고모가 보통 높은 사람이 아닌 모양이다. 드디어 고모가 일하는 장소에 도착했다. 하나, 그곳에는 "어떤 비밀문도 눈에 띄지 않았고, 사무실이나 연구소로 보이는 방도 없었다." 샌드위치와 기념품 따위를 파는 "우주 간이역이라는 이름을 붙인 판매대였다".

고모가 아들을 친정으로 보낸 다음, 할머니는 빛을 잃었다. 그 딸이 있었기에 모든 것을 참아낼 수 있었다. 그 딸과 함께했기에 삶의 보람이 있었다. 더 이상 딸을 자랑삼을 수 없게 되니, 할머니의 얼굴에서 웃음이 사라졌다. 편지가 오면서부터는 상황이 반전되었더랬다. 비록 비밀에 붙여야 했지만, 아무도 모르게 할머니에게서는 "다른 사람들과 다르게 보이도록 했던, 붕붕 떠오르는 에너지, 빛깔 같은 것"이 흘렀을 터다. 은미가 물었다, 고모에게. "왜 할머니한테 가짜 편지를 쓴 거야?" 고모가 빙긋 웃으며 대답했다. "즐거움을 위해서. 만약에 우리가 원치 않는 인생을 살아갈 수밖에 없는 거라면, 그런 작은 위안도 누리지 못할 이유는 없잖니."

지금이 어느 시대인가. '실용'이란 말로 "저금과 등산, 단골손님, 소갈비, 독감예방주사에 대한 믿음을" 맹렬하게 '전도'하고 있지 않은가. 그러하나, 세상을 살아가는 힘이 현실에만 있지는 않은 법이다. 그곳이 비록 허약하고 가짜 같고, 곧 바스러질 것 같으나 꿈과 희망이 없다면 우리는 결코 삶을 버티지 못한다. 정한아는 『달의 바다』에서 다시, 꿈의 효용성을 말하고 있다. 그 효용성이란 역설이니, 쓸모 없기에 쓸모 있는 것이지 않던가. 지친 영혼들이라면, 아래에 인용하는 할머니에게 보낸 마지막 편지에서 위안과 격려 받기를!

"엄마, 제가 있는 곳을 회색빛의 우울한 모래더미 어디쯤으로 떠올리진 말아주세요. 생각하면 엄마의 마음이 즐거운 곳으로, 아, 그래요, 다이아몬드처럼 반짝반짝 빛나는 달의 바닷가에 제가 있다고 생각하세요. 그렇게 마음을 정하고 밤하늘의 저 먼 데를 쳐다보면 아름답고 둥근 행성 한구석에서 엄마의 딸이 반짝, 하고 빛나는 것을 찾을 수 있을 거예요. 그때부터 진짜 이야기가 시작되는 거죠. 진짜 이야기는 긍정으로부터 시작된다고, 언제나 엄마가 말씀해주셨잖아요?"

방편 보듬는 대의를 꿈꾸며

김훈의 『남한산성』

『남한산성』(김훈, 학고재, 2007)은 딜레마에 관한 이야기다. 어느 쪽으로 발을 내딛더라도 낭떠러지이기는 매일반이다. 한 쪽은 대의다. "죽음을 받아들이는 힘으로 삶을 열어나가는 것"이니, 김상헌이 그곳에 우뚝 서 있다. 다른 쪽은 방편이다. "죽음은 견딜 수 없고 치욕은 견딜 수 있는 것"이라, 그곳에 최명길이 엎드려 있다. 눈물이 그득할 수밖에 없다.

이 긴장의 줄을 끊어버리는 보신의 자리에 김류가 있다. "싸움의 형식을 유지하면서 그 형식 속에서 버티는 힘을 소진시키고 소진의 과정 속에서 항전의 흔적을 지워가며 그날을 맞아야 할 것"을 고민했고, "돌을 써야 할 날이 온다면 돌을 쓸 필요가 없을 터이니 돌을 써야 할 날이 없어야 할 줄" 안다고 아뢰었다. 어디 그뿐인가. "몫을 줄이면 날짜가 늘어나고 날짜를 줄이면 몫이 커지는 것이온데, 끝날 날짜를 딱히 기약할 수 없으니 몫을 날짜에 맞추기도 어렵고 날짜를 몫에 맞추기도 어렵"다고 사뢰었다. 긴장은 무화되고 눈물은 증발한다.

왜 이 지경에 이르렀는가. 최명길은 말한다. "대의로 쏠려서 사세를 돌보지 않"아서라고. 어찌 오랑캐를 섬길 수 있겠는가. 소화로서 중화를 섬겨야 마땅하다고 여겼다. 그것이 화를 불러왔음에도 사세를 정확히 읽자는 이를 목베어야 한다는 소리가 높았다. 명의 멱살을 잠시 풀어놓고 조선으로 온 칸은 이해하지 못했다. "스스로 강자의 적이 되는 처연하고 강개한 자리에서 돌연 아무런 적대행위도 하지 않는 그 적막"을 말이다. 대의를 지킬 힘 없는 무리들에 대한 조소이기도 하다.

이 딜레마에서 벗어나려면 어찌 해야 하는가. 최명길이 닫힌 성문을 열고 길을 닦는다. 상헌은 우뚝하고 충직하니 충렬의 반열에 올려야 마땅하다. 그러나 자기의 뜻을 따라 달라고 임금에게 말했다. "세상이 모두 불타고 무너진 풀밭에도 아름다운 꽃은 피어날 터인데, 그 꽃은 반드시 상헌의 넋일 것"이나, 자신은 훗날을 기약하기 위해 만고의 역적이 되려 한다고 했다. 그리고 이렇게 덧붙였다. "전하, 신을 적진에 보내시더라도 상헌의 말을 아주 버리지는 마소서."

『남한산성』을 읽다보니, 어느덧 우리 문학이 부여잡은 화두가 '살아남기'인 듯싶다. 1990년대 일군의 여성작가들이 선동했다. 살아남으려면 바람이라도 피우라고. 아마도 종교는 죽음을 요구했으리라. 더럽혀지느니 지키는 것이 낫다고 여기니까. 이제 김훈은 우리를 충동질한다. "죽음은 견딜 수 없고 치욕은 견딜 수 있는 것"이며, "살기 위해서는 가지 못할 길이 없고, 적의 아가리 속에도 삶의 길은 있을 것"이라고. 아마도 이념이라면 죽음을 택하라 강요했을 듯하다. 그것이 정치적으로 순결하므로. 문학이 삶의 자리에 있는 것은 마땅하다. 그때 비로소 지치고 상처받은 영혼들이 위안과 격려를 얻을 터다. 하나, 삶의 자리가 "강한 자가 약한 자에게 못할 길이 없고, 약한 자 또한 살아남기 위하여 못할 짓이 없는 것"에 이를 때는 지극히 위험하다.

　김훈은 대의를 아우른 방편을 아름답다 했다. 나는 방편을 보듬는 대의를 꿈꾼다. 그것이 없다면, 치욕으로 버틸 삶의 의미마저 소멸될 터이므로.

껌 같은 또는 칡 같은 소설
오현종의 「본드걸 미미양의 모험」

　빨리 읽히는 소설이 있다. 나는 이를 일러 껌 같은 작품이라 한다. 입안이 '청량' 해지면, 자기 소임을 다했으므로 뱉어내도 되는 것이 껌이지 않은가. 단물 빠진 껌을 애써 씹어봐야 입만 아프다. 그야말로 후딱 읽어치울 수 있는 소설은 시간 때우기로 적합하다. 문학성을 들먹거려서는 안 된다. 배꼽 잡고 웃을 수 있으면 최고다. 그렇다고 이런 작품을 함부로 폄훼할 수 없다. 그 지루한 시간을 흥미롭게 보내게 했다면, 그 자체로 충분히 존재가치가 있으니 말이다.

　거듭 생각할수록 의미가 새로워지고 주제가 이해되는 소설이 있다. 나는 이를 일러 칡 같은 작품이라 한다. 처음에는 쓴물 나지만, 나중에는 예상치 못한 단맛이 난다. 저작을 오래 할수록 더 깊은 맛이 나니 입이 아프도록 '소유' 하고 있어야 한다. 인생의 참맛을 알 수 있고 세상의 오묘한 진리를 이해할 수 있다. 오락성과 흥미만을 찾는 세태 탓에 자꾸 밀리는 듯해 안타깝다. 그렇더라도 문학의 본령은 여기에 있다.

　가끔 이런 생각을 해본다. 빨리 읽히는데, 곱씹어 볼수록 깊이 있는 주제를 담은 소설은 없을까, 하고 말이다. 그러다 이런 생각이 얼마나 부질없는 짓인지 자탄한다. 누가 그런 소설을 쓰고 싶지 않겠는가, 누가 그런 소설을 펴내고 싶지 않겠는가. 그렇지만 읽는 사람의 욕심이란 끝이 없으니, 재미있으면서도 의미 있는 소설을 읽고 싶은 마음을 감출 수는 없는 법이다. 『본드걸 미미양의 모험』(오현종, 문학동네, 2007)은 내가 그토록 바라던 소설이라 할 수는 없다. 하지만 제법 희망사항에 가까운 소설이라고 할 수 있을 듯싶다. 빨리 읽히는데다 나름대로 진중한 주제의식을 담고 있어서다.

영화가 끝나자 소설이 시작된다. 이제는 지겨워 더 이상 볼 필요가 없는 007시리즈의 마지막 장면에서 소설이 시작되는 것이다. 뉴질랜드에 놀러간 미미양은 우연히 첩보원 007의 생명을 구한다. 본드걸이 된 것이다. 임무를 마쳤으니 밀애의 시간만 보내면 된다. 그런데 오현종이 그린 007은 지나치게 토속적이다. 한국 남자의 전형성을 보여준다는 뜻이다. "그가 밖에서 절대 놓지 않는 것이 권총이라면, 집에서 절대 놓지 않는 것은 텔레비전 리모컨이랍니다. 그가 만지기 좋아하는 것 두 가지— 리모컨과 젖꼭지." 반전은 또 준비되어 있다. 사랑의 임무가 끝나면 첩보원은 다시 현장에 돌아가야 한다. 당연히, 새로운 본드걸도 이때 탄생한다. 그런데 미미는 이 운명에 저항한다.

파리 날리는 도장 사범의 딸이며 텔레비전 퀴즈쇼 2관왕 출신이자, 21세기무협연구소 연구원 출신인 미미가 휴대폰에 대고 소리지른다. "한번 본드걸은 영원한 본드걸이에요. 사랑한다고 했잖아요. 어떻게 새 본드걸을 데려올 수 있어요?" 그러자 영원한 마초 007이 맞받아친다. "당신이 뭘 잘못 알고 있나 본데, 본드걸은 원래 1회용이야. 한번 사랑받고 퇴출당하는 운명이라고." 결심했다, 미미양은. 본드처럼 당당히 스파이가 되기로. 이쯤 해서 매듭이 하나 지어지고, 읽는 이는 고민하게 된다. 미미는 왜 스파이가 되려고 하는 것일까라고. 전문직 여성이 되어 사랑을 쟁취하기 위해서일까, 아니면 배신당한 마당에 보란 듯이 성공해 복수라도 하기 위해서일까. 아니면 실연 따위는 별로 문제되지 않고 오로지 개인적 성취를 위해서일까. 워낙 빠른 속도로 읽히다 보니, 미처 고민하지 않고 넘어가게 되는데, 반드시 곱씹어 놓아야 그 다음 이야기가 재미있어진다.

기상천외한 방법으로 M을 만나고, 마침내 당당히 스파이가 되는 과정은 생략하자. 덧붙여 실수투성이로 점철된 초보 스파이 행각도 빼자. 이제 007과 함께 작전하는, 살인번호 013으로 미미를 보자. 어차피 007은 토착화한 마당이라 하는 짓이 익숙하다. 잘난 척, 있는 척은 혼자 다 하는데, 정작 013이 없었으면 어쩌랴 싶은 대목이 즐비하다. 나름대로 첩보소설다운 복선도 깔려 있고, 그런 유의 책이나 영화에서 흔히 보아온 육박전이나 추격전도 나온다. 그런데 정말 놀라운 반전이 또 준비되어 있다.

말하자면, 아무리 국가인권위원회 같은 기관이 있더라도 스파이들의 심문마저 간섭할 수는 없는 노릇이다. 안가의 밀실에서 물고문하면서 진술을 받는다손 치더라도 그것을 알 수도 없는데다 뭐라고 할 수도 없다. 그런데 013은 달랐다(007이라면 앞의 방법을 애용했으리라). 적성국가의 정보수장이 애지중지 키운 미스 플라워. 007 살해를 위해 실력을 갈고 닦은 인간병기다. 이 스파이를 앞에 놓고 013은 자신이 살아온 이야기를 무려 일주일 동안 쉬지 않고 털어놓는다. 어찌나 수다를 떨었던지 "목이 잠겨서 마지막에는 기어들어가는 목소리를 냈지요. 그녀가 잘 들었든 말았든 나는 이 길고 긴 이야기를 끝마쳐야 했어요." 기분 나쁘다. 그 다음 장면이 어떻게 펼쳐질지 뻔하기 때문이다. 남성성에 '감자' 먹이고 여성성의 가치를 극대화하리라. 뻔한 007을 비틀어 소설을 쓰면서, 소설의 전개가 이렇게 뻔하면 되겠느냐고 푸념을 늘어놓으면서도 수용할 수밖에 없다. 그게 소설의 힘일 터. "그러면 이제 내가 이야기를 해야 할 차례인가요?" 플라워가 내뱉은 말이다.

다시, 소설은 첩보소설다워진다. 007 살해작전에 이중첩자가 있다. 이게 누군지 알아내는 신경전이 펼쳐진다. 과연 작가는 이 장면을 공들여 썼을까? 알 수 없지만 나는 심드렁하게 읽어나갔다. 마지막 반전을 위한 장치에 불과하다고 느낀 탓이다. 아니나 다를까. 이 소설의 끝은 이렇게 맺는다. 그것도 굵은 글씨체로. "난 본드 걸 미미, 013. 스파이야. 당신은 날 몰라."

책을 덮으면서 이 작품은 문학평론가보다 심리학자들이 분석하면 더 흥미로울 듯하다는 생각이 들었다. 남자심리를 '전문'으로 하는 정혜신이나 심리학과 영화를 아우르는 심영섭이나 미국에서 돌아온 이나미면 좋겠다 싶다. 그러다가 심심풀이로 책 뒤에 나와 있는 '해설'을 읽으면서 깜짝 놀랐다. 아니, 이렇게 글 잘 쓰는, 그리고 분석이 유연한 문학평론가가 다 있었나 싶었던 것이다. 인터넷을 뒤적여보니, 문단에서는 이미 소문이 자자한 인물이지 않은가. '제2의 김현'이라는 표현은 본인도 부정할 과장된 수사지만, 앞날이 기대되는 평론가임에는 틀림없어 보인다. 기분 좋은 일이다. 소설도 재미있게 읽고, 해설도 맛나게 읽고. 일반독자 처지에서 보자면, 껌처럼 읽어도 되는 소설(골치 아플 것 없다. 흥미 있으니까)이고, 이왕이면 칡처럼 읽어보면 더 좋은 소설(가벼워서 기대하지 않은 진중한 주제의식이 숨어 있으니까)이니 또한 기분 좋을 성싶다.

악몽에 나타난 악령

쑤퉁의 『쌀』과 한강의 『채식주의자』

1

읽는 내내 마음이 불편한 작품이 있다. 주인공이 악한일 경우가 그렇다. 차라리 작품 어느 부분에선가 죽어주었으면 좋겠는데, 대체로 그런 인물들은 질기게 살아남는다. 묘한 것은 불편한데도 읽기를 중단할 수 없다는 점이다. 그 일생이 어떤 종말을 맞이할지 궁금해서라도 내처 읽게 된다.

쑤퉁의 장편소설 『쌀』(김은신 옮김, 아고라, 2007)이 그러했다. 몇 번이나 책을 덮으려 하다가도 끝까지 다 읽게 되었다. 다 읽고 나서 남은 감흥이 감동적이면 괜찮은데, 어딘가 찜찜하다. 각별히 제 아비의 주검에서 금니를 뽑아내는 아들의 행각 때문에 영 개운치가 않다. 그런데도 『쌀』에는 묘한 여운이 남는다.

우롱은 고아다. 큰 가뭄이 들었을 적에 부모를 잃었다. 청년시절에는 홍수 탓에 고향을 떠나야만 했다. 석탄 운송열차를 몰래 타고 항구도시로 올라왔다. 이때부터 우롱의 간난신고가 시작된다. 열차에서 내리자마자 부두의 조폭들에게 모욕 당한다. 배에서 내린 쌀을 운송하는 사람들을 무조건 좇아가다 보니 쌀집 앞에 이르렀다. 비렁뱅이라 무시당했지만, 먹여주고 재워주는 조건으로 그곳에서 일하게 된다.

조폭 우두머리의 애인노릇을 하던 쌀집 큰딸이 임신하게 되자 우롱에게 혼인시켜 버린다. 사실은 함정이었다. 우롱을 죽이고 딸의 명예를 지키려 했던 농간이었다. 살아남은 대신, 한쪽 발에 총상을 입었다. 아이를 낳자 조폭 우두머리가 아내를 데려갔다. 장인마저 죽게 되니, 처제를 아내로 삼았다. 쌀가게를 지키려는 처제의 결단이었으나, 평소 우롱을 벌레 보듯 해온지라, 정상적인 부부생활을 기대하기는 어려웠다.

여기까지만 해도 지긋지긋하고 징그럽다. 사람이 꼭 이렇게까지 살아야 하나 싶다. 그러나, 우롱은 살아간다. 아니, 살아남는다. 어떤 악도 살아남기 위해서라면 저지를 수 있다. 악령에 씌운 사람, 바로 우롱이다. 불행은 우롱에서 그치지 않는다. 큰 아들이 제 여동생을 죽인다. 아이들 사이에 벌어진 오해 치고는 너무 끔찍한 결론이다. 이제 집안은 콩가루 그 자체다. 서로를 원망하고 세상을 저주하는 말로 가득 차 있다. 그런데도 우롱의 일은 잘 풀리니, 마침내 조폭 우두머리 자리까지 오른다.

무엇이 우롱의 삶을 지탱해주었을까. 그것은 아마도 복수와 증오심 때문이었으리라. 부두에서 폭력배들에게 당했던 치욕을 앙갚음하기 위해 우롱은 비열하게 살았는지도 모른다. 그러나 그렇기만 하다면, 이 작품은 왜소해진다. 그것만이 아니기에 이 작품을 끝까지 읽을 수 있었던 것이 아니겠는가. 또 하나는 바로 작품의 제목이기도 한 '쌀'에 대한 집념이다. 평소 우롱은 쌀이 가득 쌓인 곳간에 누워 있기를 즐겨했다. "쌀은 여자의 육체보다 훨씬 더 믿을 수 있고 진실된 것"이라 여기기도 했다.

그러니까 『쌀』을 잘 이해하려면 우롱의 쌀에 대한 집념을 정확하게 해석해야 한다. 모진 고문과 성병으로 목숨이 경각에 달렸을 때, 그는 고향에 땅을 사놓았음을 고백한다. 그리고 죽어가는 몸으로 화물칸 가득 쌀을 싣고 고향으로 간다. 굶주림에 대한 회환을 풀고, 쌀에 깃들어 있는 공동체적 삶에 대한 강한 희구가 느껴지는 대목이다. 오늘의 우리도 쌀을 얻으려고 경쟁한다. 그렇지만, 그 쌀이 어떤 것이어야 하는지는 고민하지 않는 듯하다. 참혹한 우롱의 몰골은 우리들의 일그러진 초상일 뿐이다.

2

『채식주의자』(한강, 창비, 2007)를 무슨 웰빙 서적인 줄 알고 읽기 시작했다면, 논란의 대상이 된 하드코어 영화를 보는 듯싶어 깜짝 놀라고 말 듯하다. 어둠 속에서도 빛나는 화려한 색채로 그려놓은 벽화 같은 느낌도 든다. 분명 악몽을 꾸고 난 듯한데, 그 여운이 상당히 묘하고 오래 간 경험이 있는 사람이라면, 바로 그 느낌이 드는 소설이라 여기면 된다.

이 연작소설집에는 표제작과 더불어 「몽고반점」과 「나무불꽃」이 실려 있다. 각 작품마다 영혜라는 주인공을 둘러싼 각기 다른 사람이 주요한 인물로 등장하는데, 남편, 형부, 언니 순이다. 한 사건에 대한 서로 다른 해석이나 시선이라기보다는 시간의 흐름에 따라 주요하게 관련된 사람이 돋을새김된 형식이다. 어떤 면에서 모든 소설은 일상이 깨지고 특별한 사건이 일어날 때 비로소 시작한다 할 수 있다. 「채식주의자」도 그렇다. "지난 이월 어느 새벽 아내가 잠옷바람으로 부엌에 서 있는 것을 발견할 때까지, 나는 우리의 생활이 조금이라도 달라질 수 있으리라고 상상한 적이 없었다"라는 구절이 결코 심상치 않은 일이 벌어질 것을 예고하고 있다.

영혜가 꿈을 꾸었다. 그 꿈을 꾸고 나서부터 고기를 먹지 않기로 했다. 그러고는 바짝 말라갔다. 갈등은 여기서부터 시작한다. 사장이 마련한 회식자리에서 고기 한 점 먹지 않아 분위기를 싸늘하게 만든 것은 약과다. 언니 집들이에 가서 고기를 억지로 먹이려는 아버지에 반항해 자해행위까지 한다. 이 정도면 범상한 채식주의가 아님을 눈치 채게 된다. 도대체 영혜가 꾼 꿈은 무엇을 상징하기에 이토록 극단적인 채식주의가 되었을까 질문을 던지게 한다.

이상문학상을 받은 「몽고반점」은 비디오 아티스트인 형부가 영혜를 모델로 작품 찍는 과정이 묘사되었다. 아내에게 우연히 처제에게 몽고반점이 남아 있다는 말을 들으면서 성적 흥분과 함께 예술적 감흥이 떠올랐다. 그러나 막상 작업을 하면서는 "성적인 느낌과는 무관하며 오히려 식물적인 무엇"을 느꼈다. 그러다 그만 경계를 넘어서고 말았다. 상식으로는 도저히 이해할 수 없는 일이 벌어지고 만 것이다. 이 와중에 영혜가 단순한 채식주의자 이상을 꿈꾸고 있음이 드러난다.

「나무불꽃」은 아예 식물이 되고자 하는 영혜의 염원을 보여준다. "내가 물구나무 서 있는데, 내 몸에 잎사귀가 자라고, 내 손에서 뿌리가 돋아서… 땅속으로 파고들었어, 끝없이"라고 말한다. 그리고 영혜는 자신이 더 이상 동물이 아니며 햇빛만 있으면 살 수 있는 양 되뇌인다. 기실, 작품 내용이 여기에 이르면 상당한 충격을 받게 된다. 왜 영혜는 동물이기를 포기하고 식물이 되려고 할까, 라는 질문을 던질 수밖에 없기 때문이다.

웬만한 작품들은 어릴 적 소풍가서 하는 보물찾기처럼 실마리를 곳곳에 숨겨 놓게 마련이다. 눈 밝은 독자들이 답을 찾을 수 있도록 하기 위해서다. 그런 점에서 「채식주의자」는 친절하지 않은 작품에 든다. 어릴 적 개한테 물렸고, 그 개를 잔인한 방법으로 죽였던 이야기, 역시 어릴 적 아버지한테 폭행당했던 이야기 등속만 나올 뿐 좀처럼 실마리를 던져주지 않는다. 그나마 다른 목숨들이 명치에 달라붙어 있다거나, 젖가슴으로는 아무것도 죽일 수 없어 좋다는 구절이 없었더라면 해석하기 어려운 작품이 되고 말았을 듯싶다. 그렇다면 묻지 않을 수 없다. 식물이 되면, 폭력적인 삶이나 역사는 마침내 종식될 수 있을까, 라고 말이다.

그대, 신비로운 사랑을 꿈꾸지 못하리
심윤경의 『이현의 연애』

이런 사랑도 있다. 여섯 살 적, 아버지와 가까운 분의 결혼식에 갔다. 신랑은 눈에 들어오지도 않았다. 눈동자가 마치 거대한 빙하에서 퍼올린 수정구슬 같았던 신부에게 마음을 빼앗겼다. 향기 때문이었다. 살구즙 향기. 그 싱그러운 향기는 어린 영혼마저 사로잡는 강한 마력을 품고 있었다. "그녀의 피부에서 뚝뚝 듣어날 듯한 그 아련한 살구즙 향기를 폐가 짓무르도록 오래오래 들이마"셨더랬다. 하나, 시간은 모든 견고한 사랑을 부식시켜 버릴 만큼 강한 산성성분을 포함하고 있다. 세월이 흐르며 그 향기는 점차 휘발되어갔다. 그런데 이게 무슨 조화인가. 그녀에게서도 향긋한 살구냄새가 났다. 그 향기는 사랑의 시원에 대한 그리움을 자극했다. 지금 있는 것의 가치를 무화하고 옛것의 진정성을 되살아나게 했다.

더욱이 그녀는 생김새마저 똑같았다. 마치 어린 시절, 그의 영혼을 사로잡았던 여인이 되살아난 듯싶었다. 따지고 보니, 오래 전 그의 마음을 사로잡은 사건은 전주곡에 불과했다. 지금, 이 여인을 단박에 알아볼 수 있도록 운명이 복선을 깔아놓은 격이었다. 아마 세상에는 두 가지 사랑이 있을 터다. 그 하나는 "잠시 불타올랐다가 곧 이전의 광채를 잃어버리는, 금세 지루한 일상의 범주로 편입되는 평범한 사랑"이다. 다른 하나는 "절대, 순수, 운명, 복종, 이런 복고적 단어들이 섬광같이 정수리를 내리치는" 신비로운 사랑이다. 심윤경 장편소설 『이현의 연애』(문학동네, 2006)는 이 사랑이 신비로운 것이라 말하고 있다.

이런 모험도 있다. 살구즙 향기를 품어내는 이진은 영혼을 기록하는 이다. 점쟁이나 무속인이 아니다. 그들이 만나는 영혼은 죽은 자들의 것이지 않은가. 살아 있는 이의 영혼이 되어 그의 삶 속으로 자맥질해 들어간다. 그러고는 그가 살아온 삶을 기록한다. 그러다 보니 정신병자 취급을 받아왔다. 출생도 신비롭다. 어린 이현을 사로잡은 어머니도 영혼을 기록하는 이였는데, 그녀의 뇌파가 멈춘 지 24시간 만에 태어났다. 아버지는 탄광을 소유한 왕족의 핏줄이다. 천하의 미색을 얻은 그는 당대 최고의 시인이었으나, 어느 날 절필하고 은둔한다. 그는 지금 고통 속에 죽어가고 있다. 영혼을 기록하는 여인들을 저주하며. 이현은 이진과 결혼하기로 한다. 결코 평범하지 않은 여인인데도 살아보기로 한다. 이진은 현실생활을 정상적으로 꾸려나갈 깜냥이 없는 여인이다. 살구즙 향기는 이성을 마비시킬 만큼 강렬했던 모양이다.

그러나 이현이 누구던가. 한 여인과 오랫동안 살아내지 못하는 사람이다. 이혼경력이 몇 차례나 되는 인물이다. 그래서 제안했다. 계약결혼하기로. 3년 동안 같이 살고 헤어지는데, 그때 충분한 물질적 보상을 하기로 말이다. 이진도 이 제안을 받아들인다. 사랑해서가 아니다. 영혼을 기록하는 일을 지속하는 데 가장 좋은 조건이라 여겨서다. 그녀를 (사랑을 주고받을 대상인) 사람으로보다는 (운명이 부과한 일만 해야 하는) 기계로 보아야 맞을 성 싶다.

이런 파국도 있다. 이현이 이진을 진짜 사랑하게 되었다. 부총리한테 정치권 진출을 돕겠다는 약조를 받았다. 그런데 그의 영혼을 이진이 기록하고 있었다. 보아서는 안 되는 그 기록을 보며 이현은 경악한다. 부총리가 "혐오스러운 미치광이 변태성욕자"로 기록되어 있어서다. 이진을 힐난한다. 자신을 사랑하지 않느냐고, 사랑한다면 부총리에 대해 귀띔해주었어야 한다고, 자신은 이진을 사랑하고 있다고. 그러나 이진은 이현을 사랑하지 않았다. "나에게는 마음이 없는 것 같아요. 마음이 없어서, 당신을 사랑하지 않는 것 같아요." 그녀는 예나 지금이나 오직 영혼을 기록하는 이일 뿐이다. 기록된 부분을 찢어버렸다. 이진이 죽을 줄 누가 알았겠는가.

이런 운명도 있다. 일이 벌어진 날, 빈혈로 쓰러진 줄 알았던 이진이 임신중독증으로 죽었고, 딸을 낳았다. 그는 오래 전 불임수술을 했다. "아이를 잉태시킨 것이 나의 정액이 아니라 나의 배신이었음을 깨달았을 때" 격렬한 통증이 몰려왔다. 장인이 앓던 병이었다. 이현은 매트릭스에 갇혀버렸다. 영혼을 기록하는 여자를 육욕으로 사랑하고, 그녀의 일을 방해한 자가 반드시 겪는 형벌이다. 이 매트릭스에서 결코 벗어날 수 없을까. 심윤경은 분명 소설가의 운명을 그렸고, 그들이 맞이할 사랑의 파국을 노래했을 터다. 빙의하여 그 삶을 언어화하는 이가 소설가가 아니고 누구겠는가. 그래서 희망의 물꼬를 터놓았을 터다. 이현이 장인과 같은 삶을 살지는 않겠다고 마음먹는 것으로 말이다. 그럼에도 『이현의 연애』를 읽은 나는, 더 이상 함부로, 신비로운 사랑을 꿈꾸지 못할 듯싶다.

고통을 이겨내는 법
박완서의 『나의 가장 나종 지니인 것』

   우리는 왜 작가를 존경하는 것일까? 아마도 평범한 사람이라면 남에게 결코 발설하지 못할 내밀한 상처를 작품으로 내놓기 때문일 것이다. 물론, 작가 처지에서 보자면 쓰는 행위 자체가 상처를 치유하는 역할을 해주리라. 우리도 그런 경험은 흔하게 한다. 혼자 속썩고 있던 일을 남에게 털어놓으면 후련해지면서 마음의 평안을 얻곤 한다. 그런데 문학은 자기 위안을 넘어선다. 그 작가가 겪었을 고통이 사회적 맥락에 자리매겨지면서 우리 모두의 고통으로 확대되고, 작가가 얻었을 위안 역시 읽는 사람 모두의 위안으로 다가온다.

   그것이 꼭 위안이 아니더라도 존경받아 마땅한 작가가 있다. 그 동안 우리가 애써 눈감아온 것을 세상에 까발리는 경우다. 불편하지만, 진실이라면 정면으로 마주하는 용기가 필요하다고 우리를 자극한다. 어디 그뿐인가. 작가들은 세상의 윤리나 도덕마저 희롱하고 새로운 것이 있을 수 있다고 우리를 꼬드기기까지 한다. 당연히, 모든 작가를 존경해야 할 이유는 없다. 하나, 우리로 하여금 삶과 세상의 진면목을 똑바로 보도록 이끄는 작가는 존경받아 마땅한 법이다.

   개인적으로 나는 박완서를 존경한다. 그이야말로 자신의 고통을 문학적으로 형상화해왔다. 누구나 고통이야 있지만, 그가 겪어야 했던 고통은 너무나 잔인하다. 집안의 남자들이 그이보다 먼저 삶을 마감하는 저주를 받은 듯싶다. 전쟁통에는 아버지와 오라버니가 먼저 세상을 떴다. 작품 곳곳에 이에 대한 작가의 죄책감이 묻어 있다. 자신의 실수가 이유였던 것으로 그려진다. 이를 굳이 전기적 사실을 통해 확인해볼 필요는 없을 성싶다. 가족의 죽음 앞에 죄책감 없을 사람이 어디 있겠는가.

박완서의 고통은 여기서 끝나지 않는다. '참척'의 고통을 겪고 만 것이다. 어머니는 자식이 죽으면 가슴에 묻는다 했다. 하나, 어디 가슴에라도 묻을 수 있겠는가. 그 자식을 되살릴 수만 있다면, 어미의 생명이라도 내놓을 수 있는 것이 아니겠는가. 단장의 비애였으리라. 박완서는 그 고통이 신과의 대결로 번졌다. 자신이 품었던 작은 소망, 그러니까 제발 이제는 태어난 순서대로 돌아가게 해달라는 것을 신이 들어주지 않은 탓이다. 다른 무엇을 원하지 않았다. 돈벼락을 맞게 해달라고도, 불로장생하게 해달라고도 하지 않았다. 세계의 평화와 천년왕국의 도래를 위해 기도한 바도 아니다. 오로지 순서대로 죽을 수 있게 해달라고 했다. 간절히, 지독하게 기도했다. 그런데 고작 그 정도의 소원도 들어주지 않는 절대자라니!

그때 겪은 고통의 기록은 『한 말씀만 하소서』에 잘 나와 있다. 일기를 책으로 낸 것인데, 독신瀆神의 말을 빼놓았다는데도 지독한 원망의 말들이 즐비하다. 「저문 날의 삽화」 역시 그때를 배경으로 한 소설이다(이 작품은 '박완서 단편소설전집' 5권인 『나의 가

장 나종 지니인 것』에 수록되어 있다). 연작식이다 보니, 4편까지는
다른 이야기가 나오다 5편에서 비로소 참척의 고통을 다룬다. 이
작품은 반전이 있어 읽는 이를 더 아프게 한다. 앞에서는 은퇴 후
안빈낙도의 삶을 사는 부부가 나온다. 누구나 꿈꿀 법한 삶을 살
고 있으니, 지복이 아니고 무엇이겠는가. 불길한 기운은 전화가
도통 오지 않았다고 하는 데서 피어 오른다. 사랑에 해당하는 곳
에 있다 보니 자주 안방에 있는 전화의 벨소리를 듣지 못해 아내
한테 지청구를 들어온 터다. 귀를 쫑긋하고 잘 들으려 애썼으나
전화벨이 울리지 않았다. 또 하나의 불길한 기운은 저녁 어스름
을 묘사한 대목에 있다. "산그림자는 불길한 예감처럼 신속하게
퍼졌다." 전화벨이 울리지 않은 건 수화기가 제자리에 놓이지 않
아서였다. 알고 바로잡아놓으니, 사돈한테 아들네 가족이 교통사
고 났다는 청천벽력 같은 이야기를 듣게 된다.

「저문날의 삽화 5」만 보면, 중산층적 삶과 소망이 얼마나 허망
하게 박살날 수 있는가를 보여주는 작품으로 해석할 수도 있다.
반전이 주는 힘 때문이다. 그런데 「나의 가장 나종 지니인 것」을
읽으면 달리 볼 수 있다. 참척의 고통이 얼마나 힘겨운 것인지,
그리고 이것을 어떻게 해야 이겨낼 수 있는지를 감동적으로 묘사
하고 있다. 작가는 자신의 자식이 교통사고로 삶을 마감한 것이
못내 억울했을 수도 있다. 그래서, 이 작품에서는 민주화운동을
하다 세상을 떠난 것으로 설정해놓은 것은 아닐까. 그런데, 주인
공은 애써 자신의 슬픔을 드러내지 않고 있다. 남들한테 위로받
거나 배려받고 싶지도 않아 한다. 스스로 이겨내려 했던 것이다.

그렇지만, 어찌 그게 이겨낸 것이겠는가. 슬픔의 용암이 그의 무의식 속에서 부글부글 끓어오를 수밖에.

「나의 가장 나종 지니인 것」은 설사 식물인간 형태로나마 자식이 살아 있는 것이 더 낫다는 것을 깨닫는 순간, 터져나왔던 울음에 대해 말한다. 이 작품이 놀라운 감동을 주는 것은, 그 이야기를 익숙한 서사형태로 그려내지 않아서다. 전화로 자신의 심정을 토로하는 식으로 이야기를 풀어나가는데, 그 형식이 주는 매력이 보통 아니다. 입말이 살아 있고, 상황의 변화가 손에 잡힐 듯 생생하게 살아 있다. 이 작품을 통해 작가는 우리에게 울어버리라고 권하고 있지 싶다. 슬픔을 꾸역꾸역 삼키며 되새김질하지 말라고 도움말을 주고 있지 싶다.

"저는 드디어 울음이 복받치는 대로 저를 내맡겼죠. 제가 그렇게 많은 눈물을 참고 있었을 줄은 저도 미처 몰랐어요. 대성통곡, 방성대곡보다 더 큰 울음이었으니까요. (…) 전 그 울음을 통해 기를 쓰고 꾸민 자신으로부터 비로소 놓여난 것 같은 해방감을 느꼈어요. 그러고 나서 요 며칠 동안은 울고 싶을 때 우는 낙으로 살고 있죠."

우리 모두는 자신만의 슬픔을 거름삼아 삶이라는 꽃을 피워내고 있는지 모른다. 그런 의미에서 꽃에 맺혀 있는 이슬은, 그 꽃이 밤새 게워놓은 눈물일지도 모른다. 그것을 깨닫게 해준 작가에게 우리 모두 경의를!

과연 '분더킨트'의 작품일까

니콜 크라우스의 『사랑의 역사』

책을 펴내는 사람은 아무래도 과장을 하게 마련이다. 상을 탔거나 유수한 언론에 집중조명을 받았을 적에는 더욱 과대포장하고픈 욕구를 느끼곤 한다. 평소 영어와는 담을 쌓고 지내는 사람에게 '분더킨트'라는 낱말은 낯설었다. 신동이란 말이라는데, 한 책에 낯선 외국 작가를 소개하면서 그이가 바로 문학신동이라 평가받는다며 이 단어를 소개했다. 버젓이 영어사전에 나오는 말인만큼, 과문한 내가 문제이지 이를 강조한 출판사가 잘못한 것은 아닐 터이다. 그러나 국내 언론들이 무비판적으로 이를 받아 보도하는 행태는 영 마뜩찮다. 이런 표현은 대체로 '카더라 통신'과 다를 바 없다. 누가 말했는지, 어느 언론에서 명확히 기사화했는지 밝히지 않기 때문이다.

『사랑의 역사』(니콜 크라우스, 한은경 옮김, 민음사, 2006)를 소개하는 기사에 마음이 언짢았다는 말을 하고 있는 중이다. 남편과 함께 뉴욕 문단의 분더킨트로 통하는 작가의 작품이라면서 높이 평가했다. 나는 어디까지나 방점을 앞에 찍고 있을 뿐이다. 근거가 빈약한 말을 공론화하는 관례에 저항감을 느꼈다는 것이다. 이 소설이 빼어난 작품일 가능성에 대해서는 예단하지 않았다. 독자 처지에서 시비를 명쾌하게 가릴 수 있는 방법이 있다. 직접 읽어보는 것이다. 나 역시 마찬가지다. 정말 신동이라는 말을 쓸 만큼 뛰어난 작품이고, 이를 널리 알릴 만한 것일까 하는 의구심을 품고 읽었다. 나는 여전히 삐딱한 독자다.

작품을 읽으면서 가장 먼저 뇌리를 스친 것은 '마트로시카'라는 낱말이었다. 러시아의 민속인형으로, 모양은 같지만 크기가 다른 것이 겹겹이 들어 있는 것 말이다. 이른바 액자소설에 해당하는데, 소설 속의 소설 정도가 아니라 그 소설 속에 또 다른 소설이 있는 듯한 느낌이 강하게 들었다. 거기에다 이 소설은 꼬리에 꼬리를 무는 꼴을 취하는지라, 형식면에서 여타의 소설과 비교할 때 상당히 정교하게 짜여진 작품임에 틀림없다. 각별히 끝부분에서는 한 면은 알마가, 다른 한 면은 레오폴드 거스키가 자신의 심정을 드러내는 구조라 상당히 인상 깊었다.

익히 알다시피, 사회와 역사는 개인에게 광포하다. 한 젊은 연인의 사랑 정도야 얼마든지 파괴하고 만다. 『사랑의 역사』가 풍기는 쓸쓸하고 외로운 정조는 여기에서 비롯된다. 그런데 이 소설을 읽으며 끝내 불편해지는 것이 있었다. 나치에 의한 유대인 학살이 바탕에 깔려 있기 때문이다. 서양사에 얼룩진 명백한 범죄 행위는 거듭해 지적되어야 하고 언어적 형상화를 통해 끝없이 환기되어야 한다. 그런데 오늘, 이 자리에서 여전히 '유대인 박해사'를 역사배경으로 함에 문제는 없는가, 하는 생각이 든 것이다. 언제나 유대인이 피해자의 자리에 있을 수는 없다. 이제는 유대인이 범죄자와 학살자의 자리에 서 있다. 정말, 이 작품이 문제작이라면, 그리고 니콜 크라우스가 문학적 신동이라는 칭송을 받을 만 하다면, 이 점을 정면으로 다루어야 하는 것이 아닌가 싶었다. 『사랑의 역사』가 미로나 퍼즐 같은 구조를 띤 이유가 있다 싶었다. 너무나 익숙한 것에 기대 자주 반복되는 주제를 표현하려 했기 때문이다. 이 작품이, 예를 들면 고통받는 팔레스타인 사람을 주인공으로 내세웠더라도 이토록 기묘한 구조로 그려질까 하는 의구심이 들었다.

나는 지금 정치적으로도 올바른 작품일 때 비로소 분더킨트라 할 수 있지 않느냐 시비를 걸어보는 것이다.

최인호와 함께 떠나는 철학 여행

최인호의 『유림』

한 시대를 풍미하는 작가는 늘 있게 마련이다. 1990년대는 여성작가의 시대였다. 신경숙을 필두로 공지영 · 은희경 · 전경린 등을 꼽을 수 있다. 1990년대 중반 이후에는 한마디로 김영하의 시대라 할 법하다. 각 시대를 대표하는 작가는 같은 시대를 사는 젊은이들의 감수성과 세계관을 반영한다. 앞세대와 구별되고 싶어하는 열망, 그리하여 현실세계를 이끌어가는 강력한 집단이 되고 싶어하는 욕망이 문학적으로 형상되는 셈이다. 그런데 이즈음 들어 안타까운 일은, 한 시대, 더욱 정밀하게 말하면 한 세대를 대표하는 작가들의 수명이 짧아지고 있다는 점이다. 마치 문학작품에도 무슨 유통기한이 있는 양, 10년 남짓 독서시장에서 맹위를 떨치다 어느새 사라지고 마는 일이 종종 일어난다. 문학의 상품화현상을 보여주는 놀라운 사례이다.

그러나 분명 한 시대의 상징으로 말해지던 작가가 세대의 벽을 넘어 끊임없이 화제의 대상이 되는 경우도 있다. 작가로서는 가장 행복한 일이라 아니할 수 없는데, 그런 인물 가운데 한 사람이 바로 최인호이다. 최인호야말로 1970년대산産이다. 급격한 산업화와 도시화에 따른 감수성의 변화에 민감하게 반응한 문학적 소산으로 최인호 문학은 평가받았다. 순수문학작가로서의 가능성을 내던지고 베스트셀러 작가로 성공적으로 변신했으니, 그의 수많은 작품이 영화로 만들어지고 시쳇말로 대박을 터뜨린 것이 이를 입증한다.

최인호는 많은 독자에게 늙지 않는 감수성을 지닌, 만년 청년이었다. 그러던 최인호가 언제부터인가 영성 또는 종교성에 깊은 관심을 보이기 시작했다. 후배작가 김홍신의 전도로 가톨릭 신자가 되었다는 풍문이 떠돌더니, 경허 스님의 일대기를 담은『길 없는 길』이라는 장편소설을 발표해 세상의 이목을 끌었다. 청년 최인호는 장년의 모습을 건너뛰어 노년의 풍모를 띠게 된 것일까. 그의 세련된 도시적 감수성에 매료되었던 사람들 가운데 실망할 이도 있겠지만, 그와 더불어 청년 시대를 지냈던 사람들에게는 동반자의 모습으로 다가왔을 수도 있다. 어찌하였든 최인호는 자기 세대가 걸어온 삶의 궤적과 늘 함께했다는 것만은 확인할 수 있다. 그는 축복받은 작가이다.

그 최인호가『유림』(열림원, 2005)을 썼다. "그 효와 충, 그 예, 그 경으로 가득 찬 숲으로 가자, 유림의 숲으로 가자"라며 1부 3권을 펴낸 것이다. 작가가 작품의 주제로 무엇을 삼을지는 전적으로 작가의 몫이다. 그리고 빼어난 작가라면 당연히 다루는 주제가 폭넓고 깊어야 마땅하다. 그런데도 최인호가『유림』을 썼다는 것은 상당히 놀라운 일이다.

개인적으로는『길 없는 길』을 읽을 적에도 상당히 당혹스러웠다. 그러나 여자의 변신만 무죄인 것이 아니라, 작가의 변신이야말로 무죄이다. 아니, 그것은 고무되고 찬양되어야 마땅한 일이다. 어찌 하였든, 최인호가 동양사상의 세계를 장편소설에 담아 현대의 독자들과 소통해보겠다고 나선 것은 상당한 도전이 아닐 수 없다. 여기서 도전이라는 낱말을 쓴 것은, 그것이 성공만을 보장하지 않고 실패할 수도 있다는 뜻을 담기 위해서다. 굳이 실패의 가능성을 염두에 두는 것은, 빛의 속도로 발전하는 21세기 사람들에게 2,500년 전 사람들의 철학이 과연 호소력 있겠는가 하는 것이고, 한 사상가의 삶과 사상에 초점을 맞춘 것이 아니라, 중국과 우리의 철학사를 대표하는 사상가들을 폭넓게 아우르고 있어 집중력이 떨어질 수도 있다고 보고 있어서다.

그러나 최인호가 성공적으로 작품을 써낸다면, 그것은 놀라운 폭발력으로 나타날 것이다. 케케묵은 낡은 것으로 치부되는 동양사상의 현대적 가치를 찾아내고, 이를 오늘의 젊은이들이 읽어낼 수 있는 문체로, 그리고 게임과 영화에 익숙한 세대들도 흥미를 잃지 않고 따라갈 수 있는 세련된 구성을 갖출 수만 있다면, 그리하여 서양 것에만 심취해 온 그 동안의 편향성을 극복하고 동서양의 교양을 아우를 수 있게만 한다면, 참으로 반갑고 기쁘기 그지없는 일이다.

최인호는 조광조-공자-이황으로 묶인 삼두마차를 몰고 유림의 세계에 뛰어들었다. 작가가 조광조를 맨 앞자리에 내세운 것은 시사하는 바가 크다. 개혁정치인의 상징으로 알려진 인물이라 그렇다. 조광조 편은 전작『길 없는 길』과 얼개가 상당히 비슷하다. 일종의 로드무비처럼 조광조의 삶의 편린을 작가가 직접 찾아나서는 꼴로 이야기가 전개된다. 현실과 과거를 섞어 놓아 옛

사람의 삶을 박제화하지 않으려는 지은이의 배려로 이해된다.

정암 조광조는 "37세의 젊은 나이에 왕 중종으로부터 역적의 죄명을 쓰고 사약을 받"은 인물이다. 조광조가 꿈꾸었던 세계는 의외로 소박하기까지 했으니, 작가 스스로 정리하기를 "함께 힘을 합쳐 중종을 유가에서 이상적인 군왕으로 추앙하고 있는 성천자로 만들고, 자신은 문왕을 도왔던 강태공처럼 정치와 군사를 통괄하는 개혁가"가 되고 싶어했다. 한마디로 조광조는 공자의 철학에 바탕을 둔 이상사회를 현실화하고자 했던 것이다. 왜 『유림』의 첫권으로 조광조가 나왔는지 이쯤에서 해명되는 셈이다. 실천자로서 조광조의 삶을 통해 유림의 한 면을 극대화하고자 했던 것이다.

이론을 현실로 만들고자 하면 반드시 이에 대한 강력한 저항이 있게 마련이다. 조광조 역시 그러했다. 새 술을 새 부대에 담아 개혁정치를 앞당기려는 조광조의 정책은 수구세력의 반발을 샀다. 새로운 인물들이 중앙무대에서 혁신적인 정치를 펴내도록 물꼬를 트기 위해 인적 청산에 나섰다가 그만 조광조 자신이 사약을 받는 일로 귀결되고 말았다. 장강의 뒷물결이 앞물결을 밀어내는 것이 자연의 순리이다. 그러나 인간사는 뒷물결을 막아서는 앞물결의 도도한 벽 앞에서 좌절하고 만다. 그러기에 조광조에 대한 평가는 대체로 일치한다. 최인호가 "조광조는 천품이 빼어났으며, 일찍 학문에 뜻을 두고 집에서는 효도와 우애를, 조정에서는 충직을 다하였으며 여러 사람들과 서로 협력하고 옳은 정치를 하였습니다. 다만 그를 둘러싼 젊은 사람들이 너무 과격하여 구신들을 물리치려 함으로써 화를 입게 된 것입니다"라는 이황의 평을 인용한 것도 이런 까닭이다.

정치개혁가로서 조광조의 삶을 읽어 내려가다 보면, 평범한 직장인들이 반드시 알아두어야 할 잠언 같은 것이 튀어나온다. 이른바 역린이 바로 그것이다. 『한비자』의 세난편에 나오는 말인데, 용의 가슴에 거꾸로 난 비늘을 건드리면 반드시 죽임을 당한다는 말로, 왕의 노여움을 일컫는다. 조광조가 품은 뜻은 컸고, 어디까지나 이타적이었다. 거기에다 그는 당대 최고의 논객이었으며, 말로만 그치는 삿된 지식인이 아니라 원칙을 지켜 나아가는 실천가이기도 했다. 그러나 조광조에게도 치명적인 약점이 있었으니, 최인호는 그것을 다변과 독선이라 보았다. 경연에서 조광조가 말을 독차지하니 "한번 말을 꺼내면 하루 종일 계속되어 차츰 조광조의 집요함에 싫증을 느껴 중종은 낯빛을 찡그리고 싫어하는 기색이 완연하였다"라고 『조선왕조실록』에 기록되어 있다고 한다. CEO가 잘못된 길로 갈 적에 이를 바로잡는 것은 직원으로서 마땅한 도리이다. 그러나 다변과 독선으로 역린을 해서는 일의 목적을 이룰 수 없다. 묵인하고 방조하고 타협하라는 것이 아니라, 지혜와 겸손함으로 CEO를 대해야 한다는 뜻이다. 조광조의 개혁 실패를 안타깝게 바라본 최인호는 그 대안 격으로 몽골의 재상 야율초재耶律楚材의 정치철학을 말한다. 옳고 그름을 떠나 깊이 생각해볼 만한 이야기다.

『유림』의 2권은 「공자」편으로 꾸며져 있다. 3권 앞부분까지 차지하니 상당히 많은 양을 할애하고 있다. 공자는 너무 잘 알려져 있는 데다, 이 책에서도 충실히 다루어지고 있어 새로운 말을 덧붙일 필요는 없다. 최인호가 오랫동안 이 작품을 위해 자료를 섭렵했다는 것이 뚜렷이 드러나기 때문이다. 『논어』 번역본을 보게 되면 밑에 빼곡히 각주가 달려 있는데, 이것들을 일일이 찾아 본문에 실어놓은 형국이다. 각별히 은둔자들과 공자가 벌인 논쟁은 흥미롭기도 하거니와, 유가와 도가 양쪽의 사상적 기반을 알 수 있는 기회를 주는지라 일거양득의 효과도 있다. 공자편에 나오는 매력 있는 인물은 안영이다. 때로는 작가가 공자보다 안영에게 더 매료된 것은 아닐까 싶을 정도로 심취해 있는데, 여기서 조광조편에 나온 역린과 대비되는 '처세술'이 나온다. "임금의 심기를 거스리지 않고 때를 기다렸다가 우회적인 방법으로 임금이 스스로 깨닫도록 하는 간언술"이 바로 그것이다. 아직 『논어』를 읽지 않았다면, 『유림』의 2권을 먼저 읽는 것이 공자의 깊은 사상을 조감하는 데 큰 도움이 될 듯하다. 그리고 동양사상에 대한 기초지식이 모자라다면, 1권 조광조편보다 2권을 먼저 보는 것이 나을 성싶다. 단 공자의 삶을 도식적으로 전기와 후기로 나누고, 후기적 삶을 실패한 양 보는 시각은 비판적으로 독해할 필요가 있다. 공자의 삶은 중용이었다. 어느 한쪽으로 치우치지 않고 양 극단과 긴장된 거리를 유지하며 자신의 길을 개척했다.

공자는 어려운 형편에 스스로를 도와 성현의 반열에 오른 인물이다. 최인호는 이 점을 놓치지 않고 공자의 인간적인 면을 잘 돋을새김하고 있다. 참된 도를 알리려고 세상을 떠돌아다니는 동안 세속 정치인들과 벌인 논쟁과 성취와 좌절도 잘 그려져 있고, 제자들과 벌인 갈등도 잘 녹아 있다. 공자사상의 핵심도 잘 언급되어 있어, 소설로 읽는 논어라 할 법하다.

3권 「이황」편은 다시 조광조편처럼 로드무비 형식을 띠고 있다. 각별히 이황편은 명기 두향杜香을 앞세워 소설적 흥미를 높이고 있다. "낮 퇴계와 밤 퇴계는 다르다"는 속설처럼 그의 로맨스가 흥미롭게 펼쳐진다. 그렇다고 퇴계를 바람둥이 정도로 알아서는 아니된다. 상처를 한 퇴계는 권질의 딸을 맞아들여 재혼했다. 그런데 문제는 부인이 사실상 실성한 사람이었다는 점이다. 그럼에도 이황은 남편의 도리를 다 했으니, "아내 권씨를 자신의 덕을 쌓는 수양의 화두"로 삼았던 셈이다. 그만큼 이 편은 이황의 사상보다는 그의 인간적 체취가 물씬 풍긴다. 최인호는 특히 이황을 조광조의 삶과 대비하고 있다. 조광조가 나아감進의 삶이라면 퇴계는 물러남退의 삶이었다는 것이다. 이것이야말로 최인호가 간파하지 못했던 공자의 삶이었는데, 공자야말로 진과 퇴의 긴장 속에서 자신의 삶을 꾸려 나아갔다.

최인호의 『유림』을 읽는 것은 즐거운 일이다. 한 시대를 대표했던 대중적 감수성의 소유자가 동양사상을 어떻게 소설로 형상화했느냐 하는 점에서 충분히 흥미를 끌기 때문이다. 그런 점에서 최인호는 성공했다. 많은 독자에게 작품을 읽도록, 그리하여 독자들이 그 깊고 넓은 동양철학의 세계를 이해하게 도왔으니 말이다. 그러나 나는 많은 독자의 상찬에도 불구하고 『유림』의 문학적 성과에는 유보적이다. 작가가 너무 많은 욕심을 부려서일까, 아니면 공부를 너무 많이 해서일까. 영글고 삭혀지지 않은 자료가 너무 자주 작품 속에 거칠게 드러나 있다. 전작 『길 없는 길』에서도 그런 인상을 받았는데, 이번에도 그런 약점이 눈에 띈다. 말하자면 이 작품도 이즈음 유행하는 팩션에 든다. 그런 점에도 팩트에 대한 강조와 더불어 픽션적 요소가 더 가미되었으면 하는 아쉬움이 남는다. 「이황」편이 소설적 구성에서 훨씬 탄탄해 보이는 이유가 여기에 있다.

그럼에도 평소 동양사상이나 우리 철학에 관심 없었던 이라면 『유림』을 읽어보길 권한다. 소설의 얼개를 따라 읽어 나가다 보면, 동양철학의 고갱이를 맛보게 되니까. 그러고 나서 이름만 들었지 정작 읽어보지 않은 철학서들을 접해보면 좋을 성싶다. 최인호의 손에 이끌려 유림의 세계에 들어왔으나, 그 길은 혼자의 힘으로 걸어가 보라는 뜻이다. 그것이야말로 책 읽는 참된 목적이기도 하니까 말이다.

책의 미래를 예언하다
발터 뫼르스의 『꿈꾸는 책들의 도시』

상상해보라, 이런 카페를. 마실거리로는 먹물 포도주에 삼류소설 커피가 있고, 뮤즈 키스 코코아와 착상의 물이 있다. 먹을거리로는 문자꼴의 국수나 버섯으로 만든 음절샐러드가 준비되어 있다. 즐거운 눈길로 차림표를 훑어보다 주문했다. 영감이라는 이름이 붙은 바닐라 밀크 커피 한 잔과, 시인의 유혹이라는 단과자를 말이다. 아무렴, 현실에 이 카페가 있으리라 믿지는 않으리라. 오로지 발터 뫼르스가 상상의 거푸집에서 찍어낸『꿈꾸는 책들의 도시』(두행숙 옮김 들녘, 2005)에만 있을 뿐이다.

이 장편소설은 책벌레들을 한껏 유혹하고 있다. 책과 문학, 출판과 고서점 이야기가 환상적으로 펼쳐져 있기 때문이다. 이야기의 시작은 이렇다. 미텐메츠는 스승 단첼로트의 유언대로 부흐하임이라는 도시에 가기로 했다. 신비에 싸인 한 시인을 만나 큰 깨우침을 얻기로 한 것이다. 이 도시의 매력은 거리마다 즐비한 고서점에 들러보면 단박에 알 수 있다. 책이 넘쳐나다 보니 진귀한 책들이 잘못 분류돼 값싸고 저속한 책더미 속에 묻혀버리는 일이 왕왕 있다. 눈밝은 이에게는 보물을 거저 얻을 수 있는 기회다. '편집자의 거리'도 둘러볼 만하다. 그러나 '잊혀진 시인들의 공동묘지'를 지나치는 것은 괴로운 일이다. 한때 뮤즈의 사랑을 흠

빽 받았던 시인들이 몰락한 광경을 보아야 하기 때문이다. '독이 있는 골목'은 아예 발걸음을 하지 않는 게 낫다. 먹잇감으로 점찍은 작가가 파멸할 때까지 몰아세우는 비평가들이 모여 사는 곳이라 그렇다.

그런데 이 소설의 주무대는 화려하고 번듯한 지상이 아니라, 욕망의 용광로가 들끓는 지하의 미로다. 그 세계는 음모와 배신으로 얽혀 있고, 그곳으로 '유배'된 주인공은 긴박한 상황에 내몰리다 극적인 반전으로 위기를 모면한다. 지은이의 상상력이 빚은 롤러코스터를 타고 소설의 줄거리를 뒤쫓다보면, 도대체 무슨 말을 하고자 하는 것인지 파악하기 힘들 정도가 되어버린다. 그러다 미텐메츠가 땅위로 올라오는 순간, 무릎을 치며 이 작품의 상징과 주제를 이해하게 된다.

미리 말해 버리자면, 지은이는 거대한 출판자본의 횡포를 고발하고 있다. 문화적 창조성과 다양성을 시장성의 이름으로 '학살'하고 있다는 것이다. 이에 맞서는 세력은 부흐링족으로 상징된 깨어 있는 독자들이다. 이들이야말로 "부자가 되기 위해서가 아니라 읽고 배우기 위해서" 책을 찾는 무리다. 또 있으니, 자본과 타협하지 않는 소수의 작가들이다.

'해피엔딩'이라 안도의 한숨을 내쉬며 책을 덮다, 갑자기 불길한 생각이 떠올랐다. 미텐메츠가 공룡으로 '설정'되어 있기 때문이다. 한 시대를 풍미했으나, 어느 날 멸종된 것이 공룡의 운명이지 않던가. 혹, 문학이나 책이 이미 공룡의 길을 되밟고 있다고 지은이는 예감하는 것이 아닐까. 그러니 이 소설은 해오름의 강렬한 화려함이 아니라, 해질녘의 처연한 황홀을 그리고 있는지도 모른다. 소설이 끝나니, 악몽이 시작되었다.

슬프고도 기이한 사랑 이야기

카슨 매컬러스의 『슬픈 카페의 노래』

사람들은 누구나 사랑을 꿈꾼다. 만약, 사랑의 노래를 문학으로 형상화하지 못하게 하면, 세계문학사의 곳간은 텅 비고 말 것이다. 어찌 문학뿐이겠는가. 대중가요에 이르면 거의 모든 노래가 사랑타령이라고 해도 과장이 아닐 정도다. 그런데 희한하다. 그토록 많은 사랑 이야기가 있는데도 여전히 새로운 사랑 이야기를 만든다. 아직도 만들어지고 있는 것은 지금껏 사랑 이야기를 갈구하는 사람들이 많기 때문이다. 사람들은 왜 이토록 사랑 이야기를 원하는 것일까.

내가 그 질문에 답할 수는 없다. 그것은 말하자면 '사랑학'을 전공하는 사람들이 답변할 성질의 것인지도 모른다. 그런데 재미있는 것이 있다. 사랑의 이야기는 넘실대는데, 정작 많은 사람들이 동의하는 사랑에 관한 정의는 아직 없다는 것이다. 물론, 철학자나 문인들이 애써 규정한 것들이 있으나, 두루 사람들을 만족시키지는 못하고 있다. 사랑이라는 것은 그렇게 신비한 것일까. 사랑하면서도 사랑을 알지 못하고, 알지 못하면서도 사랑을 열심히 하는 사람들을 바라보면, 이렇게밖에 말할 수 없다.

카슨 매컬러스의 『슬픈 카페의 노래』(장영희 옮김, 열림원, 2005)는 새로운 사랑의 유형을 선보인다. 아니, 새롭다는 것은 정직하지 못한 말인지도 모른다. 시쳇말로 하면 엽기적이기까지 하다. 도대체 이런 사랑이 가능한 것인지 의구심이 들 수도 있다. 주인공 아밀리아는 수전노에 선머슴 같은 여성이다. 그녀를 사랑했고 결혼까지 했던 메이시는 동네 깡패다. 어느 날 갑자기 동네에 나타나 아밀리아의 친척 오라버니라고 떠벌인 라이먼은 꼽추인데다 부랑아다. 한마디로 너무 넘치거나, 너무 모자란 사람들이다.

그런데 이들끼리 기묘한 사랑의 방정식이 성립한다. 이러니 엽기적이랄밖에. 평균적인 남자이거나 재산이 탐나지 않는다면 결코 거들떠보지 않을 아밀리아를 메이시는 사랑했다. 사랑은 역시 묘약이다. 아밀리아를 사랑했기에 문제아에다 깡패인 메이시가 변한다. 말하자면, 눈에서 독기가 사라지고, 애완견처럼 고분고분해지기까지 했다. 문제는 아밀리아다. 끝내 아밀리아는 메이시를 받아들이지 못했다. 결혼까지 했건만 금세 파탄나고 만다. 사랑을 잃은 메이시는 긴 꿈에서 깨어난듯 원래대로 돌아간다. 난폭해지고 말았으니, 결국에는 교도소에 처박히는 꼴이 되었다.

라이먼이 등장했을 적에 마을 사람들은 아밀리아가 곧 망신을 주며 쫓아내리라 기대했다. 그렇지 않을 리가 있겠는가. 족보에도 없는 오빠라고 하며 아양을 떨어대는 꼴이나, 거렁뱅이 신세나 다를 바 없는 처지에다, 불구이지 않은가. 그런데 놀라운 일이 벌어진다. 라이먼은 쫓겨나기는커녕 집안 어른 노릇을 하기 시작한다. 사람들을 이간질시키는 악마적 속성이 있는 사람이건만 아밀리아는 라이먼을 감싸고 돈다. 밤에 잠이 잘 들지 못한다고 같이 밤을 새우기까지 하는 데다, 나중에는 카페를 차린다. 밤에 사람들과 즐겁게 떠들며 놀라고 내린 조치다.

덕분에 마을 사람들은 마음에 드는 카페를 이용할 수 있게 되어 즐거워했다. 사막 한 가운데 낭만적 분위기가 풍기고 신나게 떠들며 놀 수 있는 공간이 생긴 것에 자부심마저 느꼈다. 정말, 그곳은 오아시스 같은 곳이었다. 그리고 사람들은 눈치챘다. 아밀리아가 변하는 것을. 그녀 역시 사랑의 묘약을 마신 셈이다. 그러니 놀라지 않을 수가 있겠는가. 그 아밀리아가 어떻게 라이먼 같은 사람을 사랑할 수 있단 말인가.

노래에 시작이 있으면 끝이 있는 법이다. 사랑이 정점에 이르면, 파국이 예고되게 마련이다. 메이시가 출소했다. 카페에 들어와 자신을 과시하며 아밀리아를 압박한다. 마을 사람들은 결투가 벌어질 것을 예상한다. 그런데 이상한 일이 벌어진다. 라이먼이 메이시 뒤를 졸졸 쫓아다니더니, 급기야 집에까지 끌어들인다. 메이시야 당연히 라이먼을 벌레 보듯 하지만 라이먼은 다르다. 아밀리아가 누구던가. 남정네들보다 더 힘 세고 싸움질 잘하는 여장부이지 않은가. 육탄전이 벌여졌는데, 아밀리아가 메이시를 때려눕히고 그의 몸에 올라탔다. 회심의 일격을 가하면 모든 상황이 끝나는 순간이었다. 그때 라이먼이 달려들어 아밀리아를 공격한다. 대반전이 일어난다. 승리감에 도취한 두 사람은 카페와 가게를 초토화하고 나서 마을을 떠난다. 그야말로 상처 입은 아밀리아만 남겨놓고 말이다.

작품을 읽다보면, 정말 어찌 이렇게 지독한 사랑 이야기가 있을까 싶다. 작가의 개인사에 관심을 기울이게 되고, 그것과 어떤 관련이 있지 싶지 않나 궁금해지기까지 한다. 그러나 문학을 지나치게 환원적으로 보아서는 안 되는 법이다. 분명 개인사에 뿌리를 박고 있으나, 그 열매는 거기서 멀찌감치 떨어져 있는 것이 문학이기에 그러하다. 그러니, 에돌지 말고 작품 속에 집중할 일이다. 이 사랑 이야기를 이해하는 열쇠 역시 작품 속에 있으니, 그 내용은 이렇다.

"우선 사랑이란, 두 사람의 공동 경험이다. 그러나 여기서 공동 경험이라 함은, 두 사람이 같은 경험을 한다는 것을 의미하지 않는다. 사랑을 주는 사람과 사랑을 받는 사람이 있지만, 두 사람은 완전히 별개의 세계에 속한다. 사랑을 받는 사람은 사랑을 주는 사람의 마음속에 오랜 시간에 걸쳐 조용히 쌓여온 사랑을 일깨우는 역할을 하는 것에 불과한 경우가 많다. 그는 자신의 사랑이 고독한 것임을 영혼 깊숙이 느낀다. (중략) 아주 이상하고 기이한 사람도 누군가의 마음에 사랑을 불지를 수 있다. 선한 사람이 폭력적이면서도 천한 사랑을 자극할 수도 있고, 의미 없는 말만 지껄이는 미치광이도, 누군가의 영혼 속에 부드럽고 순수한 목가를 깨울지도 모른다. 그래서 어떤 사랑이든지, 그 가치나 질은 오로지 사랑하는 사람 자신만이 결정할 수 있다."

정말 사랑이란 무엇이라 할 수 있는 것일까. 우리가 알고 있는 사랑은 얼마나 편협한 것인가. 『슬픈 카페의 노래』는 우리에게 사랑에 관한 새로운 잠언을 던져준다. 왜 사랑 이야기 가운데 이성

적으로 이해하기 힘든 이야기가 많은지 해명해주기도 한다. 사랑
이란 놈의 속성이 그러하니 어찌 할 것인가.

누가 더 야만적인가
타리크 알리의 『술탄 살라딘』

　마침내 예언자의 꿈이 이루어졌다. 10월 2일, 무슬림 달력으로 라자브 달의 27일은 예언자가 꿈 속에서 이 도시를 방문한 날이었다. 이슬람의 모스크와 유대인의 시나고그가 있는 그곳의 이름은 알 쿠드스. 예루살렘이라고도 부른다. 싸움도 해보지 않고 예수를 십자가에 못박혀 죽인 도시를 내놓을 수 없다고 하던 이들이 백기를 들었다. 이제 눈에는 눈, 이에는 이라는 계율을 실천에 옮기는 일만 남았다. 수많은 사람들이 90년 전 이 도시에서 프랑크족이 저질렀던 일을 기억하고 있다. 어린아이들의 머리를 미늘창 끝에 꽂아 놓았고, 노인과 여자들을 고문하고 불태웠다. 거룩한 도시의 거리에는 무슬림과 유대인의 피가 흘러넘쳤다.

　『근본주의의 충돌』로 국내에 알려진 타리크 알리는 장편소설 『술탄 살라딘』(정영목 옮김, 미래M&B, 2005)에서 살라흐 앗 딘이 지나치게 너그러운 술탄이었다고 거듭 말한다. 왕 앞에서 눈물로 자신의 죄를 고백하고, 용서를 빈 자에게는 어김없이 관용을 베풀었다. 치정문제로 유능한 장교를 죽게 한 할리마를 거두어들였고, 자신의 남자애인과 결혼한 누이가 간통죄로 고소되자 이를 해명한 쉐이크를 방면했다. 어디 그뿐이던가. 성전을 벌이면서도 트리폴리의 레몽을 일러 선한 사람인데다 한때 친구였다며 목숨을 살려주라고 명령했다. 레몽이 티레에 숨자, 머리는 틀렸다고 하나 심장이 신뢰를 깨는 것을 허락하지 않는다는 이유로 전략적 요충지인 그 도시를 정벌하지 않았다.

그러나 이번에는 문제가 다르다. 프랑크족은 시체더미 위에 권좌를 세웠다. 항거냐 항복이냐를 놓고 고민하던 도시에 눈물이 흐르기 시작한 것은 죄책감과 공포 때문이었다. 술탄 살라흐 앗 딘은 맹세를 지키는 사람이다. 휴전협정을 깨고 무고한 순례자들을 잔인하게 죽인 레지날드의 심장에 칼을 꽂은 이가 바로 그였다. 그럼에도 이 쿠르드족 출신의 술탄은 약속을 지켰다.

"프랑크족이 처음 이 도시를 점령했을 때 당신들은 유대인이나 신자들을 소떼처럼 도살했소. 우리도 똑같은 짓을 당신네한테할 수 있지만 맹목적인 복수는 위험한 약일 뿐이오. 따라서 우리는 당신네 사람들이 평화롭게 그곳을 떠나게 해주겠소. 이것이당신네 지도자들에게 제시하는 나의 마지막 제안이오. 이 제안을거절하면 당신네 성벽을 태워버리고 어떠한 자비도 베풀지 않겠소."

제안을 받아들이자, 그는 자비를 베풀었다.

『술탄 살라딘』은 인류가 반드시 기억해야 할 인물을 오늘에 되살리고 있다. 술탄의 예루살렘 탈환이라는 도도한 물줄기를 그려내면서, 그 시대의 궁정생활과 풍속이라는 실개천을 섬세하게 살려냈다. 하지만, 이 작품을 '역사' 소설이라 이름붙일 수는 없다. 지은이는 과거라는 안락한 요람으로 돌아가기 위해서가 아니라, 현실이라는 끔찍한 전쟁터를 보여주려고 작품을 쓴 것이 분명해

보인다. 지금은 충돌하는 두 문명이 서로 성전을 펼치고 있다고 목청을 높이는 시대다. 더욱이 한쪽이 다른 쪽을 일방적으로 야만이라 여기고 있다. 타리크 알리는 묻고 있다. 이 미친 짓을 끝낼 정신은 무엇이고, 정작 누가 더 야만적인가, 라고. 술탄은 소설의 화자에게 다음과 같은 질문을 던졌다. 귀 있는 이들에게는 섬뜩한 깨달음을 안겨주는 말이렷다!

"어제는 저한테 여호와와 하느님과 알라가 함께 평화롭게 살 수는 없는 것이냐고 물었습니다."

흥미로운 지적 추리소설

칼 마르크스의 『자본론 범죄』

한여름에 굳이 골치 아픈 책을 읽어야 할 이유는 없다. 무더위에 지친 몸으로 목침하기에 알맞을 정도로 두꺼운 책을 읽어야 한다면 그만한 고문도 없으리라. 하물며 영화도 여름철에는 블록버스터류의 오락영화가 판을 치는 데는 이유가 있다. 쓸데없이 생각할 거리 많은 영화보다 아무 생각없이 시간 때우는 영화가 이 계절에는 딱 맞아서다. 책 읽는 데도 요령이 있다. 휴가철이 낀 여름에는 소설이나 에세이류가 좋다. 그것도 기왕이면 책장이 술술 넘어가는 책들이면 금상첨화다. 그런데 너무 긴장이 풀어져 읽다가 흥미를 잃으면 곤란하다. 잘 읽히면서도 약간의 긴장감을 주는 책이 제격이라는 말인데, 이런 것으로 추리소설만한 것이 없다.

『자본론 범죄』(칼 마르크스, 이승은 옮김, 생각의나무, 2004)는 요즘 잘 읽히는 지적 추리소설이라 할 만하다. 단지 여타의 것들과 다른 점은 상황설정 자체가 좀 황당하다는 점이다. 이 책의 지은이는 칼 마르크스다. 『자본론』을 쓴 그 유명한 '빨갱이'의 원조와 이름이 같다. 역자 후기가 없는지라 본명인지 필명인지 확인할 길이 없으나 7년간 출판사 구매책임자로 일했다고 한다. 그런데 소설 속의 화자 이름이 칼 마르크스다. 마치 자기가 직접 겪었던 일을 회고하고 있는 양 서술하고 있다. 이 칼 마르크스가 모처럼 짬을 내 로마에 여행을 갔다. 스페인 광장에 앉아 있는데 한 부랑자가 나타나고 이 사람과 경찰이 옥신각신하다 마침내 끌려간다. 그때 부랑자가 노트 한 권을 떨어뜨리는데, 이걸 주워 읽어보니, 믿거나 말거나이지만, 칼 마르크스의 일기였다.

칼 마르크스는 1883년 3월 14일 죽었다. 그런데 멀쩡히 살아서 로마의 광장을 쏘다니고 있었고 일기까지 썼다. 칼 마르크스의 일기를 주운 칼 마르크스는 이 일기를 한 잡지사에 보내고 우여곡절 끝에 수석기자 알텐바흐의 손에 들어갔다. 여기서부터 이야기는 박진감 있게 펼쳐진다. 경쟁지의 여기자가 알텐바흐를 매수해 이 일기를 입수하려 하고, 정체 불명의 여성들이 미행하고 무단침입해 집안을 쑥대밭으로 만들어놓는다. 알텐바흐는 일기를 안전하게 숨겨놓으려고 친구에게 맡겨놓는데, 그 친구가 처참하게 살해된다. 도대체 진위를 확인할 수 없는 일기를 놓고 왜 이런 일이 벌어지는가. 이유는 몇 가지로 추려볼 수 있다. 이 일기가 진짜라면, 바티칸을 의심할 수 있다. 인류의 역사를 뒤바꿔놓은 인물이 죽지 않고 살아남아 고작 부랑자 생활을 한다면, 수많은 가톨릭 신자들이 영생의 의미를 심각하게 고민할 수 있다. 두 번째는 이제 그 세가 무척 약해진 마르크스주의자들을 들 수 있다. 그들은 자신들의 스승이 나타나 매사 시시콜콜이 간섭하고 지도하는 것을 싫어할 수 있다.

작가는 유명한 사람들이 천일 후에 다시 살아난다는 가정을 끝까지 밀고 나간다. 책을 읽고 나서 이 말에 공감한다면, 누군가

죽은 지 천일 후에 로마에 있다는 스페인 광장에 가볼 일이다. 이런 가정이 너무 황당하다고 생각한다면, 본문을 읽지 말고 칼 마르크스가 썼다는 일기만 골라 읽어도 된다. 최소한 이 책을 쓴 칼 마르크스가 동명이인인 칼 마르크스 평전은 수십 권 읽고 썼을 것이라는 확신이 들 정도로 잘 썼다. 장난기가 잔뜩 묻어 있는 책이지만 그 일기에 "사람들은 마르크스를 다시 읽어야만 한다"라고 씌어진 이유는 무엇인지 곱씹어보아야 할 때다.

성적 판타지의 향연
나카무라 신이치로의 『아름다운 여신과의 유희』

한번 상상해보라. 당신이 심한 우울증이나 강박관념에 시달려 정신과를 찾았다. 의사는 동창생. 아무래도 편한 마음으로 자신의 정신상태를 소상히 말할 수 있을 것이다. 떨리는 마음으로 의사의 '최종판결'을 기다리는데, 정신과 의사가 내린 처방이 다음과 같았다.

"네가 지금 앓고 있는 신경장애는 일종의 피해망상인데, 이를 이겨내려면 통속적인 도덕을 무시하고 다양한 여성과 성관계를 맺어야 해."

황당하다고 여길 것인가, 아니면 희롱당한다는 느낌이 들 것인가. 당사자야 믿어야 할지 말아야 할지 곤혹스러워할 수도 있지만, 주변의 사람이라면, 그런 병이라면 당장 앓고 싶다고 나서는 사람도 있을 법하다. 나카무라 신이치로의 『아름다운 여신과의 유희』(유숙자 옮김, 현대문학, 2004)는 희한한 신경증을 앓은 적이 있던, 지금은 일흔이 된, 한 화가의 경험담으로 꾸며져 있다.

사실 한번쯤 읽어볼 만한 소설이라고 생각해 이 책을 소개하고 있지만, 어떤 면에서는 굳이 시간을 들여 읽어보지 않아도 된다. 친구 가운데 입이 험한 호색한이 있다면, 술자리에서 목청 높여 떠벌일 법한 내용이 다 담겨 있기 때문이다. 아니라면, 누구나 한번쯤 꿈꾸어 보았을 성적 판타지가 질펀하게 퍼져 있기 때문이다. 어쩌면 그렇게 재주도 좋은지, 눈길만 마주쳐도 옷을 벗(기)고 애무하고 결합한다. 장소도 다양하고 포즈도 색다르고 인종도 많고 서로 구속도 하지 않으니 얼마나 좋은가. 이 소설을 영화로 찍는다면, 아무리 감독이 절제하더라도 '등급외' 판정을 받을 것은 불을 보듯 뻔하다. 이 소설의 부제가 '나의 포르노그래피'인 이유를 알 만하다.

그런데도 이 작품은 천박하지는 않다. 읽으면서 시간이 아깝다는 생각이 들지는 않는다는 뜻이기도 하다. 뻔하다 싶어 덮어버리려 하다가도 계속 읽어나가는 것은 작가 특유의 성적 수사학 덕분인 듯하다. 차라리 확 까발리는 게 낫지 않을까 싶게 낯간지러운 수사를 부리는 작가가 익살스러워 보이기도 한다(당신이 보기에 "튼실하니 두툼하고 거무스름한 양쪽 입술의 살집 제방이 불룩했고, 그 위로 위엄 있는 백발이 도드라져 은빛으로 반짝였다"는 무엇을 말하는 것 같은가). 책을 읽다 도대체 이 작품에서 주인공이 건드린 여자가 몇 명이나 되나 세어보려다 점잖지 못한 짓 같아 포기했다. 단지 너무 우연적인 요소가 남발되고 쓸데없이 인물관계를 꼬이게 만드는 것은 한국 드라마의 병폐를 보는 것 같아 영 개운치 않았다.

작가는 이 작품이 당당히 순문학으로 평가받고 싶은 욕심이 있는 모양이다. "여체를 향한 몰입이 미에 대한 예배였다" 운운하는 것이 그런 속내를 드러낸다. 그리고 가끔 주인공의 연륜에 걸맞게 삶과 죽음에 대한 단상을 늘어놓는 이유도 거기에 있는 듯싶다. 이럴 때마다 느끼는 건데, 왜 작가들은 스스로 이런 작품은 한낱 포르노 소설에 불과하니 그냥 즐거운 마음으로 읽어보라고 말하지 못할까 싶다. 이런 소설이야말로 출퇴근길의 전철간이나, 반신욕하면서 읽기 딱 맞춤한 책인데 말이다. 그 무료한 시간을, 그것도 누구나 내심 즐거워할, 성적 판타지로 채워주는 것은 얼마나 고마운 일이던가. 이야기하다 보니, 당신이 이 책을 언제 읽는 게 좋은지까지 말하고 말았다. 참조하시기 바람.

환상, 현실 그리고 환멸
김형경의 『성에』

김형경의 장편소설 『성에』(푸른숲, 2004)는 환상에 관한 작품이다. 여기서 말한 환상이란, 이른바 '개꿈' 하고는 사뭇 다르다. 김형경이 말하는 환상은 현실보다 더 힘이 세다. 그리고 하룻밤의 꿈과 달리 한 사람의 삶을 지배하는 신념이기도 하다. 실로 그렇다. 그 '남자' 는 세계일주를 하기 위해 목숨을 걸고 귀순했고, 그 '사내' 는 어딘가에 숨겨진 금을 찾으려고 산을 헤맸다. 그리고 아이를 빼앗긴 아픈 경험이 있는 그 '여자' 는 두 사람에게 공평하게 사랑과 성을 나누어주었다. 그러나 사랑과 성을 공평하게 나눌 수 있는 것일까. 그 여자의 환상은 그럴 수 있다고 믿는 데 있다.

작품의 주인공인 연희와 세중은 한겨울에 눈이 맞아 예정에 없는 여행을 떠났다. 폭설만 아니었다면 두 사람의 영혼에 그토록 깊은 불도장이 찍히지는 않았을 듯하다. 휴게소에 차를 세워놓고 뒷산에 오른 것은 운명의 부름 때문이었다고 보아야 옳다. 그렇지 않고서야 굳이 그 산길을 오를 이유가 없었다. 이제 낭만은 공포로 바뀐다. 외진 곳에 놓여 있는 집에서 시체가 순차적으로 세 구나 발견된다. 무인지경에서 살해당한 사람의 시신을 본다는 것은 얼마나 경악스러운 일이겠는가. 이 지점부터 『성에』는 '성애性愛' 를 말한다. 작품에 나온 구절을 빌리면 그 성애는 먼저 "불안,

공포, 경악을 다스리는 대체물"의 기능을 했고, "단절감, 상실감, 절망감" 따위가 성욕으로 바뀌는 모습을 그린다. 그리고 "상대적인 결핍감을 보상받고자 하는 성, 지독한 애착과 친밀감을 확인하는 성, 상대의 몸을 탐하는 성의 단계"도 나온다. 세중의 포르노적 상상과 연희의 로맨스 소설적 상상이 얽히고 설킨, 광기 어린 성적 집착이 그려져 있다.

『성에』는 추리소설적 틀도 있다. 연희와 세중이 목도한 주검의 원인은 무엇일까. 그 답을 풀어가면서 작가는 이름하여 생태학적 상상이라 할 만한 방법을 마음껏 구사한다. 세 사람이 만나고 살고 죽이는 과정을 지켜본 참나무, 청설모, 바람 등이 사람의 언어로 증언한다. 판타지 소설이 널리 읽히는 마당이라 낯설 것까지는 없겠지만, 앞부분에서는 약간의 혼동을 줄 수도 있다. 거기에 성, 사랑에 관련된 문구는 어디선가 보았거나 너무 잠언적인 면이 있어 읽는 데 방해가 되기도 한다. 하지만 조금은 거칠고 모난 부분을 스스로 감쌀 정도의 힘은 작품이 이미 가지고 있어 큰 문제는 안 된다. 그런데 그 대목을 읽으면서 놓쳐서는 안 될 것이 하나 있다. 따지고 보면 인간도 유전자의 지배를 받는 족속에 불과하다는 것이다. 식물이나 동물들의 짝짓기에 대한 장황한 설명은 작가가 그 점을 표나게 강조하고 싶어서였을 법하다.

충격적인 사건을 목격한 이후 연희와 세중은 서로 연락이 끊겼다. 한참 시간이 지난 다음, 우연한 기회에 두 사람은 다시 만나고, 몸은 오래 전의 기억을 되살려내 황홀한 시간을 보냈다. 그러나 연희는 세중과 더 이상 관계를 맺지 않기로 한다. 세중에게 연연하는 것이 로맨스에 대한 환상이라 판단해서이다. 작품의 마지막은 연희의 '환상론'이 펼쳐져 있는데, 그것은 아마도 작가의 것일 터이고, 읽는 이들이 삶의 지표로 삼을 만한 것이기도 하다. 연희는 말한다. 환상이 현실이 되어 환멸이 찾아오면 "마음껏 빛나고 아름다운 것, 현실과 무관하며 허황된 것, 가장 충만해서 서러운 것으로 다시 환상을 골라" 잡으란다.

'성장통' 앓는 세대를 위해

무라카미 류의 『69:sixty nine』

쏟아져 나오는 새 책에 치여 살면서도 습관적으로 헌책방에 들르곤 한다. 켜켜이 쌓여 있는 교양의 지층에서 눈에 번쩍, 띄는 책을 고를 때는 금맥을 찾은 광부의 기쁨과 다를 바 없다. 그런데 책을 사 가지고 집으로 오면, 다시 헌책이 되고 만다. 읽어야 할 새 책에 밀려 한동안 거들떠보지 못하는 것이다. 수절하는 과부 보쌈 싸와서 모르쇠하는 격이다. 그러다 그 책이 세월의 담금질을 이겨내고 새로 나오면 그제야 아뿔싸, 하며 어이없게도 새 책으로 읽는다. 아무래도 때깔이 고우니 자연히 손길이 그리로 가는 모양이다. 오래 전, 새로운 감수성을 이해하려면 무라카미 류의 『69:sixty nine』(양억관 옮김, 작가정신 2004)을 읽어볼 필요가 있다는 도움말을 듣고 헌책방에서 책을 사놓고는 역시 잊고 지냈다. 이번에 다시 나오지 않았다면, 결국 읽지 못했을 성싶다.

대학 다닐 적의 일이다. 문학 교수가 상기된 표정으로 유인물한 장을 흔들며 개탄했다. '학문의 전당' 운운하는 제목이었는데, 학문을 한자로 學文이라고 썼던 것이다. 『69:sixty nine』에도 그런 웃지 못할 장면이 나온다. 1969년 일본에 가득 찼던 불온한 기운에 휩싸인 일군의 고등학생들이 '바리케이드 봉쇄'를 감행한다. 말하자면, 그들만의 혁명을 시작한 것이다. 걸개막에 쓴 표어는 "상상력이 권력을 쟁취한다." 교직원실 창문에는 "권력의 개들아, 자아비판하라!"고 썼고, 도서실에는 "동지여, 무기를 들어라!"라고 적었다. 그런데 무기의 '무' 자를 武가 아니라 試로 쓴게 화제가 되었다. 학생들 사이에서 말이 돌았다. "이런 멍청이 학생은 한자 시험만 치면 금방 잡을 수 있다"고 말이다.

자기의 경험이 소설에 나올 적의 기쁨이란 이루 말할 수 없다. 기억의 창고에 처박혀 있던 보석이 언어의 세공사에 의해 갈고 닦여 새로운 빛을 발하게 된다. 이럴 경우 그 작품에 대한 애정의 순도는 평균치를 웃돌게 마련이다. 1980년에 '말죽거리 잔혹사'를 겪었던 사람들에게는 짧았던 해방의 기억이 남아 있다. 독재자의 몰락과 함께 찾아온 정치적 봄을 청소년답게 누리고 싶어했다. 공통분모는 두발과 복장의 자율화. 내가 다니던 학교에서는 우열반 폐지까지 내세우며 목청을 높였다. 한없이 가벼운 『식스티 나인』을 빠른 속도로 읽어내지 못한 것은, 바로 시공을 초월한 너무나 비슷한 체험이 발목을 잡아서였다.

하지만 그게 다였다. 기대했던 새로운 감수성은 이 작품에서 만날 수 없었다. 희미한 옛 기억을 환기시켰다고 해서 미학적 순도마저 높아지는 것은 아닌 법이다. 뒤늦은 성과라면, 한때 잘 나가던 작가들이 하루키만이 아니라 류에게도 빚지고 있다는 사실을 알았다는 정도다. 그러기에 내가 이 책을 다 읽고 나서 집어던졌다, 라고 하면 거짓말이고, '어른' 들이 읽어볼 만은 하겠구나 하는 생각이 들었다. 한때 우리를 버티게 했던 것은 반항심이었다. 학교가 '선별과 경쟁' 의 장소이며, 학생들을 한낱 가축으로 만드는 곳이라며 울분을 뱉어내곤 했다.

『69:sixty nine』을 거울로 삼아 자신의 옛 모습을 본다면 '성장통'을 앓느라 저항하고 방황하는 청소년들을 이해할 수 있을 듯하다.

"내 보기에 그대의 아버지는 사람은 좋은데 단지 기억력이 좀 나쁜 것 같다. 그 자신도 어렸을 때는 캄캄한 방에 가둬지는 것을 좋아하지 않았을 것이다. 그런데 이제는 그때의 고통을 잊어버리고 자기 아들을 가둔다."

루쉰의 말이다.

'도덕경' 풍의 우화
라 퐁텐의 『라 퐁텐 그림우화』

무수히 쏟아져 나오는 책 가운데 유독 한 권의 책에 눈길이 가는 데는 거창한 이유가 필요하지 않다. 제목이 좋아서 일 수 있고, 지은이가 '얼짱'이어서일 수도 있다. 『라 퐁텐 그림우화』(장 드 라 퐁텐, 박명숙 옮김, 시공사, 2004)를 읽어내려 간 것은 그림이 좋아서였다. 사실, 이런 이유가 아니라면, 이 책 읽기는 쉽지 않은 일이다. 어릴 적 누구나 한번은 읽어보았음직한 책인 데다 그 내용이 이솝우화와 같은 것도 많다. 책에 그린이에 대한 정보나 무엇을 도구로 삼아 그렸는지에 대한 귀띔은 없다. 단지 1834년에 프랑스에서 출간된 책에 실린 그림을 오늘에 되살렸다고 밝혀놓았을 뿐이다.

이 책에 실린 그림은 어딘가 수공업적이고 그만큼 장인적이다. 펜으로 그린 세밀화 같은 인상이 짙은데, 그 풍이 오늘과 사뭇 다르다. 흑백이니 화려하지도 않고 손으로 그렸으니 디지털적이지도 않다. 그러기에 지극한 정성과 보는 이의 감성을 자극한다. 오래 전 읽어본 내용이니 그림만 훑어보아도 내용이 떠오른 경우도 왕왕 있다. 빛의 속도로 변하는 시대에 엉뚱하게 옛것이 좋다는 투의 말을 하려는 게 아니다. 분명, 오늘 우리가 잃어버린 것이 무엇인지 떠오르게 하는 자극이 있다. 그것을 내 식으로 말하면

'정감' 같은 것인 듯하다.

신도들이 목사가 한 말을 늘 기억하면 교회는 일찌감치 문을 닫았을 것이다. 설교시간에 졸기도 하고, 세상사에 정신없어 들은 말도 잊었기에 때가 되면 교회에 가는 법이다. 어릴 적 읽었던 우화라고 다 기억날 리는 없다. 다시 읽으면, 무릎을 치게 하는 구절을 만나게 된다.

「떡갈나무와 갈대」는 노자의 『도덕경』을 보는 듯한 착각이 든다. 떡갈나무가 갈대를 놀렸다. 굴뚝새 한 마리만 앉아도 얼마나 무겁겠니, 라고. 그리고는 후회할 소리를 했다. 너에게는 모든 것이 차가운 북풍이지만 나에게는 모든 것이 가벼운 서풍이라고. 갈대가 빙긋, 웃으며 대꾸했다. 그런 걱정은 하지 마라. 바람은 나에게 두려운 존재가 아니다. 나는 몸을 굽힐지언정 부러지지는 않는다, 라고. 이럴 때 거센 바람이 몰아치지 않으면 우화는 성립되지 않는다. 떡갈나무는 꼿꼿이 버티었고 갈대는 고개를 숙였다. 누가 뿌리째 뽑혔을지는 말하지 않아도 알리라.

「사자와 함께 어울려 사는 암송아지와 암염소, 암양」은 정치적인 교훈을 준다. 네 마리 짐승이, 말하자면 사냥에 관해 동업을 했는데, 어느 날 암염소가 쳐놓은 올가미에 사슴 한 마리가 걸려 들었다. 침을 흘리며 네 마리 짐승이 모였다. 이 자리에서 사자가 사슴을 네 조각으로 나눠 그 첫 조각은 왕의 자격으로 자기가 차지하겠다고 했다. 두 번째 조각은 가장 강한 자의 권리로 차지하고 세 번째 조각은 가장 용감한 자로서 가지겠다고 우겼다. 그러면 남은 한 조각은? "손을 댄다면, 내가 그놈을 당장 목 졸라 죽여버릴 것이다." 이라크에 파병해봐야 실익이 없을 거라고 짐작하는 이유가 여기에 있다.

책 읽으면 입안에 가시가 돋는 당신을 위해 준비한 이야기 하나. 진주 한 알을 발견한 수탉이 보석세공인에게 그것을 가져다주며 말했다. 아주 값비싼 보석 같지만, 내게는 작은 조 알갱이 하나가 더 쓸모 있다. 어떤 사람이 필사본 하나를 물려받아서 이웃의 서적상인에게 가져다주며 말했다. 훌륭한 책인 것 같지만, 나에게는 은화 한 닢이 낫다. 하늘이 사람의 형상을 주었는데, 수탉 같은 어리석은 짓을 저질러서야 되겠는가.

공부보다 사랑이 우선

야마다 에이미의 『나는 공부를 못해』

나는 이 녀석이 마음에 딱 들었다. 복도를 지나가는데 뒤에서 선생이 부른다. 왜 그런가 돌아보았더니, 뭔가를 보이며 화를 낸다. 가만히 보니, 콘돔이었다. 학생이 이런 걸 가지고 다니면 되냐고, 버럭 소리를 지른다. 녀석은 기차 화통 삶아먹은 듯한 소리보다 아이들에게 콘돔 빼앗길 게 더 걱정이다. 요즘 녀석들은 게임팩을 사느라 콘돔 살 돈을 아낀다. 마침내 선생이 해서는 안 되는 소리를 했다. 이런 걸 가지고 다니면 공부가 돼! 라고 한 것이다. 왜 안 된단 말인가. 하고 싶은 걸 억지로 참는 게 외려 정신을 산란스럽게 한다는 것을 모른단 말인가(걱정하지 마라. 머릿속으로만 생각한 것이니까).

그런데 이 집안을 살펴보면, 더 가관이어서 콩가루집안이구나, 하는 말이 절로 터져 나온다. 어머니는 일류대를 나와 출판사에 근무한다. 애비 없이 녀석을 키웠다. 일본의 출판사는 우리와 달리 연봉이 센 편인데, 형편이 넉넉해 보이질 않는다. 왜 그런가 했더니, 멋있는 남자에게 잘 보이려 너무 치장에 신경을 써서 그랬다. "멋있는 창녀 같은" 어머니다. 외할아버지도 계신데, 이 양반도 재미있다. 산책길에 꼬신 할머니 만나러 가면서 녀석의 헤어무스를 맘대로 바르곤 한다. 그까짓 헤어무스가 아까울

리 없다. 문제는 머리카락이 몇 가닥 남아 있지 않다는 데 있다. 그래도 가끔 깊이 있는, 현인 같은 말도 한다. 우리집 가난하지, 라고 하면, 가난뱅이 놀이를 하고 있을 뿐이야, 라고 답한다. 가난이 싫어, 라고 투정을 부리면, 청빈이라는 말도 모르냐, 고 대꾸한다.

도대체 이 맹랑한 녀석이 누구냐, 고 묻고 싶으리라. 『나는 공부를 못해』(야마다 에이미, 양억관 옮김, 작가정신, 2004)의 도키다이다. 녀석은 얼굴도 잘 생겼고, 또래의 여학생들에게 인기도 있고, 축구도 잘한다(그 나이 때의 나같다, 라고 쓰고 싶은 마음을 이해해 달라). 그리고 연상의 여인을 애인으로 두고 살을 섞어왔다. 세상에 부러운 것이 하나도 없다, 라고 하면 좋을 텐데 그렇지만은 않다. 사고치면 애비 없는 자식이라고 비난하는 사회적 편견에 시달려 왔다. 이것도 머리 굵어 이제는 잘 이겨내는데, 끝내 해결되지 않는 게 있다.

공부를 못하는 것이다. 처녀가 애를 배도 할 말이 있다는데, 도키다에게 이유가 없겠는가. 사랑하느라 바빠서이다. 공부 자체가 나쁠 리 있겠는가. 그것보다 사랑하는 것이, 그리고 섹스를 하는 것이 더 좋을 뿐이다. 그냥 사랑만 했으면 좋겠지만, 세상은 도키다를 내버려두지 않는다. 반 친구가 자살하고, 자신들의 미래를 설계하고, 대학에 가려 하는 분위기 속에서 무언의 압력을 받는다. 마침내 도키다도 대학에 들어가겠다고 '선언'한다. 우정 같은 사제의 정을 나누는 사쿠라이 선생이 이유를 물었더니, 대답이랍시고 이렇게 말한다. "대문호가 사정射精을 거듭했더라면 과연 문학이 탄생할 수 있었을까, 그런 걸 좀 알고 싶어요."

　아이들은 그냥 놔두어도 스스로, 알아서 성장하는 법이다. 간섭하고 지도하고 교육해야 올바로 자라는 것이 아니다. 우리도 그랬다. 어른들의 잔소리가 싫었고, 선생들의 간섭이 귀찮았다. 그게 얼마나 혐오스러웠으면 얼른 어른이 되고 싶어했겠는가. 나는 도키다에게서 대리만족을 느낀다. 잃어버린 청춘의 잔혹사를 변상받은 듯한 느낌이다. 그러나 마음에 켕기는 게 있다. 내 아이를 도키다처럼 키울 수 있을까, 하는 생각이 들어서다. (주책없이) 환호하다 (소심해져) 주춤해진다. 참으로 발칙하기 짝이 없는 소설이다.

낡은 팬티가 마지노선?
정이현의 『낭만적 사랑과 사회』

유리라는 이름의 여대생이 있다. 3학년이니만큼 아직 청순미
는 남아 있고, 완숙미는 막 싹터오를 것이다. 시쳇말로 한창 물오
른 나이다. 입성은 얼마나 세련되었겠는가. 지나가면 적어도 한
번쯤은 남자들이 뒤돌아볼 정도는 될 것이다. 그런데 이 여대생
이, 어처구니없고 놀랍게도, 3년 된 낡은 팬티를 입고 다닌다면,
이해가 될까. 정이현은 『낭만적 사랑과 사회』(문학과지성사,
2003)에서 유리에게 헐렁하게 늘어난 고무줄에, 누렇게 물이 빠
진 팬티를 입혀 놓았다. 이유는 간단하다. 낡은 팬티가 마지노선
이어서다.

무슨 말인가 하면, 이렇다. 좋아하는 남자가 생겼다. 몇 번 만
나서 수작을 부리던 남자가 한번 하자('무엇을'에 해당하는 목적
어는 생략했다. 다들 알 터이니)고 조른다. 남자가 마음에 들었다
면, 석녀가 아닌 다음에야, 마음이 흔들릴 수밖에 없다. 그래서
낡은 팬티를 입는 것이다. 설마 남자에게 낡은 팬티를 보여줄 강
심장을 지닌 여성은 없으리라. 그것이 첫날밤이라면, 좀더 낭만
적이고 그래서 좀더 순결하고, 그리하여 황홀해야 하지 않겠는
가. 유리의 낡은 팬티는, 준비되지 않은 첫 섹스는 결코 용납하지
않겠다는 결연한 각오를 상징한다.

그렇다고 서둘러 유리가 요즘 여대생답지 않게 조신하다고 칭찬할 생각은 하지 말 것. 다 이유가 있다. 첫 번째는 "내 인생, 엄마처럼 사는 일은 절대로 없을 테니까"에 있다. 그 엄마는, 백화점에서 세일이나 해야 옷 사 입고 고작 문화센터 노래교실에 다니는 걸 생활의 여유라고 생각하는, "쉰 살 다 된 여자"이다. 다른 건 몰라도 엄마의 말 가운데 "여자 몸은, 금 가는 순간, 그 순간 끝장나는 거야!"만은 금과옥조로 삼고 있는 까닭이다. 두 번째는 아버지가 서울 시내 요지에 다수의 부동산이 있는 혜미와 자신의 앞길이 다르기 때문이다. 병아리색 뉴비틀을 몰고가는 혜미를 바라보며 "나는, 나는 다르다. 나는 혼자 힘으로 이 척박한 세상과 맞서야 했다"고 독백을 되뇌인 이유다.

　신중하게 재는 남자가 두 명 있다. 서울에서 제일 좋은 의대를 다니는 상우는 여자를 다룰 줄 안다. 그러나 차가 없다는 게 영 마음에 걸린다. 은색 스포츠카를 몰고 다니는 민석이는 지방대생이라 탐탁지 않다. 그런데 이번에 이 녀석이 작심한 듯 한강변에 차를 세워놓고 덮친다(왜 덮쳤는지는 설명하지 않겠다. 다들 알 터이니). 자주 쓸 수는 없지만, 이런 위기를 벗어나는 데는 오럴이 좋다. 아직 팬티를 갈아입고 만날 만한 남자들이 아니다. 한데, 인생을 걸고 주사위를 던져야 하는 절체절명의, 이번에 반드시 승부를 내야 하는 건곤일척의 순간이 왔다. 유리는 그대로 했다. 무엇을? 이름하여 완전무결한 첫날밤을 치르기 위한 십계명! 이것은 반드시 설명하고 넘어가야 한다. 아직 모르는 이들이 많을 터이므로, 라고 하고 싶으나 생략하겠다.

유리는 마침내 십계명대로 해 순결이란 동아줄을 타고 꿈같은 신분 상승에 성공했을까. 여기서 다 말하면, 작품을 읽을 맛이 나지 않을 수도 있으므로 입을 다물겠다. 도움말이라면, 유리라는 이름에 주목할 것. 깨지기 쉬운 것이 유리이지 않던가. 작가는 두 번씩이나 읽는 이의 뒤통수를 친다. 낭만적 사랑이란 게 있기나 한가, 순결 지키기가 얼마나 허망하던가 하는 점에서 말이다. 아, 참 이 책은 단편소설 여덟 편이 실린, 창작집이다. 개인적으로는 표제작과 함께 「소녀시대」와 「무궁화」가 좋았다.

상처받은 이들에게 내미는 '처방전'

이순원의 『강릉 가는 옛 길』

만약 인간의 영혼을 투시하는 엑스레이가 있다면, 그래서 그 가상의 기계에 영혼을 얹혀놓고 찰깍, 찍으면 어떤 형상이 나타날까 생각해본 적이 있다. 촬영하고자 한 것이 영혼이다 보니 한눈에 보이는 뚜렷한 형체가 있을 리는 없고, 인화지에는 날카로운 맹수의 발톱에라도 할퀸 듯한 생채기들만이 현상될 듯하다. 산다는 게 결국 상처를 주고받는 일인데, 정작 오랫동안 기억에 남는 것은 상처받은 일뿐이다.

확실히 불공평한 일이지만, 그게 인간사인 법이다. 특히 어릴 적 순정했던 영혼이 입은 상처는 제법 오래가고 도통 치유되지 않는다. 갓 구워낸 자기에 쨍, 하며 금이 간 채 세월의 더께가 켜켜이 얹혀진 꼴이다. 없는 듯 잊혀진 듯하지만 사실 한 꺼풀만 벗겨내도 골 깊은 상처가 드러나게 마련이다.

이순원의 소설 『강릉 가는 옛 길』(다림, 2002)은 어린 시절 입었던 상처에 관한 이야기다. 자전적 성격이 강한 만큼 회고 형식으로 씌어졌는데, 가난 때문에 형제가 겪어야 했던 억울하고 분통터지는 경험이 묘사되어 있다. 이 작품에는 어린 시절 누구나 한번쯤은 만났을 법한 악질교사가 나온다. 부잣집 아이는 편애하고 가난한 아이들은 차별했던, 그래서 어린 영혼들이 모욕감과 수치심에 떨도록 만든 인물이다. 지물포를 운영하는 지역 유지의 형제에게 수모를 당하는 주인공 형제의 모습은 읽는 내내 가슴을 아프게 한다. 소설 속 상황이 남의 일같지 않은 것은 누구나 한번 쯤은 비슷한 일을 당한 적이 있어서다. 이 땅의 못난이들은 대부분 "어릴 때부터 저런 어른은 되지 말아야지 하며" 이를 악문 경험이 있다.

문제의 선생님이 돌아가셨다는 소식을 듣고 나서 주인공 수호는 장례식에 참석하기를 거부한다. 다른 친구의 권유로 마지못해 강릉 가는 길에 오르고 나서야 화해의 가능성을 내비친다. 고향이 상징하는 원초성에 기대어 낡은 허물을 벗어버리려는 작가의 의지가 엿보이는 설정이다. "대관령 넘으면 마음이 편해"진다는 말이 이를 상징한다.

나는 이 설정이 못내 성에 안 찼다. 서둘러 화해하기보다는 쉽게 용서하지 못하는 주인공의 고뇌가 그려졌다면 현실감도 있는 데다 극적 긴장이 고조되었을 성싶어서다. 어찌했든 작가는 영혼의 엑스레이를 든 독자에게 나름의 처방전을 건네고 있다. 어렵더라도 과거와 화해하면, 우리 영혼에 새겨진 금이 메워지리란다. 아직도 그 악몽에서 자유롭지 못하고, 여전히 아파하는 사람들이라면 귀담아들을 만한 말이다.

출구 없는 사람들의 초상

김종광의 「모내기 블루스」

나는 행복한 세대다. 같은 해 태어난 문사文士들이 많아서인데, 얼핏 떠오른 이들의 이름을 나열할라치면, 김소진 · 장정일 · 유하 · 신경숙 · 김인숙 · 공지영 등이다. 오래 전 술자리에서 평론을 하는 권성우 · 이광호까지를 싸잡아 63세대 문인들이라 명명하면서 호기있게 세대론을 펼친 적이 있는데, 주변 사람들의 별다른 호응을 얻지 못했다. 하지만 어느 고명한 평론가가 역시 이들을, 어쩌면 그렇게도 똑같을 수 있을까 싶게, 63세대 문인이라 이름 지은 다음부터는 인구에 널리 회자했으니, 그 이후 나는 유명해지고 볼 일이라며 술자리에 있던 이들에게 볼멘소리를 해댔다.

같은 해에 태어났다는, 한낱 우연의 일치를 빌미 삼아 그들에 대한 애정을 감추지 않는 것은, 동년배이기 때문에 느낄 수 있는 그 무엇이 있어서다. 그것을 좀 고상하게 꾸며보면, 아무 말없이 연꽃 한 송이를 집어든 석가의 뜻을 짐작한 가섭의 미소 같은 것이다. 내가 겪고 느꼈고 생각한 바를 귀신처럼 찍어낸 글귀를 만날 때의 희열이라니! 그러나 동세대 작가에 대한 지나친 짝사랑이 새로운 세대의 작가를 수용하는 데는 걸림돌이 되기도 한다. 어딘가 어설프고 무언가 부족해 보이면서 영 마뜩찮아 보인다. 읽고 나서 감상이라도 말할 기회가 있으면 칭찬보다 흉이 앞서기도 한다.

그런데 어느 날 그 독설의 제단에서 제외된 작가가 있음을 스스로 눈치챈 적이 있다. 첫 소설집 『경찰서여, 안녕』을 펴낸 김종광이 바로 그이다. 71년생의 신출내기 작가를 나는 무척 신뢰하였다. 새로운 세기에도 이런 작가가 있다는 게 신기하고, 놀랍고, 심지어 고맙기까지 했다. 무엇보다 그의 장처는 토박이말을 자유자재로 구사하는 능력이다. 이문구를 빼다박은 듯한 그의 문장은 우리말의 장점이 오롯이 살아 있다. 거기에 해학의 정신마저 스며 있으니, 읽다가 혼자 미친 듯이 웃어젖힌 적이 한두 번이 아니었다. 젊은 작가가 연출하는 그 능청과 의뭉에 혀를 내두르며 이런 능구렁이가 어디 숨어 있다 이제야 나타났나 싶었다. 『모내기 블루스』(창작과비평사, 2002) 또한 그의 미덕이 잘 묻어 있는 소설집이다.

첫 창작집과 마찬가지로 이번에도 파괴된 농촌공동체의 현황과 젊은 세대들이 겪는 좌절이 묘사되어 있다. 그것을 한데 아우르는 말은, 한 단편의 제목대로, '열쇠가 없는 사람들'일 것이다. 작품집을 읽으며 나는 역설적인 감정에 휩싸였다. 묘하게도 이 작가는 나 같은 중늙은이(?)들이 좋아할 소재(「모내기 블루스」, 「윷을 던져라」)를 다루는 데는 능하지만, 같은 세대들이 즐겨 읽을 소재(「서울, 눈 거의 내리지 않음」, 「열쇠가 없는 사람들」)는 그만하지 못해서다. 아웃사이더로 전락한 청년들의 분노는 공감할 만하지만, 그것을 소설로 형상화하는 데는 아직 미숙한 것 같다.

이 감정을 역설적이라 표현한 것은, 내 입맛에 맞는 작품을 쓰고 있음에도, 마치 내가 이른바 63세대 문인들에 젖줄을 대고 이 세상을 버티고 있듯, 그이의 문학도 새로운 세대의 정서적 위안이 되었으면 하는 바람 때문인데, 다행스럽게도 나는 그 가능성을 「배반」에서 감지할 수 있었다.

낭만과 야만의 대결 그린 우화
루이스 세풀베다의 『연애소설 읽는 노인』

칠십줄에 들어선 노인은 나이에 걸맞지 않게 연애소설을 즐겨 읽었다. 사랑의 인연을 맺은 사람들이 고통과 불행을 겪다가 마침내 행복해진다는 줄거리가 노인의 눈물샘을 자극했다. 자주 읽다 보면 뻔한 내용에 질릴 것도 같건만, 노인은 늘 감동했다. 젊은 시절에 못다 이룬 로맨스를 책을 통해 대리만족하고 있다고? 아니라고 단정할 수는 없지만, 그런 이유 때문만은 아니었다. 그 순정한 언어의 집에서 노인은 인간들의 야만성을 잊을 수 있었다. 사랑 이야기야말로 야만의 더께를 씻어내는 세례의식이 아니던가.

『연애소설 읽는 노인』(루이스 세풀베다, 정창 옮김, 열린책들, 2001)의 안토니오 호세 볼리바르는 '아마존의 현자'다. 그물그네에 누워서 책을 읽다가 배가 고프면 강으로 어슬렁거리며 걸어갔다. 멱을 감으면서 덤으로 요깃거리로 새우를 잡기 위해서다. 누구도 그의 일상을 방해하지 않았다. 하지만 세속은 이 탈속의 노인이 누리는 평안을 지켜주지 않았다. 잇따라 사람을 해치는 살쾡이 사냥에 나서야 했던 것이다. 먼저 싸움을 건 것은 인간들이었다. 암살쾡이가 먹이를 찾아나선 사이 새끼들을 죽였다. 암살쾡이의 영혼은 복수의 독으로 가득했다.

요란을 떨며 사냥꾼들을 모았지만, 일만 더 꼬였다. 도움은커녕 방해만 된다는 사실을 뒤늦게 깨달은 읍장은 노인에게 모든 일을 떠맡기고 줄행랑쳤다. 이제 노인은 혼자서 반쯤은 미친 살쾡이와 맞서야 했다. 수아르족 인디오들은 살쾡이를 영물이라고 말해왔다. 표범만큼 힘이 세지는 않지만 지혜로운 동물이었다. 이제 목숨을 건 한판 싸움을 벌여야 했다.

노인이 의지할 수 있는 것은 자신의 경험과 직감뿐이었다. 마침내 암살쾡이와 맞섰고 위험한 순간을 넘겼다. 노인을 향해 살쾡이가 온몸을 던졌을 때 노인의 총이 불을 내뿜었다. 노인은 이 싸움이 명예롭지 못하다고 생각하며 눈물을 흘렸다. 더러운 인간의 발길이 닿지 않는 저 거대한 아마존 강으로 흘러가라고 살쾡이의 시체를 하천에 떠내보냈다.

짧지만 극도의 긴장감이 넘치는 이 소설은, 야만과 낭만이 맞서는 세계를 그린 빼어난 우화다. 현실에서는 늘 야만이 승리를 거머쥐고 있지만, 알 만한 사람들은 다 알고 있으니, 이제 낭만이 세상을 치유하지 않는 한 인간은 혹독한 시련을 겪게 되리라는 것을. 우물쭈물할 시간이 없다. '총'을 버리고 '연애소설'을 읽어야 한다. 자연과 상생의 길을 찾아야 한다는 뜻이다. 그러지 않는다면, 살쾡이의 발톱을 세운 자연이 인류의 목을 할퀴려 덤벼들 것이다.

이야기의 미로에 빠지다

김영하의 「아랑은 왜」

한여름, 마침내 납량특집의 시절이 돌아왔다. 소복을 입고, 머리를 늘어뜨린, 앗, 입에 칼을 물고 있으면 더 그럴 듯해 보이는 처녀귀신이 텔레비전을 곧 장악하리라. 날도 더운데, 손에 땀 쥘 일을 왜 사서 하는지 모르겠지만, 그래도 한여름밤 이들의 '귀환'이 없다면, 우리는 얼마나 쓸쓸하랴. 여기 또 하나의 처녀귀신이 있다. 인상 쓰지 마시길. '전설의 고향'에서 지겹도록 보아옴직한 귀신은 아니다. 김영하라는 솜씨 있는 이야기꾼이 살려낸 아랑은 우리가 익히 알고 있는 귀신과는 사뭇 다르다. 그래서 『아랑은 왜』(문학과지성사, 2001)는 그 첫구절부터 심상치 않게 시작한다. "아랑은 나비가 되었다고 한다."

아랑은 왜 나비가 되었을까, 라고 궁금해 하는 순간 우리는 작가가 쳐놓은 이야기의 함정에 걸려든다. 얼개는 이렇다. 아랑을 흠모한 아랫것이 있었다. 신분의 차이를 이겨내고 그녀의 마음을 사로잡을 수 없었기에, 유모를 매수해 아랑을 범하려 했다. 그러나 완강한 저항에 부딪히자 그녀를 죽였다. 고을 수령이던 아비는 딸이 행방불명되자 관직을 버리고 사라진다. 그런데 괴이한 일이 벌어진다. 새로 부임한 수령마다 첫날밤에 죽어버린다. 아랑의 저주가 시작된 것일까.

이렇게 되면 다음 이야기를 지레짐작할 수 있다. 흉흉해진 민심을 가라앉히기 위해 조정에서는 수령을 공개모집한다. 한 담 큰 사람이 귀신으로 나타난 아랑의 하소연을 듣고 한을 풀어주니 마침내 마을에는 평화가 찾아온다. 그러면 나비는 무슨 이야기이지, 라고 궁금해 할 법한데, 흰나비가 된 아랑이 범인의 상투 끝에 앉았더라는 것이다. 실망하지 마시길. 얼개가 그렇다는 것이지, 소설 자체가 이런 식으로 쓰여 있다는 뜻은 아니다. 작가는 이 상투적인 이야기를 흥미롭게 만들려고 다양한 장치를 마련한다. 움베르토 에코와 '맞짱'을 뜨고 싶었던 것일까. 조선시대를 배경으로 한 소설에 근대적 의미의 탐정과 의사를 투입한다. 김억균과 김령이 바로 그들이다. 납량특집성 전설은 이들로 인해 비로소 '지식소설'의 반열에 오르게 된다.

그리하여 진실은 밝혀졌는가. 밝혀졌다. 아랑의 죽음에 얽힌 음모가 샅샅이 드러났고, 진짜 범인을 색출해 엄하게 다스렸다(영화를 좋아하는 이라면 차승원 주연의 〈혈의 누〉를 떠올리면 될 법하다). 그런데 솔직히 말하면, 아니다. 진실은 끝내 밝혀지지 않았다. 아랑이 나비가 되었다는 말은 무엇인가, 담 큰 수령이 만났다는 아랑은 또 무엇인가. 아랑을 사이에 놓고 벌어진 욕망의 실타래는 그 끝이 안 보인다. 꼬여서가 아니라 이야기라는 안개에 가려져 있기 때문이다.

무릇 모든 이야기꾼은 영악한 법이다. 김영하도 그런 작가다. 이야기를 잘게 쪼개 흩뿌려 놓은 데다 현대와 과거를 자유롭게 넘나든다. 작품을 구상하며 고민했을 법한 것들을 토로해 마치 소설 창작론을 읽는 듯하다. 작품의 주제를 하나로 모으기보다 여럿으로 나뉘게 해놓았다. 그래서 불편한 것이 아니라 새롭고 생동감 있다. 그러니 영악하다고 할밖에. 다 읽고 나서 반드시 되물어보아야 할 것이 있다. 정말, 아랑은 왜 그렇게 되었을까? 라고. 이야기는 미궁에 빠질수록 더 흥미롭게 마련이다.

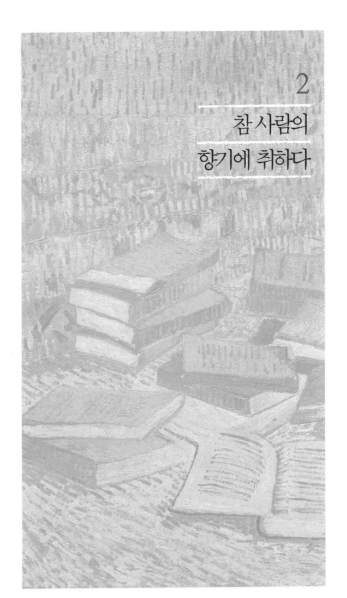

2

참 사람의
향기에 취하다

너무나 과학적인, 너무나 정치적인
프리모 레비의 『주기율표』

과학책 읽기란 수월찮은 일이다. 알아먹기 힘든 용어와 수식 때문에 맥이 자주 끊겨서다. 그렇다고 안 읽고 버틸 수는 없다. 과학이 차지하는 비중이 날로 높아지고 있는 마당에 이 분야에 대한 교양이 없어서는 안 되니 그러하다. 자서전 읽기는 낯간지럽다. 자기 삶을 성찰적으로 되돌아본다면 외려 깊은 존경심을 품게 마련이지만, 흔히 보는 책은 자화자찬으로 도배를 해놓았다. 그렇다면 과학자가 쓴 자서전은 어떨까. 말하자면 최악의 조합이 되고 말까?

프리모 레비의 『주기율표』(이현경 옮김, 돌베개, 2007)는 과학자가 쓴 자서전이지만, 감동적이고 성찰적이다. 문장은 번역문임에도 빛나는 수사로 가득하고, 자신의 삶을 되돌아보는 대목에서는 낭만이 서려 있으며, 불행 속에서도 삶을 이어나가는 낙관이 버티고 있다. 특히나 이 책의 형식은 찬탄을 자아낼 만하다. 화학자답게 레비는 자신의 자서전을 주기율표에 나오는 원소별로 묘사해나간다. 당연히 각 원소로 제목이 붙은 장에는 그 원소에 대한 과학적 해설도 간략하게 나온다. 그러나 그것이 중요할 리 없다. 언급한 원소가 환기시킨 자신의 삶을 복원하고 있다. 그러니까 일반 자서전처럼 연대별로 짜여 있지 않고, 일종의 하이퍼텍스트처럼 꾸며져 있다. 20세기에 쓴 21세기적 글쓰기의 한 전형이라 할 만하다.

'수소'는 청소년 시절 레비의 과학적 열정을 엿볼 수 있는 항목이다. 그 시절 레비는 이미 "이 모든 것을 알게 될 거야. 하지만 그들이 원하는 식으로 알고 싶지는 않아. 난 가까운 길을 찾을 거야. 자물쇠를 열 도구를 내가 직접 만들 거야. 억지로라도 문을 열 거야"라며 과학도의 꿈을 키워 나가고 있었다. 엔리코 역시 화학자를 꿈꾸는 친구였다. 화학과를 다니는 형이 있었는데, 어느 날 실험실 열쇠를 두고 산에 갔다. '악동'들이 가만 있을 리 없다. 교과서에 나온 현상들 가운데 적어도 하나는 눈으로 확인하고, 손으로 직접 일으키려 마음먹었다. 마시면 웃게 된다고 해 웃음가스라는 별칭이 붙은 아산화질소를 만들기로 했다.

아산화질소는 질산암모늄을 가열하면 얻을 수 있다고 한다. 한데 실험실에 그것은 없고 암모늄과 질산만 있었다. 예비 화학자답게 레비는 둘을 섞었다. 그러곤 수분을 없애려고 혼합물을 끓였다. 실험실에 연기가 가득해 웃음이 나오기는커녕 숨이 막힐 지경이 되었다. 방법을 바꾸기로 했다. 전기분해를 하기로 했다. 다음날까지도 멀쩡했다. 엔리코에게 자신만의 발견이고 끈질긴 실험의 결과라고 떠벌여댔다. 자신감을 품고 음극쪽의 유리병에 성냥불을 댔다. 폭발이 일어났다. 수소가 원인이었다.

'비소'라는 항목을 보자. '농부 철학자' 풍모를 한 노인이 설탕 안에 불순물이 들어 있는지를 확인해달고 부탁했다. 레비는 설탕을 증류수에 녹였는데, 용액이 뿌옇게 변했다. 불순한 것이 들어 있다는 뜻이다. 설탕을 불에 태웠다. 화학자에게는 코도 중요한 모양이다. 금속성에 마늘 타는 듯한 냄새를 맡았다. 다른 실험을 통해 그것이 "미트리다테스 왕과 마담 보바리가 먹은 그것", 그러니까 비소였다는 것을 확인했다.

다음날 노인이 찾아왔을 때 결과를 알려주고 자초지종을 듣게 되었다. 그는 구두수선공이란다. 한 장소에 30년 붙박이로 일했다. 그런데 다른 지역 출신 젊은이가 나타나 구두수선을 하기 시작했다. 새로운 기계를 들여왔다. 더욱이 그 청년은 잘 생긴데다 야심이 넘쳐났다. 경쟁이 붙은 것은 당연하다. 그런 가운데 젊은이가 노인에 대한 악성소문을 퍼트리고 다닌다는 이야기를 듣게 된다. 그러다 고쳐야 할 신발들 사이에서 설탕봉지를 발견했고, 의심이 들어 고양이에게 조금 주어보니 토하더란다. 레비가 물어보았다. "고발하실 건가요? 증명서가 필요하십니까?" 그러자 노인이 말했다.

"아니, 아니오, 말했지 않습니까. 그저 가여운 악마일 뿐이지. 난 그 젊은이를 파멸시키고 싶지 않아요. 직업상으로 봐도 세상은 넓고 각자에게 맞는 일이 있는 거라오. 그는 그 사실을 모르고 나는 알고 있는 거지."

오래된 지혜가 무엇인지 이처럼 잔잔하게 일러주는 일화는 흔치 않다.

레비는 아우슈비츠에서 살아 돌아온 유대인으로 유명하다. 그런데 더 놀라운 것은, 작가로서 명성을 쌓은 다음에 스스로 목숨을 끊었다는 사실이다. 왜 그런 극단적인 선택을 했는지에 대해서는 논란이 되고 있으나, 어찌 하였든 그의 자서전에서 이때의 경험을 다룬 대목이 백미에 든다. '바나듐'은 기억과 책임을 다루고 있다. 종전 후 레비가 다니는 공장에서 독일산 수지원료를 수입했다. 그런데 그 원료에 문제가 있어 이의를 제기했고, 이 와중에 독일회사의 책임자가 밀러 박사라는 사실을 확인하게 된다. 그는 아우슈비츠에 있던 실험실의 비중 있는 인물이었다. 공적인 일을 처리하고 두 사람 사이에는 사적인 편지가 오고간다. "그는 아우슈비츠의 사건들을 세세히 구별하지 않고 전 인류의 탓으로 돌렸"고, "거기서 포로들에게 일을 시켰지만 그것은 그들을 보호하기 위해서였을 뿐이라" 말했다.

아픈 상처에 소금을 뿌린 격이었다. 특정국가가 범한 역사 범죄에서 자유로울 수 있는 국민이 있을 수 있을까. 그것은 마치 예수의 죽음에 빌라도는 책임이 없는 것일까, 라는 물음과 같으리라. 레비가 고통 속에서 써내려갔을 답장을 우리는 진지하게 고민하며 받아들여야 한다. 용서와 화해는 아무나, 아무렇게나 하는 것이 아니다. 화학도로서 청운의 꿈을 안고 있던 한 청년이 거센 역사의 회오리에 휘말리게 되었다. 동포들의 죽음을 목격해야 했고, 과학자라는 특수한 신분 덕에 겨우 살아 돌아왔다. 그가 밀러 박사에게 이렇게 썼다.

"적을 용서할 준비가 되어 있으며 아마 그들을 사랑할 수 있을 것 같지만 그것은 그들이 후회의 표시를 보이는 경우에만, 그러니까 그들이 적으로 남아 있기를 포기한 경우에만 가능했다. 반대의 경우, 여전히 적으로 남아 있고, 남에게 고통을 가하려는 고

집스러운 의지를 고수하는 사람이라면 그를 용서해서는 안 되었다. 그 사람을 구원할 수 있고 그와 대화를 나눌 수 있겠지만(나누어야만 한다!) 우리에게 의미 있는 일은 그를 심판하는 것이지 용서하는 것이 아니다."

오늘 우리에게 레비와 같은 이들은 누구일까? 그들의 눈물을 닦아주는 이야말로 진정한 교양인이리라.

아름다운 세상 만드는 나눔의 정신

빌 클린턴의 『Giving』과 토마스 람게의 『행복한 기부』

　빌 클린턴의 『Giving』(김태훈 옮김, 물푸레, 2007)은 나눔에 관한 백과사전이다. 나눔으로 세상을 바꾸는 사람들의 활약상이 파노라마처럼 펼쳐져 있다. 읽는 이의 가슴을 훈훈하게 하는 사례를 몇 가지 꼽아보자면, 이렇다.

　폴 파머 박사는 우리로 치자면 〈인간극장〉에 나올 만한 인물이다. 어린 시절 지독하게 가난한 집안에서 자라났다. 얼마나 어려웠던지 트레일러 주차장에 세워놓은 가족버스에서 살았다. 그런데도 하버드 의대를 나왔다. 부와 명성을 두루 이룰 수 있는 자격을 갖춘 셈이다. 그럼에도 그는 넉 달 동안은 한 여성병원에 근무하며 생활비를 벌고, 나머지 시간에는 아이티에 있는 장미 라장텐병원에서 환자들을 돌보고 있다.

　쉐리 샐츠버그와 마크 그래쇼 부부는 가까운 친척 결혼식에 참석하러 짐바브웨로 여행한 적이 있다. 우연히 학교에 들렀다 충격을 받았다. 교과서는 물론이고 기본 학용품도 갖추지 못한 학생들이 많았다. 도서관의 서가는 비어 있었고, 과학실험기구는 바랄 수도 없는 상황이었다. 부부는 뉴욕으로 돌아오자마자 '미국-아프리카 아동연대'라는 비정부단체를 세웠다. 2년 동안 활동한 결과, 미국의 35개 학교가 짐바브웨 학교와 자매결연을 했고, 이를 바탕으로 다양한 현물지원을 했다. 현금지원을 위해서도 별도의 기금을 모았다.

헤퍼 인터내셔널은 전세계 가난한 사람들에게 가축을 지원해 기아문제를 해결하려는 기구다. 기증된 소나 양 따위는 우유와 달걀, 양털, 고기를 제공한다. 먹을거리와 팔거리가 동시에 생겨나는 셈이다. 이 단체는 나눔의 고리가 끝없이 이어지는 장치를 마련했다. 기증받은 가축의 만배를 어려운 이웃에게 주도록 한 것이다. 헤퍼가 직접 지원한 사람은 대략 1,000만 명인데, 이 제도 덕분에 전체 수혜자는 4,500만 명이 되었다.

『행복한 기부』(토마스 람게, 이구호 옮김, 풀빛, 2007)는 독일판 『Giving』이다. 독일에서 이루어지고 있는 다양한 나눔의 삶이 감동적으로 소개되어 있다. 이 책의 미덕은 사례 중심보다 나눔에 대한 이론적 성찰을 담고 있다는 점이다. 지은이는 대량실업, 병든 사회보장제도, 파산지경에 이른 국가재정 같은 문제를 누가 해결할 수 있는지 진지하게 묻는다. 맹목적으로 시장을 신뢰하는 신자유주의자나 오로지 국가에 기대려는 좌우파 국가주의자들에게는 희망이 없다고 본다. 시민사회가 새로운 '구원투수'라는 것이다.

국가라는 '보모'와 결별한다는 것은, 시민들이 타인을 위해 대가를 치러야 한다는 뜻이다. 합리적 근거를 제시하지 않으면 시민들의 지속적 참여를 끌어내기 어려운 것은 당연하다. 그래서 지은이는 합리적 이기주의나 상호적 이타주의를 내세운다. 장기적으로 볼 적에 이타적 행위가 이기적 목적도 만족시켜준다는 뜻이다. 그러기에 기부행위에 세금혜택을 부여하는 것도 중요한 자극제가 되며, 부유한 '현명한 이기주의자'들은 빈곤이 결국 자신들에게도 해가 된다는 사실을 안다는 것이다.

더불어 살아가는 아름다운 세상을 만들기 위해서는 나눔의 정신이 필요하다. "누구나 다른 사람을 섬길 수 있기 때문에 위대해질 수 있다." 마틴 루터 킹이 남긴 말이란다.

인간 세상에 핀 신의 꽃
김금화의 「비단꽃 넘세」

"도저히 안 되겠는데, 아무래도 자주수건을 써야 낫겠어."

피하고 싶었던 운명이었으리라. 외할머니가 무당이었으니 그 서러움이 얼마나 큰지는 알고 있었다. 그래도 에둘러 갈 수 없었다. 어릴 적 이미 다른 사람들의 앞날이 보였고, 둥근 낫 위에서 춤추지 않았던가. 마침내 무병을 앓았고, 『옥추경』을 읽어 귀신을 쫓아내려 했으나, 독경사가 내뱉은 말이 그녀가 마땅히 가야 할 길이었다.

아들을 학수고대하는 집에 둘째 딸로 태어나 이름이 넘세였다. 남동생이 어깨 너머로 보고 있다는 뜻이다. 가난하고 배고픈 유년시절이었다. 아버지도 일찍 돌아가 더 형편이 어려웠다. 이웃 마을로 민며느리격으로 시집갔다 고된 노동과 시집살이에 지쳐 도망나왔다. 자갈밭이거나 가시밭만이 펼쳐졌지 그 어디에서도 비단길이 열릴 조짐은 없었다.

이제 무당의 길로 가는 외손녀에게 외할머니는 넋두리를 늘어놓는다. 그 어린것이, 제대로 먹지도 못하고 한번도 따스한 사랑을 받아보지 못한 그 불쌍한 것이, "이제 무당이 되어 험하고 냉정한 세상에서 숱한 상처를 받아야 한다고 생각하니 가슴이 미어지는 것 같구나." 외할머니의 말은 예언이었다. 만신 김금화의 삶이 꼭 그렇게 되었으니 말이다.

『비단꽃 넘세』(생각의나무, 2007)는 김금화가 어떤 삶을 살아왔는지 보여준다. 짐작한 대로 평탄한 길을 걷지 못했다. 무당 수업은 엄했다. 잘도 참아낸 데다 영특해 큰 무당이 될 기미가 자주 보였다. 외할머니는 아무래도 금화를 질투했던 듯싶다. 그녀 자신이 큰 무당이었기에 그러했으리라. 사랑에도 속았다. 의지가지없는 남자와 살림을 차려 알콩달콩 살아가려 했으나 끝내 떠나가버렸다. 그러니, "밤낮을 가리지 않고 남을 위해 빌어주며 살아왔건만 내 신세는 왜 이렇게 한심할까?"라고 한탄할 수밖에 없었으리라.

하나, 그게 무당이 가야 할 마땅한 길이었다고 김금화는 회고한다. 무당이 먼저 상처받고 눈물 흘려보아야 다른 사람들의 아픔과 고통을 잘 알 수 있는 법이기에 그러하다. 어차피 "무당은 모든 사람들의 한과 눈물을 보듬어 안아야 하는 사람"이지 않던가. 해야 할 일이 또 있단다. 신과 사람을 이어주는 다리 역할을 말한다. 사람의 편에 서서 신을 달래고 사정하기도 한다. 거꾸로 신의 뜻을 사람들에게 전하기도 한다. 공수할 적에 보이는 그 엄한 표정을 떠올리면 된다. 한마디로 무당은 "신의 밥을 먹고 신의 잠을 자고 신의 걸음을 걸어야" 하는 신의 아기라는 말에 주억거리게 된다.

이 책을 읽으며 받는 감동은, 근대화의 폭력 앞에 무릎 꿇지 않고 살아남은 전통종교의 힘이다. 한낱 미신으로 치부하며 '열등'한 것으로 분류했음에도 그 명맥이 끊이지 않았으니, 놀라울 따

인간 세상에 핀 신의 꽃 113

름이다. 도대체 우리는 무엇을 근거로 그토록 무속에 잔인하게 굴었던 것일까. 도대체 우리는 무엇을 이루고자 그토록 무당을 업신여겼던 것일까. 그렇다면 또 다른 질문이 쏟아져 나온다. '고등' 하다 자부한 종교들이 우리네 삶의 상처를 치유하기 위해 무엇을 해왔던가. 근대의 끝자락에서 목격하는, 이성과 계몽이 남긴 후유증은 도대체 무엇인가.

"이제는 아프고 힘겨운 인생도 그만큼 공부가 되고 덕이 되는 일이니 행복도 불행도 감사한 마음으로 받아들이라" 했으니, 혹여 그것이 앞의 질문에 대한 답인지도 모르겠다.

아버지를 넘어서

버락 오바마의 『내 아버지로부터의 꿈』

정치인의 자서전을 읽을 필요가 있을까 싶어 고민했다. 과장과 미화로 점철될 가능성이 높은데다, 아무리 고상한 뜻을 품고 정치에 입문했다 하더라도 결국 실망감만 안겨줄 터라 그러했다. 거기다 미국의 대선경쟁에 뛰어든 사람의 자서전이니 더욱 망설일 수밖에. 그러다 결국에는 책을 게걸스럽게 읽어나갔다. 계기가 있었다. 힐러리와 벌이는 경쟁이 치열해지면서 서로 흠집을 내자 내심 힐러리 대통령, 오바마 부통령 카드가 나오면 좋겠구나 하는 생각이 들었다. 흑인은 안 될 거라는, 결코 정치적으로 올바르지 못한 무의식이 드러난 것이 아닌가 싶었다. 마음속의 잡초를 뽑아버리려 책을 든 셈이다.

개정판 서문을 보니, 경선을 염두에 두고 쓴 자서전은 아니어서 마음이 놓였다. 오바마가 〈하버드 로 리뷰〉 편집장으로 뽑히자, 출판사가 자서전 출간을 제의했고, 그때 쓴 것을 거의 손대지 않고 냈다 한다. 지나치게 우려하거나 화려하지 않고 혼란스러운 감정이 적절하게 드러나 있는 것으로 보아, 대필작가가 쓴 것 같지는 않았다. 이 점은 분명 힐러리의 자서전 『살아 있는 역사』와 여러 모로 대비된다.

자서전 제목 『내 아버지로부터의 꿈』(이경식 옮김, 랜덤하우스코리아, 2007)을 주목한다면, 오바마의 트라우마가 어디에 있는지 알 수 있다. 이미 언론을 통해 두루 알려졌지만, 오바마의 아버지는 케냐 출신이었다. 하와이대학에서 유학생활할 적에 백인 여성과 결혼해 오바마를 낳았다. 짐작할 수 있듯, 케냐에는 부인과 자식이 있었다. 오바마가 아버지 부재 속에 살아야만 했던 것은 가치관의 충돌 때문이었다. 하버드 장학금에 눈이 먼 아버지가 모자를 하와이에 남겨놓고 공부하러 떠난 데다, 독특한 이력의 오바마 친할아버지가 백인 여성과 결혼한 사실을 인정하지 않으려 했다. 결국 아버지는 가족을 버리고 케냐로 금의환향한다.

오바마에게 아버지는 소문과 풍문 속의 사내였다. 아버지만큼만 하면 된다는 말을 귀에 못이 박히도록 들어왔다. 훗날 잠깐 하와이에 들른 아버지와 지내고 나서는, 더욱 그러해야 한다는 생각이 들었다. 하지만, 그는 따지고 보면 개인적 출세와 영달을 위해 노력했을 뿐이다. 아버지의 꿈은, 흑인도 사회적으로 성공해야 한다는 강한 열망을 뜻하지만, 그 아버지가 꾸지 않은 꿈, 그러니까 흑인공동체에 대한 애정과 헌신을 꿈꾸어야 한다는 뜻이 숨어 있기도 하다. 무릇 모든 아들은 아비를 닮으면서도 그를 넘어서고자 하는 법이다.

이 책의 눈은 3부 '케냐, 화해의 땅'이다. 과장하자면 알렉스 헤일리의 『뿌리』를 연상시키는 내용이 나온다. 케냐를 방문했던 시절을 회상하면서 오바마는 자신이 평생 풀어야 할 화두가 무엇인지 풀어놓는다.

"우리의 공동체는 무엇이며, 그 공동체는 우리의 자유와 어떻게 공존할 수 있을까? 우리가 져야 하는 의무의 범위는 어디까지일까? 어떻게 하면 권력을 정의로, 분노를 사랑으로 바꿀 수 있을까."

오바마가 시카고의 흑인운동을 접고 하버드 로스쿨에 들어가고, 이제 정치의 최전선에 선 것은 스스로 던진 질문의 답을 찾아내기 위해서일 듯싶다. 과연 그는 이 일을 해낼 수 있을까. 그리고 그것을 미국이라는 울타리에 가두지 않고, 전 인류의 보편성으로 확대해 나가고자 할까. 이 땅에서 오바마를 지켜보아야 하는 이유가 여기에 있으리라.

우리 시대의 '바리공주'

김진숙의 『소금꽃 나무』와 김연자의 『아메리카 타운 왕언니 죽기 오분 전까지 악을 쓰다』

태어나자마자 대왕마마는 모진 영을 내렸다. 갔다 버리라고. 세월이 흘러 한날 한시 대왕마마 내외가 큰 병에 들었다. 귀하게 키운 여섯 공주는 약을 찾으러 모험에 나서지 않았다. 버림 받았던 바리데기가 길을 떠났다.

돈 벌어 대학생이 되려 강화에서 부산까지 짐가방을 끌고 내려왔다. 시다생활도 했고, 아이스크림 장사도 했고, 신문과 우유배달도 했다. 시내버스 안내양이 되어 몸수색을 당하는 수모도 겪었다. 무슨 일을 하든 시키는 대로 하고, 곱빼기 철야도 했다. 그러다 남자들이 하는 일이라 돈 많이 벌 줄 알고 용접공이 되어 배 만드는 현장에 발을 디뎠다.

무간지옥이었다. 용접불똥을 뒤집어쓰는 것은 예사였다. 한여름에는 손톱밑까지 땀띠가 박혔다. 죽음과 산재사고에서 한순간도 벗어날 수 없었다. 그날도 사고가 일어나 한 생명이 참혹하게 죽었건만, 정당한 보상을 받지 못했다. 억울한 일 풀어주려 노동조합 대의원에 출마하라는 권유를 받아들였다. 그러고 나서는 고난의 행군이 시작됐다. 해고되었고, "많이 맞았다. 수천 대도 더맞았고, 수백 번도 더 짓밟혔다." 복직문제로 싸우다 제3자 개입으로 구속되기도 했다.

그럼에도 노동운동현장을 떠나지 않았다. 자본의 횡포에 짓눌린, 일하는 사람들과 함께 했다. 민주노총이라는 게 자랑스럽다 말하지만, 비정규직 노동자 문제를 풀어내지 못한 것에 큰 책임감을 느끼고 있다. 『소금꽃 나무』(후마니타스, 2007)에 기록된 김진숙의 삶이다.

그때 아버지가 가족을 버렸다는 사실을 절실히 깨달았다. 전쟁통에 여수에서 돌산으로 피난갔을 적이다. 어린 시절, 두 번이나 성폭행 당했고, 원치 않은 임신을 했을 적에는 끔찍한 일을 저지르고 말았다. 서울로 올라와 버스 차장, 책 외판원, 구두닦이를 전전했다. 열심히 일하다 보면 어둡고 답답한 과거를 떨쳐낼 수 있으리라 기대했다. 부녀보호소에 들어갔다 몸파는 여인들과 인연을 맺었더랬다. 그것이 올무가 되고 말았다. 동두천에서 송탄으로, 송탄에서 군산으로 전전하며 이른바 '양공주'로 살았다.

군산의 아메리카 타운에서 여섯 명의 동료들이 죽어나갔다. 엎드려 기도하려 했으나 어떻게 하는지 몰랐다. 그 때 터져나온 말이 "나는 살고 싶다!"였다. "마음 깊은 곳에서는 오랜 세월 몸부림치며 치달아온 길을 누군가에게 용서해 달라고 매달리고 싶었다." 이제 신의 자비만이 수렁에서 자신을 건져올릴 수 있음을 깨달았다. 신학을 공부하기로 마음먹었고, 1991년 마침내 전도사가 되었다.

기지촌으로 돌아왔다. 그녀들의 상처받은 삶을 위안해주고, 이 세상을 향해 악을 쓰고 싶어서였다. "목이 졸리고 입이 막혀 말 한마디 하지 못하고 죽어간 여자들, 그들이 못다 한 말, 하루 앞을 내다보기 힘든 기지촌 여자들의 말, 자라면서 더 주눅드는 기지촌 아이들의 말을" 대신 전하고 싶었던 것이다. 『아메리카 타운 왕언니 죽기 오분 전까지 악을 쓰다』(삼인, 2005)에 실려 있는 김연자의 삶이다.

바리데기가 돌아왔건만 대왕 부부는 이미 승하했다. 가던 상여 멈춰 세우고 품에서 약수와 꽃을 꺼내 뿌리니 기지개를 켜며 깨어났다. 버림받은 자가 세상을 구원하는 법이다. 우리 시대의 진정한 바리데기가 누구인지 두 권의 책이 귀띔해준다.

'완결의 시대'를 향하여
에릭 홉스봄의 『미완의 시대』

   단숨에 읽히는 책이 있다. 아무리 두꺼워도 빨리 읽힌다. 번역이 매끄럽지 않은 곳이 군데군데 있어도 술술 읽힌다. 읽으면서 감동하는 책이 있다. 사유의 깊이가 남달라서 그럴 수 있다. 일관된 신념에 감염되어서 그렇기도 하다. 기록된 내용이 믿기지 않는 책이 있다. 한 개인이 어떻게 그 많은 사람과 관계 맺었는지 짐작 가지 않아서다. 결정적인 현장에 늘 있었다는 사실이 놀라워서 그렇다. 결국은 부러워하게 되는 책이 있다. 그 삶을 닮고 싶어진다. 그 사유를 내 것으로 만들고 싶어진다. 에릭 홉스봄의 자서전 『미완의 시대』(이희재 옮김, 민음사, 2007)가 꼭 그런 책이다.

   세간의 관심사는 홉스봄이 공산당 당적을 끝내 포기하지 않았다는 데 있을 성싶다. 기실, 나 자신도 그 문제를 알고 싶어했다. 무엇이 이 세계적인 역사학자로 하여금 여전히 공산주의에 대한 믿음을 포기하지 않게 했을까, 하는 의구심이 들었다. 『미완의 시대』가 그런 관심사를 충족시켜주기 위해 쓴 책이라고 볼 수는 없다. 그렇지만 책을 읽고 나면 그 이유를 알았다 싶어지는 건 부정할 수 없는 사실이다. 홉스봄 스스로 자신의 '상품성'이 어디에 있는지 잘 알고 있었으니, "나의 튀는 점은 재즈를 사랑하는 교수

라는 것과 대부분의 사람들과는 달리 공산당을 떠나지 않았다는
것"이라고 말한다.

홉스봄은 타고난 코스모폴리탄일 수밖에 없었다. 아버지는 영
국인인데, 어머니는 오스트리아 출신이었다. 빈에서 자라다 조실
부모하고는 베를린과 런던에서 공부했다. 당연히 영어와 독일어
를 자유롭게 구사했는데, 프랑스어와 스페인어도 곧잘 했다. 혁
명과 자본, 그리고 노동의 시대를 연구하는 학자로서 기본적인
조건을 충족시키고 있었던 것이다. 거기에다 정치적으로 늘 진보
적인 삶을 살았으니, 민족이나 국가에 얽매여 살 사람이 아니었
다. 유대인이면서도 시오니즘에 반대했는데, 이스라엘에서 '왕
따'를 당한 사연도 이 때문이다. 그럼에도 홉스봄은 "옳고 그름,
정의와 불의는 겨레의 휘장을 달지도 않고 나라의 깃발을 휘날리
지도 않는다"고 당당히 말한다.

도대체 홉스봄은 어떤 이유로 공산주의자가 되었을까? "공산
주의자 말고는 다른 길이 없었다"는 게 홉스봄의 회고다. 1930년
대 초반 중부유럽에는 파시즘의 망령이 떠돌아 다녔다. 곧 거대
한 대륙을 집어삼킬 기세였다. 유럽호라는 타이타닉이 빙산에 부
딪혀 좌초할 것이 뻔했다. "경제는 거덜이 나고 정치는 불안하기
만" 했다. "정치권력을 놓고 사실상 혁명을 방불케 하는 투쟁"이
벌어지고 있었다. 더욱이 그는 영국인이면서 유대인이지 않은가.
게르만 민족주의를 대안으로 삼을 수도 없었다.

이유는 더 있다. 피억압자에 대한 연민, 변증법적 유물론이라
는 완벽하고 총체적인 지적 체계, 새로운 예루살렘을 염원하던

소망, 속물 근성에 대한 지적 혐오감이 그것이다. 그런데 홉스봄은 신화학자들이 보면 상당히 흥미로워할 이유를 하나 덧붙이고 있다. 집단황홀경이 그것이다. 여기에는 설명이 필요할 터다. 홉스봄이 말하는 바를 정리하면 이렇다. 섹스와 대중시위에는 공통점이 있으니, 희열이라 할 수 있다. 그 희열은 육체적 경험과 맹렬한 격정이 가장 깊이 맞물린 결과이다. 섹스와 대중시위에는 차이가 있다. 앞의 희열이 곧 사그라지는 데 반해 뒤의 희열은 몇 시간이나 이어진다. 대중시위를 통해 "개인은 집단 안에서 일체감을 느끼고 집단과 하나가 된다." 총체성의 회복이 이루어지는 신화적 순간이 대중시위라는 점을 홉스봄은 증언하고 있는 셈이다. (섹스를 빗대어 대중시위의 희열을 말했다 해서 홉스봄을 호색한으로 오해하지는 말 것. 외모에 자신이 없어 그는 일찌감치 육체적 관능과 성욕을 눌러왔다고 했다. 청년 홉스봄이 갇혀 있는 우물에 내려진 동아줄은 재즈였다.)

현실사회주의의 명백한 실패가 드러났는데도 왜 홉스봄은 탈당하지 않은 것일까? 먼저, 넓은 의미의 윤리의식 때문이지 않았나 싶다. "나치 출신들이 다스렸고 소련을 겨냥하여 금세 재무장되었던 서독을 두둔하고 나치의 강제수용소에서 죄수로 갇혔던 사람들이 다스리는 동독을 냉대하는 자본주의 진영을 공격했다. 반제국주의 해방운동보다 낡은 제국주의를 선호하는 형태를, 프랑코가 독재를 휘두르는 스페인을 스페인 공화정을 지지했던 세력과 싸우는 군사기지로 삼은 미국을 비판했다"는 말에서 이를 짐작할 수 있다. 개인적으로는 자존심 문제이기도 한 듯하다. "은

근슬쩍 빠져나가는 것은 일도 아니었을 것이다. 하지만 나는 냉전의 한복판에서 그런 불리한 여건 속에서도 이름이 알려진 공산주의자로 성공함으로써 자신에게 스스로를 증명할 수 있었다. 이런 식의 자부심이 잘났다는 것은 아니지만 못날 것도 없었다. 그래서 나는 남았다"고 한다.

강단 마르크스주의자로 살아온 것에 대한 반성은 없을까? 홉스봄은 자신의 삶에 만족한 것일까? 아니다. 그는 재미있게 살았고 영웅적인 행동이나 시련은 없었고, 위험과 공포도 없는 편안한 삶이었다고 회고한다. 혁명을 꿈꾼 사람이었으나, 20세기 인류가 겪어야 했던 끔찍한 경험에서는 떨어져 있었다고 말한다. 그는 바로 이 모순에 주목한다. 이 역설에서 자신을 성찰한다. 그래서 그의 영혼에는 유령의 목소리가 메아리친다. "우리가 사는 이런 세상에서 마음 편히 지내서는 안 되지"라고. 그 말을 홉스봄이 청년시절 열심히 읽었던 책의 저자가 한 말로 바꾸면 이렇게 된다. "중요한 것은 세상을 바꾸는 것이다."

신자유주의 광풍에 휩싸인 세계를 바라보는 홉스봄은 어떤 심정일까? 소련이 몰락하고 보수주의 혁명이 영국과 미국을 압도하는 장면을 지켜보며 그는 "자본주의와 부자는 당분간은 겁먹을 일이 없다"고 썼다. 그러나 홉스봄은 반문한다. 일찌감치 로자 룩셈부르크는 "사회주의냐, 야만주의냐"라고 인류사회에 절규한 바 있다. 인류는 사회주의를 버렸다. 그렇다면 남은 것은 무엇인가? 그래서 그는 말한다. "선택의 기로에서 사회주의에서 등을 돌린 것을 세계는 다시금 후회할 것이다"라고.

어느덧 구순의 나이에 접어든 이 노학자가 우리에게 남겨주고 싶은 말은 무엇일까. 너무나 쉽게 현실과의 싸움을 포기한 우리에게(아니, 나에게) 던져주는 벼락같은 잠언이었다.

　"시대가 아무리 마음에 안 들더라도 아직은 무기를 놓지 말자. 사회불의는 여전히 규탄하고 맞서 싸워야 하기 때문이다. 세상은 저절로 좋아지지 않는다."

네그리에 이르는 징검다리
네그리의 『귀환』

허를 찌르는 것만큼 통쾌한 것은 없다. 순간적으로 균형을 잃으면서 갈라진 휘장 안에 얼핏 나타난 진면목을 엿볼 수 있기 때문이다. 정신분석학자가 견고한 이론의 성채를 쌓은 철학자와 대화를 나누고자 한다면, 당연히 예상치 못한 질문으로 그 사람의 알려지지 않은 속살을 드러내고 싶을 터다. 그런데 어떻게 해야 그 열망을 이룰 수 있을까. 네그리를 만난 두푸르망텔은 의외의 방법을 들고 나온다. "당신에게 특별한 의미가 있는 낱말들을 알파벳 순으로" 물어보겠다는 것이다. 말하자면, 비선형적인 질문이라는 무기로 자기방어라는 벽을 공략해보겠다는 뜻이다.

의도를 알아차린 네그리도 제안을 적극 수용한다. "이전에 결코 말한 적이 없는 주제들도 포함해서 나 자신을 다른 방식으로 표현할 수" 있으리라 기대한 것이다. 그러면, 질문자의 의도는 적중했을까. 결론부터 말하자면, 대체로 성공작이라 평할 만하다. 연대기순으로 되어 있지 않아 이해하는 데 방해가 되지 않을까 싶은 우려는 금세 불식된다. 외려 질문이 어디로 튈지 몰라 긴장하게 되는 면도 있고, 질문에 저항하는 네그리의 모습도 있어 흥미롭다. 그리고 '20세기말의 그람시'라는 수사에 가려져 있던 네그리의 인간적 면모도 만나게 된다.

상처였단다. 프랑스로 망명한다는 것이. 그때는 오로지 살아남을 궁리만 했다. 육체적 생명에 대한 집착 때문에 파리에 도착하자마자 한 일은 아이를 갖는 것이었다. 두려웠단다. 반쪽 자유만이라도 허용해달라고 청원했을 적에 거부당할까 봐. 이때 위안이 된 것은 기도와 어머니였다. 그렇다고 읽기만 하면 책 전체가 저절로 이해되는 것은 아니다. 읽는 이가 의미를 재구성하는 데 적극적으로 참여할 때 비로소 이해의 지평이 열린다.

극적인 삶을 산 혁명적 이론가의 입에서 튀어나온 말들을 기록한지라, 평생 화두로 삼아야 할 잠언이 수두룩하다. "실제로 내가 가장 두려워하는 것은 열정이 없는 존재"라는 구절은 꼭 나를 두고 한 말 같다. 내 삶은, 이를테면 교양주의 정도에 불과할 성싶다. 앎에 대한 열정이 나 자신과 세계에 대한 변혁에 이르지 못하고 있다. 정열은 "극도로 강렬한 차가운 지속성"이라는 말은 이즈음 내가 고민하는 것에 답을 던져주었다. 『대학』에 나오는 재지어 지선在止於至善이라는 구절에 매달리고 있는데, 참된 것에 머무르기 위해서는 '강렬한 차가움'이 요구된다는 뜻으로 받아들였다. "위험한 것은 어떤 예언주의입니다"라는 말은 새로운 세계를 꿈꾸는 사람들이 마음속 깊이 새겨두어야 한다. 기획과 계몽이 저지른 엄청난 과오를 기억할 때 특이성, 역능, 공통적인 것, 자율, 잡종 등속의 개념을 제대로 이해하게 된다.

전쟁과 양극화가 오늘의 세계를 상징하는 열쇳말이 되었다. 네그리는 말한다. 자본주의는 폭력 없이 살아남을 수 없다고. 그리고 익명화한 억압의 정체를 밝혀야 하는데, 그것에 이름을 붙이면 배제나 빈궁, 고통이나 빈곤일 것이라고. 신자유주의라는 덫에 걸린 우리가 네그리를 주목해야 할 이유를 여기서 발견한다. 개인적으로는 『제국』을 비롯한 네그리의 여러 책을 한꺼번에 맛볼 수 있으리라는 '도둑놈 마음보'를 품고 읽었는데, 그 기대는 물거품이 되고 말았다. 『귀환』(윤수종 옮김, 이학사, 2006)은 네그리 사상의 요약본이나 총결산이 아니라, 그에게 이르는 첫 징검다리이다.

살아 있는 지성의 표본

에드거 스노, 님 웨일즈 그리고 리영희

세 사람의 자서전을 잇달아 읽으며 폭염의 계절을 견뎌냈다. 그들이 걸어간 길이야말로 폭염 속의 황톳길이었으나, 그 삶이 전해주는 감동은 읽는 이의 정신을 서늘하게 해준다. 그들에게는 공통점이 있으니, 인류사를 뒤흔든 혁명과 깊은 관련을 맺고 있다는 점이다. 살아 있는 지성의 표본이라 할 그들의 자서전은, 에드거 스노의 『에드거 스노 자서전』(최재봉 옮김, 김영사, 2005), 님 웨일즈의 『중국에 바친 나의 청춘』(한기찬 옮김, 지리산, 1994), 리영희의 『대화』(한길사, 2005)다.

나는 이들의 자서전을 읽으며 한낱 기자가 한 시대를 상징하는 사상가로 바뀌게 되는 계기가 어디에 있는지 눈여겨보았다. 에드거 스노의 말대로 기자란 "모든 것을 보(고 그 십분의 일을 쓰)는 것"에 불과한 직업이 아니던가. 그러나 예리한 관찰력과 현상의 본질을 꿰뚫어보는 비판정신은 전환시대를 맞이해 우상에 도전하는 이성의 실체를 밝혀내는 데 이르렀다. 님 웨일즈의 표현대로, 그들은 "외견에 현혹되지 않고 현실과의 관계를 유지"했고, "해를 거듭하여 관찰한 사실에 바탕을 둔 판단"에 기초했다. 그러자 "주위를 에워싸고 있었던 모든 허위와 의혹은 신문기사라는 진리의 나팔소리에 마치 여리고 성벽처럼 무너져 버리고 말았"다.

사실 성벽처럼 무너진 것은 그들 자신이었다. 세계여행이나 하며 모험을 즐기려던 청년이나, 작가가 되고 싶어했던 걸스카웃풍의 순진한 처녀나, 썩어빠진 군대에서 벗어나기 위해 기자가 되었던 이나 본디부터 진보적인 인물은 아니었다. 그러나 그들은 고통받는 민중의 삶에 눈감지 아니했고, 이를 고치려고 떨쳐난 세력들을 너그럽게 받아들였다. 그리하여 그들은 역사의 한가운데로 걸어들어가게 되었다. 에드거 스노 부부는 12·9 운동의 실질적 후원자 역할을 했고, 리영희는 민주화운동의 상징이 되었다. 다시 님 웨일즈의 말을 빌리면, 자신의 의도와 상관없이 회오리바람을 타고 다른 세계로 들어갔던 것이며, 역사가 마치 포도에서 포도주를 짜내듯이 그들을 쥐어짰던 것이다.

세 권의 책을 님 웨일즈, 에드거 스노, 리영희 순으로 읽어나가면 오늘 우리에게 주어진 지적 과제가 무엇인지 짐작하게 된다. 님 웨일즈가 목숨을 걸고 잠입해 만났던 청교도적이며 스파르타적인 홍군은 역사의 암흑을 잘라먹을 햇불이었다. 혁명의 순도가 최고치에 이르렀던 것이다. 그러나 제2차 세계대전 말기 소련을 찾아간 에드거 스노는 이렇게 적고 있다.

"혁명의 위대한 도덕적 창조적 힘이 관료주의의 낡고 완고한 틀 속으로 들어감에 따라 점차 소멸돼간다는 인상을 더욱더 깊이 갖게 되었다."

리영희가 현실적 대안으로 북유럽식 사회민주주의 모델을 내세우는 이유가 여기에 있을 법하다. 자본주의가 이룩한 물질적 생산력을 인정하되, 사회주의의 인간중시적 가치를 받아들이자는 뜻이다. "달갑지 않은 민족적 유전자론"과 더불어 논쟁의 대상이 될 만한 주장이다.

리영희에 따르면, 문민정부 시절 님 웨일즈에게 대한민국 건국포상을 수여하자는 운동이 일어난 적이 있었다고 한다. 이에 대해 정부는, 장지락이 공산주의자였던 데다 님 웨일즈도 용공인사라는 이유로 기각했다고 한다. 몇 해 전 장지락이 건국훈장 애국장을 받았다. 님 웨일즈는 잃어버렸던 우리 역사를 되찾게 한 공이 있으니, 국가 차원에서 적절한 예를 다하는 것이 도리이리라. 그리고 절판된 그녀의 자서전이 다시 나왔으면 하는 바람도 적어놓는다.

자서전 읽기의 즐거움
마크 트웨인의 『마크 트웨인 자서전』

나는 이즈음 자서전이나 평전을 즐겨 읽고 있다. 그런데 나만 그런 모양이 아니다. 문학평론가 김병익은 평론집 『그래도 문학이 있어야 할 이유』의 서문에서 "근년에 나는 소설보다는 가령 자서전이나 평전에, 문학보다는 역사나 현실관련의 책들에 더 많이 마음이 쏠리고 거기서 글읽기의 즐거움을 더 누리곤 한다"고 밝히고 있다. 소문자의 히스토리(자전)가 대문자의 히스토리(역사)로 비약하는 지적 즐거움이 문학작품 못지않은 데다, 쇄말주의라는 덫에 걸린 우리 문학에 대한 실망감이 나에게 자서전류에 관심을 기울이게 하는 듯싶다.

자서전 읽기의 즐거움은 읽는 이의 삶과 일치하는 대목을 만날 때 극대화한다. 『마크 트웨인 자서전』(마크 트웨인, 찰스 네이더 엮음, 안기순 옮김, 고즈윈, 2005)에서도 예의 그런 기쁨을 만끽하였다. 나는 농담 삼아 신앙을 잃은 계기는 어린 시절의 한 사건에서 비롯되었다고 말하곤 한다. 초등학교 4학년 무렵, 학교를 마치고 집으로 돌아오는 길에 전신주에 연이 하나 매달려 있는 것을 발견했다. 아버지는 가족을 먹여살리기 위해 타지에 나가 있었던지라, 연을 만들어줄 어른도, 사줄 돈도 없었다. 그때 나는 주일학교에서 배운 성경이 떠올랐다. 여리고 성을 에워싸고 일곱 바퀴를 돈 다음에 무너져라, 하고 외쳤더니 그 견고한 성채가 폭삭, 주저앉았다고 하지 않은가. 나는 기도하며 일곱 바퀴를 돈 다음 크게 외쳤다. 쓰러져라!

학교 선생님한테 구하라, 그리하면 얻으리라는 성경말씀을 배운 마크 트웨인은 친구가 가져오는 생강과자가 탐나 그것을 달라고 간구했다. 그러자 놀라운 일이 일어났다. 숨겨 놓았을 법한 과자가 기도가 끝나면 손닿는 곳으로 나와 있었던 것이다. 하나, 더 이상은 아니었다. 그리고 굳이 기도를 하지 않아도 생강과자를 먹을 수 있다는 사실을 깨달았다. 또 하나의 배교자가 탄생하는 순간이다.

동네사람들한테 인정받고 싶어 최면술사의 최면에 걸린 척하며 온갖 연기를 해대던 이야기는, 최인호의 『지구인』에 나오는 대목과 겹쳐져 많은 것을 생각하게 했다. 마술사 최씨는 종세에게 "비밀을 아는 순간 같은 마술사가 되지"라고 말해 주었다. 비둘기가 사라지는 마술을 할 적에 비둘기는 마지막으로 확인하는 관객의 손에 쥐어진다. 비밀을 공유하는 순간, 그것은 폭로되지 않고 포장된다. 속임의 인생론이라 이름붙일 만한데, 어쩌면 그것이 거친 세상을 살아가는 지혜일지도 모른다.

이 자서전의 백미는 딸 수지가 열세 살 무렵 쓴 전기를 인용하고, 마크 트웨인이 토를 달아놓은 부분이다. "아빠는 우리에게 엄청나게 재미있는 얘기를 들려준다"는 대목에서 아이들에게 늘 새로운 이야기를 만들어주기 위해 진땀 흘렸던 행복한 시절을 되돌아본다. "정말 단순한 것도 이해하지 못하는 경우가 있다"는 평가에 대해서는 자신이 '돌머리'였음을 인정한다. 그러면서 수지가 아버지의 결점을 덮어두지 않는 솔직한 전기작가라고 추켜세운다.

만약, 딸이 내 전기를 쓴다면 어떤 내용이 담길까. 알 만했다. 얼마 전 집에서 일을 하고 있는데, 친구들이 몰려들길래 걱정이 되어 넌지시 물어본 적이 있다. 아빠가 있어서 아이들이 부담스러워하지 않니, 라고. 딸이 심드렁하게 한마디 했다. 아빠는 겉으로는 인자해 보이잖아, 라고. 내 경험에 비추어보면, 마크 트웨인은 성공한 인생임에 틀림없다.

강상중에게 우리가 화답해야 할 이유

강상중의 『재일 강상중』

자동차로 한 시간 남짓 걸리는 인근 도시로 함께 가기로 한 친구가 약도를 꺼내며 멋쩍은 표정으로 한마디 했다. 자기가 생각보다 겁이 많다고 말이다. 나는 이 말을 들으며 파안대소했다. 목적지를 제대로 찾아가려고 두루 챙기는 것은 칭찬받을 만한 일이지 않던가. 그런데 왜 친구는 그 상황에서 겁이라는 낱말을 썼을까. 가벼운 농담거리로 시간을 때우면서도 그 생각을 놓지 않았다.

그러다 문득, 이것이 살아남은 자들이 겪는 후유증은 아닐까 싶었다. 더 나은 세상을 만들기 위해 숱한 사람들이 목숨마저 버릴 적에 우리는 아마 겁이 나서 뒷걸음질쳤을 터다. 아직 그이들 같은 확신이 서질 않아서, 또는 그 확신을 현실화하는 다른 방법이 있을 수 있다고 여겨서 그러했을 것이다. 그러나 지극히 인간적인 번뇌의 다른 표현인 겁은 흔히 비겁이라는 말로 바뀌어 옥죄어 왔으리라. 그 잔혹한 내면화에 맞서는 자기방어 논리가 바로 겁이 많은 사람이라는 말이 아니었을까.

지문날인을 거부하고 시민운동가들의 격려를 받았던 강상중이 결국 날인 쪽으로 마음을 굳히게 되었을 때의 심정도 그러했을 성싶다. 그는 겁이 났을 것이다. 체포를 각오하고 맞선다면, 큰 반향을 불러일으키고 영웅대접을 받을 것이 확실했다. 그럼에도 한편으로 "지금 형편에 내가 이런 고난을 감내할 수 있을 것인가" 하는 질문이 떠올랐다. 전위인 체하다 무의미한 희생을 당할 수도 있다고 판단했다. 그를 바라보던 따뜻한 시선들이 싸늘하게 변했을 것이다. 그때 강상중을 감싸준 이는 도몬 목사였다. 국가권력에 맞서는 시민운동은 늘 질 수밖에 없다고 그는 말했다. 계속 지게 되어 있지만, "그러나 어느 날인가 이기지는 못하지만, 지고 있지도 않는, 그런 때가 올 것입니다"라고 격려했다.

강상중은 때를 기다렸다. 여기에 있는 자(인사이더)이면서도 저기 있는 자(아웃사이더)로서 일본과 동북아시아, 그리고 세계를 새롭고 정확하게 응시하려고 자신을 버렸다. 역사에 희롱당한, 동북아시아에 흩어져 있는 한국계가 이 지역의 평화 정착에 크게 이바지할 날을 꿈꾸었다. 『재일 강상중』(고정애 옮김, 삶과꿈, 2004)은 바로 그때를 현실로 만들기 위해 지난한 싸움을 벌인 강상중의 삶이 담긴 자서전이다. '고양이 이마' 만한 고물상집의 아들로 자란 강상중은 끝내 일본사회에 편입하지 못할 수도 있다는 공포감 속에서 자라났다. 김대중 납치사건과 대학생들의 활발한 민주화운동에 자극받아 조국의 현실에 깊은 관심을 기울이게 되었다. 베버를 연구하려고 독일에서 유학생활을 할 적에 이슬람 부흥운동과 사회주의 종말, 그리고 신자유주의적인 보수혁명의 현장을 목격했다. 이때의 경험을 강상중은 "역사적 직감을 잘 닦고 갈아 날이 서게 만드는 결정적인 기회"였다고 회고한다.

『재일 강상중』을 읽다 보면, 바리데기 신화가 떠오른다. 그 신화의 주제를 거칠게 요약하자면, 버림받은 자들이 결국 세상을 구원한다, 정도가 될 듯하다. 재일교포라는, 조국이 못나 버림받았던 이들이 충돌과 대결의 시대에 교류와 평화의 가능성으로 떠오르고 있다. 지난 100년 동안의 불행한 역사를 넘어서는 희망을 일구기 위해 동북아시아 공동의 집을 짓고자 하는 강상중에게 우리가 화답해야 할 이유이기도 하다.

오롯이 되살려낸 유년 시절
유종호의 『나의 해방전후』

미시사라는 새로운 역사학을 거들먹거리지 않더라도 개인의 기록물이 사료적 가치를 인정받는 일은 쉽게 확인된다. 미암 유희춘이 1567년 10월부터 1577년 5월까지 쓴 일기는 선조실록을 편찬할 때 비중 있는 자료로 활용된 것으로 알려졌고, 정창권이 『홀로 벼슬하며 그대를 생각하노라』에서 16세기 생활사를 복원하는 데 결정적 자료로 쓰였다. 허경진의 『사대부 소대헌·호연재 부부의 한평생』이나 정민의 『미쳐야 미친다』도 개인의 일기나 문집이 남아 있지 않았다면 결코 쓸 수 없는 책들이었다. 물론 이 책들이 저본으로 삼는 자료들은 엘리트 출신의 것이라는 점에서 미시사가 말하는 '이례적 정상'에 들어맞지는 않는다. 그럼에도 역사라는 두꺼운 베일에 가려진 개인의 삶을 박진감 있게 살려냈다는 데는 큰 의미가 있다.

문학평론가 유종호 교수의 『나의 해방전후』(민음사, 2004)에 눈길이 가는 것도 같은 이유에서다. 자신이 겪은 유년시절을 차분하게 회고하는 이 책은 역사라는 큰 이야기가 채 담지 못한, "삶의 결과 세목"이 오롯이 살아 있다. 지은이는 책의 앞대목에서 '참무리'라는 신조어를 내놓는다. "경험 당사자만이 가지고 있고 드러낼 수 있는 진정성의 후광"을 이르는 말인데, 문학평론가답게 상상력과 문학적 솜씨가 '참무리'를 포착할 가능성을 부정하지는 않지만, 현장체험만이 갖는 고유의 힘을 표나게 강조하고 있다. 지은이가 과거로 시간여행을 떠난 것은, 가까운 과거에 대한 이해가 "너무 허술하고 그것이 현재의 온전한 파악을 저해하고" 있다고 여겼기 때문이다. 중층적일 수밖에 없는 역사를 너무 단선적으로 이해하는 경향이 있다는 것이다.

『나의 해방전후』가 배경으로 삼는 시기는 1940년부터 1949년까지다. 지은이가 일곱 살 나던 해인 1941년에 '국민학교'에 들어가고 한국전쟁이 일어나기 전 해인 1949년에 중학교 3학년이 되었으니, '지적 정서적 빈민굴'이었던 유년시대를 되돌아보는 셈이다. 지은이는 이 책이 자서전이 아니라 힘주어 말하지만, 사회사적인 면보다 자전적 요소가 흠뻑 배인 대목이 역시 흥미롭다. 해군 하사관 출신의 일인 교감이 들려준 두자춘 이야기를 하면서 그 시절을 견디게 한 것은 "황당하고 뚱딴지 같은 환상의 세계"였다고 회상한다. 서울에서 소개疏開된 동급생의 형이 일본에서 의학박사학위를 받은 이인데, 서재에 책이 가득하길래 빌려보려 했으나 여의치 않자 사유재산의 정당성에 강렬한 의혹을 느끼기도 했다. 솔뿌리를 캐러 행진하다 동급생 어머님의 장례 행렬이 지나가자 묵념을 했던 적도 있다. 이때를 기억하면서 "정붙이기 어려운 속俗의 연속 속에서 어둠을 가르는 번갯불 같은 성聖의 순간을 흘낏 엿볼 수 있었다는 것 때문에 나머지 범속도 용서되는 것"이라고 말한다.

지은이는 개인적인 경험을 많은 사람들이 기록으로 남길 것을 제안한다. 한 사람의 기억과 회상에는 한계가 있게 마련이다. 그러나 한 시대를 산 사람들이 저마다 기록을 남긴다면 사정은 달라진다. 기록들이 서로를 비판하고 교정해 진실의 성채에 한발 더 다가갈 수 있게 이끌 터다. 자신의 삶을 기록으로 남겨야 하는 이유는 또 있다. 지은이가 인용한 마르쿠제의 말처럼 "지나간 고난을 잊어버린다는 것은 그 고난을 야기했던 힘들을 무찌르지 않고 잊어버리는 것"이기 때문이다.

'고참 언니'가 들려주는 인생 조언

현경 외 『현경과 앨리스의 神나는 연애』

책을 읽다가 가끔 드는 생각 하나. 나처럼 가부장적 질서에 익숙한 남자가 페미니스트들의 글을 읽는 이유는 어디에 있을까. 나름대로 내린 결론. 페미니즘 관련도서가 결국은 사회적 약자의 자기 권리찾기라고 보기 때문이다. 누군가 억울하게 차별받고 있다면, 사회가 그 목소리에 관심을 기울이고 문제를 해결해야 한다. 돈 많은 사람들이 가난한 사람들을 위해 기부할 줄 모른다고 탓만 할 일이 아니다. 가부장적 질서가 여성들의 희생에 바탕하고 있다면, 이를 개선해야 한다. 말하자면, 사람이라면 마땅히 갖추어야 할 양심 때문에 페미니즘 책을 읽는다는 소리다.

『현경과 앨리스의 神나는 연애』(현경·앨리스 워커, 마음산책, 2004)는 글쓴이들의 이력 때문에라도 관심을 기울일 만하다. 현경은 세계적인 신학자 하비 콕스의 주목을 받은 여성신학자이다. 특정 종교에 갇힌 인물은 아니고 너무 튀어서 전통적인 종교인들이 수용하기에는 버거울 만큼 파격적이다. 앨리스 워커는 스티븐 스필버그가 영화로 만들었던 『컬러 퍼플』의 원작자. 흑인 민권운동과 여성운동에 헌신한 인물이다. 이번 책은 한국여성들이 고민하는 열두 가지 질문에 대해 자신들의 체험을 기초로 솔직하게 답을 해주는 형식으로 씌어졌다. 책의 부제대로 '여성들의 영혼을 치유해줄' 는지 확신할 수 없지만, 여자라는 이름으로 태어나 산전수전 다 겪어본 '고참 언니'의 도움말이라는 점에서는 기대해봄직하다.

두 사람이 서로 친해 보이고, 남성질서에 반기를 들었다는 점에서 공통적이지만, 현경은 지극히 한국적이고, 앨리스 워커는 지극히 미국적이라는 느낌이 든다. 그것은 아마도 현경이 한국남성들을 바라보는 측은한 시선에서 비롯하는 듯하다. 따지고 보면 한국남자들도 가부장 질서의 희생양이라고 여기는데, 남자라고 괜한 자존심 내세우지 말고 가만히 생각해보면, 일리 있는 말이다. 앨리스 워커는 양성애자이어서 그런지 파격적이다 못해 파괴적이라는 생각이 들 정도다. 스스로 진보적이라고 여기는 한국여성이라면, 현경보다 앨리스 워커의 입장에 더 동의할 듯하다. 이런 차이에도 불구하고, 그리고 앞에서 지적한 공통점 외에도, 두 사람 다 바람 같은 인물이라는 점에서는 일치한다. 기존 질서에 묶어두려 해도 결코 묶이지 않을 자유로운 여성들, 이 두 사람이 남자의 처지에서도 매력적으로 보이는 이유이다.

열두 개의 질문과 답변 가운데 가장 눈길을 끈 것은 앨리스 워커의 '우머니스트'론이다. 이 낱말이 뜻하는 바는 "여성이 인간이며 인간에 적합한 모든 권리를 누릴 자격이 있다고 믿는 여성, 학교에서건 시장에서건 침실에서건 극장에서건 억압과 싸우기 위해 자신의 목소리를 높이고 열정을 쏟는 여성"이다. 백인 중산층 여성들의 운동과 차별점이 확실히 드러난다. "내면의 아름다움은 추녀의 변명인가"에 대한 앨리스 워커의 답변은 속시원하기까지 하다. TV를 입 닥치게 만들고, 광고 게시판을 내치라고 하지 않는가. 얼굴에 칼대는 걸 자연스럽게 여기는 사람들이 귀담아들을 말이다. 한국남자라면 넌더리가 난다는 여성들에게 희소식이 될 만한 말도 있다. "진짜 사랑에는 국경도, 나이도, 인종도, 계급도, 문화도, 성도, 방해물이 될 수 없다"고 현경은 말한다.

여성들이 책을 읽고 변해야 세상의 질서가 바뀐다. 세상이 바뀌어야 나 같은 가부장주의자도 어쩔 수 없이 시대의 흐름을 따르려 기득권을 포기하게 된다. 우주와 생명을 살리는 우머니스트들의 책을 여성들이 먼저 읽어야 하는 이유다.

너무나 솔직한 자화상
찰스 다윈의 『나의 삶은 서서히 진화해 왔다』

말은 하지 않았으나 하루키의 영향 탓도 있을 법한데, 마라톤
을 좋아하는 어느 소설가와 우연히 이야기를 나눈 적이 있다. 말
이 오고가다 그이는 이봉주 선수보다 황영조 선수를 더 높이 쳐
준다고 했다. 달리는 스타일이 이봉주는 너무 우직하고 촌스럽지
만, 황영조 선수는 화려하기 때문이란다. 물론 그 화려함이 단지
경기운영을 하는 세련미만을 일컫는 것은 아니었으리라. 텔레비
전 시대에 걸맞은 (어디까지나 상대적인 것이겠지만) 외모나 언변,
자기 삶에 대한 포장 등속도 포함한 것으로 짐작할 수 있다. 그러
나 나는 못내 그 작가의 평이 달갑게 들리지 않았다. 올림픽에서
금메달 따고는 일찌감치 선수생활에 종지부를 찍었다든지, 어느
날엔가 언론에 좋지 않은 일로 이름이 오르내리는 걸 본 적이 있
다든지 하는 이유로 나는 그 선수를 좋아하지 않기 때문이다. 또
다른 이유를 들라면, 마라톤이 흔히 인생에 비유되기 때문일지도
모른다. 어차피 긴 거리를 달려야 하는 게 인생이다, 설혹 지금
뒤처지더라도 좌절하지 말고 끝까지 달려보자, 그러다보면 스스
로의 힘으로 인생역전을 불러올 수도 있다… 이런 식의 이야기
를 우리는 곧잘 해오지 않던가. '우공이산' 이라는 말도 이럴 때
써먹고는 한다. 그런데 화려함이라는 말은 이런 관용어법을 싸그

리 무시하는 듯한 느낌이 들었다.

개인적으로 정직하고 우직하고 끝까지 노력하는 것을 좋아하더라도, 우리 시대의 미덕이 그런 것에 깃들여 있지 않다는 것쯤은 알고 있다. 치고, 빠진다는 말이야말로 오늘날 잘 사는 방법을 함축하고 있다. 될 만한 것을 미리 알아 남보다 먼저 손을 뻗었다가 됐다 싶으면 얼른 발을 빼고 다른 곳에 관심을 돌리는 일이야말로 돈벌고 사회 지위를 향상시키는 지름길이다. 그렇다고 내가 치고 빠지는 행태를 비웃으려고 하는 것은 아니다. 그런 재주는 아무나 부릴 수 있는 것이던가. 타고난 데다, 많이 배우고, 비빌 만한 언덕도 있어야 가능한 일이다. 그러나 개인적으로는 여전히 우공이산형 삶에 더 각별한 관심과 애정이 있으니, 타고난 것도 없고 더 공부하지 못하고 비빌 데도 없는 이가 갖는 콤플렉스일 수도 있겠다. 어쨌거나 찰스 다윈의 자서전 『나의 삶은 서서히 진화해 왔다』(찰스 다윈, 이한중 옮김, 갈라파고스, 2003)는 제목 때문에 읽게 된 책이다. 『종의 기원』에서 진화론을 주장해 일대 스캔들을 일으켰던 인물의 자서전 제목에 진화라는 낱말을 넣은 게 일단 눈길을 끌었다. 더불어 그 유명한 다윈도 서서히, 진화해왔다니 이것이야말로 내가 좋아하는 삶의 발자취가 아니던가.

책에는 제목에서 촉발된 기대를 충족시키는 구절이 여럿 나온다. "나는 여동생 캐서린보다도 배우는 속도가 훨씬 느렸다고 하며, 내 기억에도 여러 면에서 나는 개구쟁이 소년이었다"느니, "여러 선생님이나 아버지도 나를 아주 평범한, 지적인 면으로는 보통 수준보다 약간 모자라는 소년으로 여겼다"고 하질 않는가.

평전이라면, 이런 대목을 얼마든지 예상할 수 있을 성싶다. 위인
전을 평전이라고 하지는 않는 법이다. 그 사람의 삶과 정신을 객
관적이고 비판적 입장에서 쓰는 것을 그리 부른다. 그러니 당사
자는 숨기고 싶었던 것을 까발리는 것이 평전작가가 해야 할 몫.
한데, 놀랍게도 이 책은 자서전이다. 가릴 것은 가릴 수 있는 데
다 얼마든지 자기에게 유리하게 상황을 변조하거나 왜곡할 수도
있는 법이다. 앞의 구절은 약과이다. 다음의 구절을 보면 다윈의
정직성에 혀를 내두르지 않을 수 없다.

"치욕스럽게도 아버지가 내게 이렇게 말한 적이 있다. '너는
신경 쓴다는 일이 사냥하고 강아지 돌보고 쥐 잡는 것밖에 없구
나. 그래 가지고는 자신에게나 집안에게나 망신거리밖에 되지 않
겠다.' 하지만 이 세상에서 가장 상냥한 사람이며 늘 아름다운 기
억으로 가득한 아버지가 그런 이야기를 한 것은 화가 나서 조금
부당하게 표현한 것이라 여긴다."

다윈의 아버지는 알려진 대로 성공한 내과의사였다. 아들들도
가업을 이어 의사가 되길 바랐으나, 다윈은 병원 수술실에서 두
번이나 뛰쳐나올 정도로 적성에 맞지 않았다. 나중에는 다윈이
신학자가 되길 바랐지만, 그것도 이루어지지 않았다. 예나 지금
이나 부모 뜻대로 되는 자식은 극히 드문 모양이다. 다윈이 기억
하는 아버지는 관찰력과 동정심이 많았다. 그리고 대단한 이야기
꾼이었다. 다윈을 의사로 만들지는 못했지만, 아버지다운 너그러

움은 다윈을 훌륭한 자연과학자로 만들었다.

비록 공부는 못했지만, 다윈이 대기만성할 만한 재목이었다는 것은 여러 곳에서 확인할 수 있다. 수집벽도 그 가운데 하나다. 눈에 띄는 식물의 이름을 알아내려 했고, "온갖 사물과 조개, 도장, 서명, 동전, 광물질"을 모았는데, 이런 습성을 일러 스스로 "어쩔 수 없이 타고난 본능"이라고 할 정도다. 어려서부터 혼자 오랫동안 걷는 것을 좋아했고, 자주 무언가에 열중한 상태에 빠졌다. 곤충을 관찰하는 일도 꽤 열심히 했는데, 재미있는 일화도 소개되어 있다. 다윈이 하루는 나무껍질을 벗기다가 진귀한 딱정벌레 두 마리를 보았더랬다. 한 손에 한 마리씩 집어들었는데, 마침 세 번째 딱정벌레가 나타났다. 급한 김에 오른손에 들고 있던 딱정벌레를 입에 넣고 세 번째 딱정벌레를 잡으려 했는데, 입에 들어간 딱정벌레가 지독한 분비액을 싸버렸다. 너무 독해 혀가 타들어가는 듯해 딱정벌레를 내뱉었고 그 와중에 세 번째 벌레를 놓쳤단다. 이름을 남긴 과학자들의 평전이나 자서전에서 흔히 알 수 있듯 호기심, 관찰력, 집요함, 열정 등속이 다윈을 만들었다고 보면 될 듯싶은데, 다윈의 자서전에는 그 밖에도 한 가지가 더 있다고 말한다.

"균형을 잃지 않고 객관적인 시각으로 이야기한다면, 눈에 잘 띄지 않는 것들을 알아차리고 유심히 관찰하는 능력은 보통 사람들보다 뛰어나다고 생각한다. 내 작업은 관찰과 수집에 관해서라면 성공적이었다고 할 수 있다. 하지만 그보다 훨씬 더 중요한 것은 자연과학에 대한 나의 사랑이 꾸준하면서도 열렬했다는 사실이다. 그런데 이 순수한 사랑은 동료 자연과학자들에게 존경받고 싶다는 야심의 도움을 많이 받았다."

다윈은 삶의 동력 항목에 '야심'이 있음을 숨기지 않았다. 웬만하면 학문적 열정 정도에서 그칠 만하건만, "이름있는 과학자가 되고 싶다는 야심도 숨길 수 없었"던 것이다. 앞서 말한, 이 책의 미덕을 다시 확인할 수 있는 대목이다.

다윈의 삶에 일대 분수령이 된 것은 비글호 항해다. 다윈이 비글호를 탈 수 있었던 것은 헨즐로 교수한테서 온 한 장의 편지 덕이었다. 편지에는 "피츠로이 선장이 자신과 함께 무료로 비글호 항해를 떠날 젊은 자연과학자에게는 기꺼이 선장실의 일부를 내어주겠다"는 내용이 적혀 있었다. 다윈의 아버지가 여행을 반대했을 것은 뻔한 이야기다. "건전한 상식을 갖춘 사람 중에 네게 바다로 가라고 권하는 이가 한 명이라도 있으면 허락해주마"라고 했는데, 조스 외삼촌이 거들어주는 바람에 승선할 수 있었다. 그런데 하마터면 다윈이 비글호를 타지 못했을 뻔했다고 한다. 이유는 코의 생김새 때문이었다나. 피츠로이 선장은 스위스의 신학자이자, 문필가이자, 인상학자인 라바터 추종자였는데, 이 사람은 생김새로 사람의 성격을 알아맞힐 수 있다고 확신했다고 한다. 피츠로이 선장이 보기에 다윈의 코는 항해할 만한 에너지와 마음가짐이 부족한 것을 뜻했다.

비글호 항해에서 다윈이 학문적으로 얻은 것은 크게 세 가지다. 첫째는 아르마딜로의 갑옷 같은 가죽과 비슷한 외피로 덮인 동물을 발견한 것이다. 둘째는 서로 유사한 동물들이 대륙 남쪽으로 내려갈수록 번갈아가며 나타나는 방식이었다. 셋째는 갈라파고스 제도의 각 섬마다 생물종이 조금씩 다르다는 사실이었다. "다른 여러 가지와 함께 이런 사실들은 종이 서서히 변화해왔다는 전제에서만 설명이 가능하다는 점이 분명해졌고 이러한 생각은 나를 사로잡았"다. 그러나 그 무엇보다 다윈은 이 여행을 통해 문명인으로 거듭났다는 일반론에 주목해야 한다. 아버지가 걱정했듯 다윈은 사냥광이었다. "그런데 이 여행을 무의식적이긴 했지만 나는 관찰과 추론을 하면서 맛보는 기쁨이 사냥에서 얻은 것보다 훨씬 크다는 사실을 알게 되었다. 야만인의 원시적 본능은 서서히 문명인의 취미에게 자리를 내주고" 말았다는 것이다.

자서전 4장에는 결혼과 신앙에 대한 자신의 생각을 솔직히 밝혀놓았다. 다윈도 한때 결혼은 미친 짓이라고 생각했던 모양이다. 천사가 부지런한 것은 아내가 없어서이지 않던가. 하지만 다윈은 결혼하기로 결심했다. 우리가 흔히 그러하듯, 다윈도 "행복한 노예들도 얼마든지 있다"고 결론 내렸다. 신앙문제는 다윈에게 큰 골칫거리였을 듯싶다. 그의 진화론에 대한 종교계의 비난이나 의구심도 여기에 초점을 맞추고 있었을 터였다. 다윈은 "신앙을 결코 쉽게 포기하려 하지는 않았다고 했지만, 결국은 오히려 어떻게 기독교를 사실로 믿을 수 있는지 이해하기가 힘들 정도가 되었다"고 자신의 심정을 솔직히 밝혔다. 자서전이 다윈이 죽은 후 5년이 지나 출간되고, 아들인 프랜시스가 원본을 삭제한 이유가 여기에 있는 듯싶다.

최근에 생뚱맞게 내 삶을 언제 마감해야 하나 고민한 적이 있다. 스콧 니어링이 100세 되던 해 스스로 굶어죽었다는 말이 머릿속에서 떠나질 않았는데, 다윈의 자서전도 내게 시사하는 바가 많았다. 라이엘에 대한 인물평을 하는 자리에서 다윈은 라이엘이 환기시켜준 자신의 말을 기록했다. 다윈 왈, "과학자들은 60세만 되면 모두 죽게 된다면 얼마나 좋을까요? 그 나이만 넘어서면 모두 새로운 학설에 반대를 하니 말입니다"라고 했다. 다윈은 자신이 죽어야 할 날에 대해서도 인상적인 말을 했다.

"아버지는 여든세 살까지 살면서도 지적 능력이 전혀 흐려지지 않았다. 나 또한 정신이 흐려지기 전에 죽기를 바란다. 적어도 나는 죽음이 두렵지 않다. 내가 죽는 날은 관찰과 실험을 포기할 수밖에 없는 바로 그날이 될 것이다."

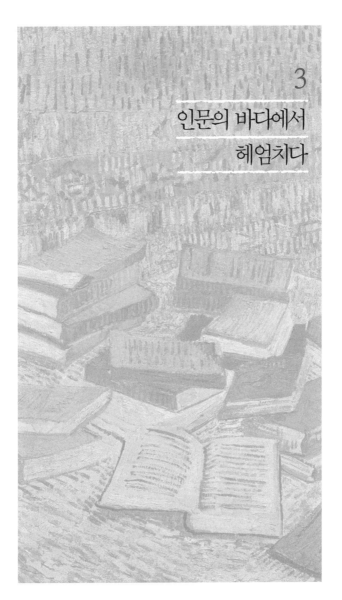

3

인문의 바다에서
헤엄치다

리더십의 궁극적 지향점
이상수의 「이야기의 숲에서 한비자를 만나다」

흔히 한비자를 동양의 마키아벨리라 일컫는다. 그 말에는 수단과 방법을 가리지 않고 정치 과제를 해결하는, 그러니까 음모, 협작, 술수, 타협을 능수능란하게 구사하는 인물이라는 뜻을 담고 있다. 정작 마키아벨리의 『군주론』을 읽게 되면, 그런 요소가 분명히 있지만 거기에 머물지 않는 더 큰 뜻이 있다는 점을 알게 된다. 속설에 희생당한 측면이 있다는 말이다. 그렇다면 한비자는 어떤가.

고전이라는 게 제목만 알지 정작 읽지 않은 책일 경우가 많다보니, 한비자도 풍문으로만 들리는 이야기가 많은 불운한 학자인 듯싶다. 그런 점에서 『이야기의 숲에서 한비자를 만나다』(이상수 편역, 웅진지식하우스, 2007)는 주목할 만하다. 『한비자』를 주제별로 모아 우리말로 옮겨서이다. 고전이란 반드시 읽을 만한 가치가 있는 책임에 확실하지만, 오늘의 시각에서 보자면 굳이 다 읽어야 할 필요가 없는 대목도 있다. 그러다보니, 이번 책처럼 주제별로 모아놓으면 현재성 없는 부분은 제외되는데다, 현실적 목적에 따라 골라 읽을 수 있으니 큰 장점이 된다.

한비자는 대단한 현실론자이다. 그 점에서 한비자는 공자와 노자 사이에 있다 할 수 있다. 현실정치에 참여하되, 인의 가치를 역설한 공자는 한낱 이상주의자일 뿐이다. 현실에서 은둔하기를 권하는 노자야 아예 현실도피자라 볼 수 있다. 그러다보니 한비자가 바라보는 시선은 무척 냉정하다. 익히 알고 있으나 차마 말하지 못하는 것들을 거침없이 쏟아내는 꼴이다. 예를 들어볼라치면 이렇다.

의사가 사람의 상처를 빨아주고 그 피를 입에 무는 것은 어인 까닭일까. 한비자는 단호하게 말한다. 인도적인 목적에서가 아니라, 이익을 얻어서라고. 가마 만드는 이가 뭇 사람들이 부유해지기를 바라고, 관 만드는 이가 사람들이 일찍 죽기를 바라는 이유는 어디에 있을까. 한 사람은 착하고 다른 사람은 나쁜 이라 그런가? 아니다. 이익을 보기 때문에 그런 마음을 품을 뿐이다. 이 이야기는 오기에 관한 일화에서 다시 확인된다. 병사가 등창을 앓아 입으로 고름을 빨아냈더니, 그 어미가 서럽게 울었다. 그 병사의 아비도 오기가 종기를 빨아준 적이 있는데, 이에 감읍하여 용맹하게 싸우다 죽어서였다. 관점을 바꾸면 오기도 이익을 위해 그런 행위를 했을 뿐이다.

인간본성이 이기적이라면 군주는 어떻게 해야 자신의 목적을 이룰 수 있을까. 한비자의 고민은 바로 여기에 있었고, 그러기에 한비자가 오늘의 리더십에 많은 시사점을 던져주고 있는 것이다. 오늘로 치자면 한비자는 원칙과 시스템, 그리고 신상필벌이 지켜지는 인사야말로 만사라 본 듯하다.

한비자는 말한다. 호랑이가 개를 능히 제압할 수 있는 것은 날카로운 발톱과 이빨이 있기 때문이다. 이처럼 군주도 형벌과 덕으로 신하를 제압해야 하는 법이다. 뛰어난 리더에 대한 정의도 귀담아들을 만하다. "다른 사람이 나를 애정으로 대하지 아니할 수 없는 방법을 사용하지, 다른 사람이 애정을 베풀어 나를 위해 일하기를 기대하지 않"아야 하는 것이다. 그리고 군주에도 등급이 있으니 제일 낮은 수준은 자신의 능력을 다 발휘하는 자이고, 중간은 다른 사람들의 힘을 다하게 하는 이다. 그렇다면 최고수준은? "다른 사람의 지혜를 다하게" 만드는 이란다.

여기까지 읽어보면, 한비자는 소문과 다를 바 없다. 하지만 더 깊이 읽다보면 한비자의 철학이 어디를 향하고 있는지 알게 된다. 왜 그토록 한비자는 냉혹한 법치의 얼굴을 하고 있었을까. 가장 큰 이유는 "법을 받드는 이들이 강하면 나라도 강해지고, 법을 받드는 이들이 약해지면 나라도 약해"지기 때문이다. 그 다음에는 "법치가 분명하고 명확하게 확립되면 똑똑한 자가 어리석은 자의 것을 빼앗을 수 없고, 힘이 센 자가 약한 자를 짓밟을 수 없으며, 다수가 소수에 대해 횡포를 부릴 수 없게" 되기 때문이었다. 승자독식의 세상을 이루기 위해 한비자가 법치의 칼날을 세운 것이 아니다. 더불어 살아가는, 원칙이 통용되는 강한 나라가 그의 꿈이었다. 그러기에, 『한비자』를 다시 읽는다는 것은 리더십의 궁극적 지향점이 어디에 있는지 다시 한번 곱씹어 본다는 뜻이 된다.

세상에서 가장 고요한 오르가슴

크리스토프 라무르의 『걷기의 철학』

　묵은 해를 보내고 새로운 해를 맞이하는 시점에 고른 책은 나름대로 의미가 있다. 나 자신이 한 해를 어떻게 보낼지를 성찰하고 전망하기 위해 읽는 책이니까 말이다. 세상은 온통 '실용'을 표나게 내세운다. 다시, 성장만이 유일한 가치인 양 떠벌인다. 이런 시대에 어리석게도 『걷기의 철학』(크리스토프 라무르, 고아침 옮김, 개마고원, 2007)을 읽어나갔다.

　본디 나는 걷기를 좋아한다. 자전거 타기도 즐기지만, 걷기에는 못 미친다. 움직이는 힘을 다른 것에 기대는 것이 더 가치 있다 볼 수 없기에 그러하다. 걷는다는 것은 지극한 일이다. 발바닥이 땅을 디디는 것은 마치 연인을 애무하는 것과 같다. 그것은 무척이나 부드럽고 미약한지라 오랫동안 걸어야 비로소 두 사이의 일치를 이룬다. 세상에 이토록 고요한 오르가슴이 없으리라. 달리기는, 그런 점에서, 폭력적이기까지 하다. 걷기로 이를 수 있는 지경을 서둘러 이루려는 욕심이 엿보인다.

　『걷기의 철학』은 걷기의 의미와 가치를 잘 풀어나간다. 무엇보다 사유의 힘이 돋보인다. 비록 문고본 정도의 분량에 불과하나 걷기만을 주제로 이만큼 이야기를 풀어나간다는 것은 보통 내공이 아니다. 32개의 열쇳말로 조근조근 말해나가는 게, 그 어떤 목청 높은 글보다 설득력 높다. 서문부터 입맛을 돋운다. "걷기와 생각하기는 밀접하게 연관된 두 행위이다. 둘 다 몸과 정신을 동시에 이용하고 정상을 목표로 삼으며, 노력을 필요로 하고, 마지막으로는 늘 이러한 고생을 100배 이상 보상해주기 때문이다." 자주 걸어본 이들이 익히 깨달을 만한 말이다.

운동을 위해 빨리 걷는 것은 진정한 걷기가 아니다. 당장에 도움이 될 그 무엇을 목표로 한다면 걷기의 진정성은 그만큼 빨리 휘발된다. 설혹, 도움이 되지 않아도 스스로 좋아서 늘 하는 것이 걷기다. 그러기에 걷기는 느림과 동의어일 수밖에 없는 법. 지은이는 말한다.

"오직 느림만이 우리를 세상의 헤아릴 수 없는 매력 속으로, 무한히 풍부하고 재미있는 자연의 틈새로 이끈다. 우리가 눈여겨보지 않던 사물의 시시콜콜하고 섬세한 부분이 느린 움직임 — 느림은 움직임을 함축하므로 — 을 통해 드러난다."

걷기는 때로 종교적이기까지 하다. 저 메카로 떠나는 무리들을 떠올려보라. 그 누구도 목적지에 빨리 이르기 위해 교통수단을 이용하지 않는다. 삼보일배하는 수도자들을 기억해보라. 발로 걷고 몸을 투신하며 참된 것에 다다르기를 갈망한다. 그러기에 걷기는 순례와 같은 뜻이니, "걸음은 우리를 이 물질적이고 이해타산적인 세상에 붙들어매는 매듭을 풀고, 몸을 정화한다. 다시 말해 정신이 다시금 몸에 자리잡게끔 해준다."

걷기가 얼마나 정치적인가를 말하면 의아해 할 사람들이 많을 듯싶다. 그러나 이 나라의 민주주의는 여럿이, 함께 하는 걸음에서 비롯되었다. 뜨거운 아스팔트를 밟으며 더 큰 자유와 더 많은 평등을 요구해왔지 않던가. "우리는 자기 권리와 사상, 가치관을 지키기 위해, 그리고 특정한 정치적 결정과 그것을 채택한 사람들에 대한 거부의사, 분노, 적대감을 표현하기 위해 걸을 수 있다."

천박한 실용에 맞서는 힘은 성찰하고 저항하는 느림에서 솟아난다. 어려운 시절, 걷고 또 걸어야 할 터이다.

오늘에 되살린 서재필의 꿈
이황직의 『독립협회, 토론공화국을 꿈꾸다』

한 사람의 이력을 알아두는 게 그 책을 쓰게 된 동기를 눈치채는 데 도움이 되는 경우가 있다. 학부시절, 행정학과에 적을 두었으나 인문학에 관심이 많아 문학강의도 들었다. 그러다 시창작 강의하는 교수 눈에 띄어 시인으로 등단했다. 오지랖도 넓지, 이번에는 사회학 강의도 들었다. 그때 평생을 걸만 한 지적 화두를 부여잡았다. 대학원을 사회학과로 간 이유다. 마침 뜻있는 교수들이 작은 대학을 열었다. 대학생들에게 고전을 읽히는 프로그램이었다. 강의식이 아니라 책을 읽고 토론하는 식으로 진행되었다. 거기에도 발을 디뎠다.

그 덕이었던 모양이다. 대학에서 학생들에게 글쓰기와 토론을 가르치는 교수가 되었다. "공개적이고 평등한 조건에서 오직 논증의 합리성을 척도로 해서 여론을 형성하고 조직화"하는 능력을 키워주려 애썼다. 그러다 근대 토론의 역사가 언제 시작되었는지 관심을 기울이게 되었고, 선학의 연구서에 독립협회 토론회에 대한 기록이 실려 있다는 점을 기억해냈다.

구한말 이 땅에도 민주적 의사결정 과정의 핵심이라 할 토론문화가 활짝 꽃핀 적이 있었다는 것은 흥미로운 사실이 아닐 수 없다. 쇠뿔도 단김에 뺀다고 했던가, 팩션의 형태에 에듀테인먼트적 요소도 버무려 쓴 책이 바로 『독립협회, 토론공화국을 꿈꾸다』
(이황직, 프로네시스, 2007)이다.

스무 살에 갑신정변에 참여했던 서재필은 미국으로 망명한 후
의사가 되었다. 이른바 아메리칸드림의 상징이 된 셈이다. 11년
만에 금의환향하여 풍전등화 같은 고국의 상황을 개선하기 위해
공론장 형성에 열과 성을 쏟았다. "1896년 4월 순 우리말 민간언
론 독립신문을 간행하여 글의 공론장을 확보했고, 1896년 6월에
는 독립협회를 결성하여 근대적 회會의 기반을 닦았으며, 1896년
11월 학생들의 토론모임 협성회를 결성하여 말의 경연장을 열었
다."

서재필은 교육과 문화의 힘을 확신했으니, 백성에서 시민으로
탈바꿈할 수 있는 길이 거기에 있다 여겼던 것이리라.

이 책의 '눈'은 서재필에게 영향 받은 배재학당 학생들이 협성
회를 꾸리고 첫 토론회를 여는 장면과, 독립협회가 주최한 토론
회 가운데 1898년 4월 3일의 것을 재구성한 대목이다.

앞의 것은 협성회 회원들이 마련한 토론원칙을 오늘의 관점에
서 재구성하면서 토론요령을 소개하고 있다. 점두에 나와 있는
토론책을 보면 이론에 너무 치우쳐 있는데다 토론주제가 우리와
맞지 않는 경우도 있어 재미가 떨어지는 면이 있다. 이에 반해 지
은이가 시치미 뚝 떼고 천연덕스럽게 재구성한 협성회의 토론회
는 토론의 이론과 실제를 재미있게 익힐 수 있는 미덕이 있다. 뒤
에 것은 좀더 역동감 넘치게 꾸며져 있다. 마치 대학생들이 참여
한 토론대회를 보고 있는 듯하다. 지은이의 문장력과 상상력, 그

리고 이론적 기반을 두루 확인할 수 있는 대목이기도 하다.

합리적 의사소통을 통해 사회문제를 해결할 수 있다는 믿음을 어떻게 평가해야 할까. 어떤 면에서 보면 말로 현실의 힘에 맞선다는 것은 한낱 당랑거철일 뿐이다. 독립협회의 운명이 그것을 증명한다. 그럼에도 부정할 수 없는 사실이 있다. 토론과 논쟁, 그리고 합의 없이 이루어진 성과란 것이 얼마나 허약하더냐 하는 점이다. 역사에서 서재필은 좌절했지만, 오늘 다시 그의 꿈을 주목해야 할 이유는 충분하다.

우리 신화의 보편성과 특수성
이윤기의 『꽃아 꽃아 문 열어라』와 『이어령의 삼국유사 이야기』

신화는 갯벌이다. 내 땅을 적시고 흐른 강이 흘러드는 곳이면서, 대양에서 달려든 파도가 기진하는 곳이다. 그러니까 신화는 민족의 특수성과 인류의 보편성이 갈마드는 경계다. 그곳에는 상상의 자원이 무진장 널려 있다. 화석이 아니다. 여태 살아 있어 모듬살이의 꿈이 무엇이었는가 귀띔해준다.

이윤기의 『꽃아 꽃아 문 열어라』(열림원, 2007)는 신화의 보편성을 말한다. 『삼국유사』를 보면 알에서 태어난 인물이 숱하다. 마치 "우리 조상들은 알 이야기를 빼고는 신화를 쓰지 못할" 정도다. 박혁거세, 석탈해, 김알지, 수로, 주몽 등이 알에서 나왔다. 우리 신화에만 기록된 이야기는 아니다. 중국 창세신화에 나오는 반고도 알을 깨고 나왔다. 나일강의 기러기가 낳은 신이 이집트의 태양신 '라'다. 세계신화에 공통되는 요소를 신화소라 하는데, 이 경우는 우주란宇宙卵에 해당한다. 여기서 고대인들은 알을 "분화되지 않은 전체성과 잠재성의 상징이자 존재의 숨겨진 기원과 비밀의 상징"으로 여겼다는 것을 알게 된다.

환웅이 타고 내려온 나무가 신령한 박달나무神檀樹다. 이 나무가 뜻하는 바가 무엇인지 궁금할 터. 북유럽 신화에는 세계의 중심에 뿌리박은 거대한 나무를 익드라실이라 했다. 만주족은 천신에게 제사 지낼 때 투루라고 하는 기둥을 세우고 조상짐승인 개 모양의 상을 얹었다. 투루를 달리 일러 하늘나무, 하늘기둥이라고도 한다. 타타르족에게도 세계의 중심이 있다. 철산 한가운데 서 있는 일곱 가지 하얀색으로 빛나는 자작나무가 그것이다. 이런 신성한 나무를 일러 세계수라 했으니, 우주와 땅의 기운이 만나는 세계의 중심을 뜻한다. 박달나무는 껍질이 하얀 자작나무과라 한다. 이승휴는『제왕운기』에서 신단수로 내려온 환웅이 단웅천왕이 되었다 해 이 나무의 신성성을 돋을새김했다. 신단수는 우리 민족의 세계수이다.

『이어령의 삼국유사 이야기』(이어령, 서정시학, 2006)는 민족의 특수성을 보듬어 안고 있다. 그리스 신화의 특징으로 단성생식과 파괴를 들 수 있다. 아테네는 제우스의 머리에서, 아프로디테는 아비의 거세된 남성상징에서 나왔다. 우라노스는 괴물자식 티탄족을 가두고, 크로노스는 아비 우라노스를 거세하며, 크로노스는 아들 제우스에 의해 땅에 간힌다. "갈등과 투쟁의 파괴로 이어지는 순환 속에서 무엇인가 창조의 힘을 얻어내는 것이 서구의 혁명사상이요, 대결의 역사관"이다. 하나, 단군신화를 볼라치면 하늘에 속한 환웅이 땅에 해당하는 웅녀와 결합해 인간세상을 만들어낸다. 조화와 융합의 세계관이 반영된 덕이다.

오쟁이진 처용은 노래와 춤을 추어 역신을 무릎 꿇게 했다. "악이나 폭력을 덕으로 퇴치한다는 것이 처용의 설화나 시의 핵심"이다. 서양의 영웅은 다르다. 아킬레우스나 오디세우스는 간부를 힘으로 물리쳤다. 말하자면, 서양의 영웅이 호랑이형이라면, 우리 민족의 영웅은 곰형인 셈이다.

　『삼국유사』에는 오늘의 우리에게 전해주는 메시지가 숨어 있다. 노례와 탈해가 서로 왕 자리를 양보하려 싸우다 떡을 물어 잇자국 많은 사람을 왕 삼기로 했다. 이를 이윤기는 (쇠 다루는) 역량으로, 이어령은 덕으로 해석했다. 대권을 향해 덤벼드는 이들은 과연 역량과 덕을 두루 갖추고 있을까. 허언을 남발하기보다 떡부터 물어볼 일이다.

우리가 고전을 읽어야 할 까닭
조안 스파르의 『플라톤 향연』

나이 들면 누가 시키지도 않았는데, 한탄조로 흔히 하는 말이 있다. 지금 알고 있는 것을 그때 알았더라면…이라고. 책 읽는 사람들 사이에서도 이런 말이 튀어나올 적이 있다. 대체로 고전을 읽고 나서 하는 감탄과 후회의 소리다. 그 고전을 당시에 읽지 않았던 데는 구구절절한 사연이 있게 마련이다. 숙제로 읽어오라고 한지라 강제가 싫어 안 읽었다, 에서 번역이 너무 나빠 도저히 읽을 수 없었다, 까지 이른다. 그럼에도 나이 들어 그 고전을 읽어보고는 무진장 감동받아 뒤늦게 좀더 일찍 읽었으면 얼마나 좋을까 후회한다.

철학을 전공했으나 만화가가 된 조안 스파르도 그런 부류의 사람이었나 보다. 직접 써놓은 글을 볼라치면, 정작 전공수업 시간에 교수 강의에 귀 기울인 것이 아니라 낙서나 해댔다고 한다. 그럴라면 왜 철학과에 갔냐고 시비 걸어볼 만한 일이지만, 남의 사생활에 일일이 참견하는 일은 예의에 어긋난지라 생략하기로 하자. 단지 만화가로 이름을 날리고 나서 고전에 그림과 낙서를 덧붙여 책을 냈으니, 만시지탄이나 상찬할 만한 일이라 할 수 있을 성싶다.

고전이라 하면 짐짓 엄숙하고 근엄한 태도로 대해야 한다는,

말도 안되는 고정관념이 있다. 경전이라 하면 몰라도 인간의 지성적 작업에 대해 이런 태도를 취하는 것은 옳지 않다. 치열하고 진지하고 몰입하고 있다고 해서 읽는 이마저 꼭 그래야 한다는 법은 아니다. 너무 그런 독서법을 강조해서 고전이라면 혀를 내두르는 이들이 많이 생긴 것 아니겠는가. 더욱이 조안 스파르가 도전한 책은 플라톤의 『향연』이다. 비극대회에서 상받은 아가톤이 연 뒤풀이 자리에서 오고간 이야기를 모아놓은 책이 『향연』이지 않던가. 뒤풀이 자리인만큼 술잔도 돌렸고 '뻥쟁이' 소크라테스가 주인공으로 나온 책이니 만화가가 실력을 발휘해 즐겁고 재미있고 유쾌하게 다룰 만한 책으로 제격이었던 것이다.

그런데 『플라톤 향연』(이세진 옮김, 문학동네, 2006)을 읽다 보면, 왜 고전을 읽어야 하는지 새삼 깨닫게 된다. 그것은 조안 스파르의 공이 절대 아니다. 조안 스파르는 본문의 내용을 때로는 정확하게, 때로는 잘 해석해서, 가끔은 엉뚱하게 만화풍으로 옮겨놓았을 뿐이다. 책의 내용을 읽다 보면, 우리가 흔히 들어온 게 사실은 이 책에 이미 다 실려 있었다는 사실을 눈치채게 된다. 『향연』은 전날 술자리가 과했던지라 술은 그만 마시고 에로스나 찬양해보자고 해 말의 성찬이 펼쳐진 자리의 기록이다. 우리 식으로 말하자면 고스톱 식으로 돌아가며 이야기하는데, 주제가 상당히 고상했던 것이다. 그런데 이 책에 기록된 이야기 가운데 우리가 익히 들어온 것들이 포함되어 있다.

예를 들자면, 이렇다. 딸국질을 심하게 하다 그치자마자 이야기판에 끼어든 아리스토파네스는, 태곳적 인간의 성이 본디 세

가지였다고 말한다. 남성과 여성, 그리고 그 두 성을 다 가진 양성인이 있었다는 것이다. 이 양성인들은 힘과 기력이 대단했고 오만했다. 그런 부류들이 늘 그렇듯이 양성인들이 신을 공격했고 이에 화가 난 제우스는 양성인들을 반으로 쪼개버렸다.

"원래 하나의 존재였던 인간은 이렇게 갈리자 반쪽은 각기 다른 반쪽을 그리워하고 다시 하나가 되고 싶어했어. 그들은 서로 끌어안고 몸을 얽어매며 한 존재가 되기만을 욕망한 나머지 먹지도 않고 아무 일도 하지 않다가 죽어버리고 말았어. 다른 반쪽 없이는 아무것도 하고 싶지 않았던 거야."

따지고 보면, 우리 각자는 반쪽에 불과하다. 사랑이란, 다시 따지고 보면, 잃어버린 반쪽을 찾아 완전을 이루고자 하는 욕망에 다름 아니다. 그리하여 아리스토파네스의 이야기는 이렇게 정리된다.

"우리는 보완해줄 사람이 필요한 불완전한 존재인 거야. 넙치를 반으로 자르듯 두 쪽으로 잘렸으니까. 물론 각자 영원히 자신의 반쪽을 찾아 헤매는 거지. 이때 양성인이라고 부르는 남녀를 겸비한 성에서 갈라져 나온 남자는 여자를 사랑하는 거야."

어릴 적 그림책에서 보았던 내용을 확인하는 순간이 아닐 수 없다. 그렇다고 그 그림책 저자를 저작권 침해자로 볼 수는 없는 노릇이다. 그이가 남보다 한발 앞서, 그리고 현대적으로 재해석해 독자들의 눈높이에 맞는 그림책을 써냈을 뿐이다. 고전을 읽은 자와 읽지 않은 자는 이렇게 확연히 갈라진다. 읽은 자는 문화의 생산자의 대열에 서 있지만, 읽지 않은 자는 소비자의 부류에 들어가 있게 된다.

또 있다. 플라톤이 쓴 책은 결국 소크라테스가 주인공이다. 정말 소크라테스가 한 말인지, 아니면 소크라테스를 빙자해 플라톤 자신이 하고 싶은 말을 늘어놓는 것인지는 알 수 없지만, 어찌 하였든 소크라테스를 주목해야 한다. 소크라테스는 자신이 만티네이아의 여인 디오티마와 에로스의 본질을 주제로 토론한 적이 있다고 너스레를 떤다. 디오티마는 "결론적으로 사랑은 좋은 것을 영원히 소유하려는 욕망"이라고 정의한다. 그리고 에로스는 일반적으로 생각하는 것처럼 아름다움에 대한 사랑이 아니라고 일침을 놓는다. "그것은 아름다움 속에서 생산하고 분만하는 것에 대한 사랑"이다. 그렇다면, 왜 생산을 하는 것일까. "생산을 통해서만 영원불멸할 수 있기 때문"이란다. 이를 다시 정리하자면, 불멸을 꿈꾸는 자가 사랑을 하는 것이란다. 이 불멸을 성취하는 방법은 두 가지다. 후세를 낳는 것이 그 하나요, 넓은 의미의 예술에 종사하는 것이 다른 하나다. 가만히 보면, 이 역시 우리가 널리 들어오던 바 아니던가.

고전을 읽어야 할 이유는 참으로 많다. 그런데 『향연』을 읽다 보면, 내로라하는 사람들이 하는 말이 사실은 고전을 주춧돌로 삼고 있음을 확인하게 된다. 하늘 아래 새로운 것은 없을지도 모른다. 다른 사람의 사유를 밑바탕으로 자신의 논리의 집을 짓는 것이리라. 스스로 사유력과 논리력이 부족하다고 생각하는가. 그렇다면, 망설일 필요 없이 고전을 읽어보면 되리라. 무엇부터? 이런 눈치가 이렇게 없어서야. 그야 당연히 뒤풀이 자리에서 벌어진 말의 성찬을 기록한 『향연』이 아니겠는가.

문명을 소통시키는 창조와 지혜의 길
정수일의 『실크로드 문명기행』

전형적인 책상물림인 나는 좀처럼 여행길에 나서지 않는다. 책이 세상 모든 것과 통하는 길이니, 움직이지 않아도 다 보고 들을 수 있다고 생각해서만은 아니다. 천성이 게으른데다 쉽게 귀찮아 하는 성격 탓이다. 그래도 인연이 닿아 떠나는 여행이 있으면 '안탐眼貪'을 한껏 누리려고 한다. 더욱이 걸어다니는 것을 좋아하는지라 열심히 발품 파는 일에는 인색하지 않다. 그러니 남보다 더 많이 볼 수 있는 이점이 있다. 그렇지만 돌아오면 남는 게 별로 없다. 사진 찍는 것을 좋아하지 않는지라, 남에게 보여줄 만한 그림을 만들어오지 못하기 일쑤다.

지난 여름에는 모처럼 뜻깊은 여행을 다녀왔다. 서안에서 우루무치에 이르는 실크로드 탐방이었다. 실크로드라, 얼마나 낭만적인 이름인가. 농담 삼아, 그 길에서 비단 캐어오겠다고 호기를 부리기까지 했다. 일행들 가운데는 미리 책을 읽어온 이들도 있었고, 참고할 만한 책을 여행지까지 들고 온 이들도 있었으나, 나는 그냥 갔다. 모르면 물어보면 되고, 그래도 알 수 없으면 와서 찾아보면 되리라 고집 부렸다. 정작 문제는 안내인들에게 있었다. 연변출신 안내인들의 무성의와 무식으로 여행이 엉망진창될 뻔했다. 다행히 같이 간 사람들이 전공과 교양을 십분 발휘, 유물과 유적을 설명한 통에 상식도 늘고 추억거리도 많이 남았다.

그 추억의 열기가 막 가실 무렵 정수일의 『실크로드 문명기행』(한겨레출판, 2006)이 나왔다. 이럴 때 나는 책을 '냉큼' 읽어치워 버린다. 뭘 망설일 게 있는가. 만사 제쳐놓고 읽어보고 볼 일이다. 책을 읽기 전에 정수일 박사가 다녀온 답사로를 훑어보았다. 우리 일행이 다녀온 길과 거의 유사해 적이 안심이 됐다. 엉뚱한 데로 빠졌던 것은 아니라는 확신이 들어서였다. 물론, 어디까지나 이 책의 3분의 1에 해당하는 경로만 같았다. 우리는 우루무치까지만 갔는데, 정 박사는 이스탄불까지 다녀왔다. 어찌하였든, 이른바 실크로드의 오아시스로를 제대로 맛본 것만은 틀림없었다.

『실크로드 문명기행』은 세 가지 주제가 관통하고 있다. 문명탄생의 동기, 문명간의 교류, 세계 속의 한국이 바로 그것이니, 다음의 글에서 확인할 수 있다.

"우리는 왜 열사 속을 누비며 험로를 택했는가. 그것은 한마디로 이 길의 참뜻을 터득하기 위해서였다…이 길 위에서 세계 속의 한국이라는 우리의 위상을 확인하려 했고, 동서간에 오간 숱한 문물의 교류흔적을 더듬으려 했으며, 인류가 창출한 위대한 문명들의 슬기를 체험하려 했다."

기차에서 1박을 하며 달리는 사막은 그야말로 장관이다. 영화나 광고에서 보아온 황금빛으로 물든 모래사막이 이어져서가 아니다. 끝 모를 황무지가 이어지다 문득 오아시스가 나타나고 한참을 가다 다시 황무지가 나오는 장면이 잇따르고 있기 때문이다. 정말 인상적인 것은, 오아시스가 영화에서 보아왔듯 작은 공간이 아니라는 것이다. 정작 실크로드에 가보면, 오아시스는 엄청 크다. 웬만한 오아시스 도시가 서울만 하거나 그 몇 배에 이르니, 현장에 가보아야 비로소 알 수 있는 것들이 꽤 된다는 깨달음을 다시 얻게 된다.

척박한 환경에서 문명의 씨앗이 뿌려지고, 문화가 꽃피었다는 것은 보는 이를 감개무량하게 만든다. 정수일도 그러했으리라. 투르판에서 정수일은 토인비의 그 유명한 도전과 응전의 원리를 떠올린다. 일반적인 생각과 달리, "문명은 불리한 자연환경의 도전에 인간이 성공적으로 응전한 곳에서 탄생"했다는 것이다. 어느 여행자이더라도 각별히 투르판에서 이를 환기할 수밖에 없다. 인공지하수로를 가리키는 '카레즈' 때문이다. 천산의 만년설이 녹아 흐르는 물을 끌어오기 위해 투루판 사람들은 믿기지 않은 놀라운 일을 해냈다. 현장에 갔을 때 나는 기시감을 느꼈는데, 나중에 그 원인을 알아냈다. 오래 전 소설가 김남일이 실크로드를 둘러보고 기행문을 쓴 적이 있는데, 그 역시 카레즈에 대해 경탄했던 것이다. 너무 많이 읽어두어도 병인가 보다.

정수일이 오늘 우리에게 빛나는 존재가 된 것은 그가 교류를 말하고 있기 때문이다. 역사학자 처지에서 충돌의 시대에 교류를 강조하는 것은, 그 자체로 학문적 실천행위다. 실크로드야말로 교류의 증거로 가득 찬 역사박물관이다. 정수일이 직접 발로 뛰어다니며 찾아다닌 것도 그 증거들이다. 너무 많아 일일이 지적하기가 어려운데, 종이의 교류사를 보여주는 사마르칸트 지와, 활자의 전파로를 밝혀주는 가차투르의 금속활자 인쇄기가 인상 깊었다. 비근한 예로는 석류를 들 수 있다. 석류의 원산지는 이란의 시르 쿠후라고 한다. 이 지역에서 석류는 생명의 과일, 지혜의 과일로 여겨왔다. 이 과일을 클레오파트라와 양귀비가 즐겨 먹었다는 속설이 있는 것으로 보아, 오래 전 실크로드를 타고 서와 동으로 전파되었음을 알 수 있다. 중국은 기원전 3세기 한무제 때 석류가 전해졌고, 한반도에는 8세기경 들어온 것으로 보인다고 한다.

문명교류가 오늘날 의미를 띠게 되는 것은, 나와 다른 것을 존중할 줄 아는 의식을 키워주었기 때문이다. 시라즈는 조화와 포용의 상징이다. 유태인들이 차별받지 않고 살아왔고, 아랍 인과 페르시아 인의 혼혈인 함세 족이 출현했다. 16세기 이후에는 아르메니아 인들도 이주해왔다고 한다. 성 시몬교회에는 최초의 페르시아 어 성경번역본이 보관되어 있다. 현재 이 도시는 아리안 계 페르시아 인, 투르크 족, 셈 족, 기란 – 마잔다란 족, 쿠르드 족, 투르크멘 족, 집시 족이 모여 살고 있다고 한다. 우마야드 사원도 같은 의미에서 눈여겨볼 곳이다. 본디 이곳은 하다드의 신전이었으나, 로마시대에는 주피터 신전으로 바뀌었고, 비잔틴 시대에는 세례요한 교회였고, 오늘날에는 이슬람 사원으로 쓰이고 있다. 흥미로운 것은 이 사원에 사도 요한의 머리가 안치된 무덤이 있다는 점이다. 다른 것들의 공존을 이처럼 극적으로 보여주는 사례는 흔치 않을 터이다.

　세계 속의 한국을 말하는 대목은 여러 차례 걸렸다. 혜초의 발자취를 애써 복원하려는 의욕까지는 좋았으나, 그의 역할을 과대평가하는 것은 아닌가 싶었다. 고선지를 한민족의 일원으로 너무 추켜세우고 있는 점도 영 마뜩찮았다. 그가 과연 고구려인(또는 유민)이라는 의식이 있었을까. 고선지를 그냥 그 시대의 뛰어난 장군 정도로만 여기면 안 될까. 민족적 열정이 학문적 냉정을 무화시키는 것은 아닌지 걱정스럽기도 했다.

　우리 여정에서 그리 멀지 않은 곳이었는데 미처 가보지 못한 곳이 있다는 것도 알게 되었다. 쿠처가 그곳이다. 나중에 NHK의 '신실크로드'를 보면서 구마라습과 키질 석굴에 대해 알았는데, 이번 기회에 공부가 많이 되었다. 개인적으로 조선족 화가 한락연과 키질 석굴의 인연에 대한 정보를 접한 것도 큰 성과다. 과연 나는 키질 석굴을 보기 위해 다시 실크로드에 갈 수 있을까? 지금으로서는 『실크로드 문명기행』으로 만족할 따름이다.

희망을 찾아 나서다
유재현의 『느린 희망』

때로는 단 한 장의 사진이 많은 것을 말해준다. 말이 넘쳐나는 시대에 그것은 미덕이다. 굳이 장광설을 늘어놓지 않아도 감동과 충격, 그리고 신선한 깨달음을 안겨준다. 성공작인지 여부는 보는 이마다 다르겠지만, 『느린 희망』(유재현, 그린비, 2006)이 노리는 바도 거기에 있는 듯하다. 이제는 세계사의 변방으로 밀려난 쿠바에서 지은이가 느낀 바를 압축적이면서도 상징적으로 전해주고 있다.

내가 가장 인상 깊게 본 사진은 24쪽에 나오는 집 한 채다. 얼핏 보면, 산 밑자락에 터를 잡은 쿠바판 오두막 같다. 그런데 꼼꼼히 보면, 놀라운 사실을 하나 발견하게 된다. 전깃줄이 없다. 더 꼼꼼히 보면, 대신 태양열 전지판이 보인다. 한쪽 더 넘기면 이 사진이 무엇을 말하고자 하는지 더 정확히 보여준다. 전기가 들어오지 않는 두메가 아니다. 버젓이 전봇대가 집 앞 저만큼 있는데도 그 문명을 거부한다. 이것을 책의 부제인 '지속가능한 사회를 향해 인간의 걸음으로 천천히' 걸어가고 있는 것으로 보아야 하는지, 아니면 '지속가능한 후퇴'로 평가해야 하는지는 전적으로 읽는 이의 몫이다. 나는 단지, 그런 삶을 살 만큼 알량한 '기득'을 털어버릴 용기가 있는지 반성했을 뿐이다.

178쪽에 있는 벽화는 예술과 정치의 함수관계를 드러낸다. 라틴 아메리카의 민화라 할 만한 화풍으로 일하는 사람들의 모습을 그려낸 데서는 작가의 역량이 도드라져 보인다. 그러나 벽 한구석에 그린 체 게바라는 분명 관제풍官製風이다. 금기와 우상이 있는 곳에서 자유의 냄새를 맡을 수는 없는 노릇이다. 지은이도 영 못마땅했던 모양이다. "그건 아무래도 예술가가 취할 태도는 아니다"며 투덜거린다. 194쪽의 사진은 이 나라가 결코 지상낙원일 리 없는 이유가 드러난다. 발기라도 한 듯한 거대한 굴뚝에서 매연을 토해내는 장면이 찍혀 있다. 아마도 니켈을 가공하는 공장인 듯한데, "당신들은 달러와 산업의 이름으로 노동자의 나라이기를 포기할 셈인가"라는 지은이의 분노에 동의하게 된다.

272쪽의 사진은 생활에 스며든 권태를 느끼게 한다. 손님의 얼굴은 우거지상이다. 뭔가 불만이 가득하다. 그런데 종업원으로 보이는 앳된 여인은 막대사탕을 입에 물고 있다. 글을 읽어보았더니, 국영식당이란다. 알 만하다. 그러니 체제경쟁에서 자꾸 밀려나는 것이겠지 싶다. 할머니와 손녀가 함께 나온 171쪽 사진은 글을 읽어보아야 비로소 지은이가 이들을 찍은 이유를 알 수 있다. 할머니는 젊은 날 혁명전사로 이름을 날리고 근로영웅 표창도 받은 여걸이다. 그러나 아들은 행방불명되었고 며느리는 재가했다. 지금은 우리 돈 육천 원의 연금으로 손녀를 키우고 있다. 혁명의 끝자락에서 궁핍을 만나야 한다는 것은 서글픈 일이다.

지은이는 끊임없이 희망을 이야기하고자 했는데, 나는 대체로 실패로 끝난 사회주의적 실험을 상징하는 사진을 주목하고 말았다. 왜 이토록 삐딱하게 책을 읽은 것일까 곱씹어 보니, "부디 당신들의 세계를 지켜주세요"라는 글귀가 못마땅해서 그런 듯하다. 우리도 못해내는 것을 남에게 요구해서는 안 된다. 무너져가는 체제를 힘겹게 버티는 쿠바 사람들에게 그 고통을 감내하라고 말할 수는 없다. 더 나은 세상을 향한 가능성을 오로지 우리 안에서 찾아내는 것, 그것이야말로 '느린 희망'이라 이름붙일 수 있는 것이 아닐까 싶었다.

여행에서 얻는 사색과 성찰의 기록

다치바나 다카시의 『에게』

다치바나 다카시의 『에게』(이규원 옮김, 청어람미디어, 2006)를 한낱 기행서로만 읽으면 실망하기 십상이다. 필력 좋기로 소문난 다치바나이지만, 그의 긴 글보다 스다 신타로의 사진 한 장이 훨씬 매력을 풍기기 때문이다. 장담하건대, 누군가 이 책을 읽고 에게로 떠나기 위해 짐을 챙긴다면, 그것은 다치바나의 글 때문이 아니라 스다의 사진 때문일 공산이 높다. 물론 이 책에서 예의 다치바나의 특장이 드러나지 않는 것은 아니다. 아토스를 배경으로 한 글을 읽다 슬며시 미소가 떠오른 대목도 있다.

아토스에는 철저히 지키는 금기사항이 있는데, 여성의 출입이 제한되어 있다. 나귀가 교통수단으로 널리 쓰이는데, 이 금기사항 때문에 수컷만 있다고 하니, 헛웃음이 나올 만하다. 예외가 있어 혜택을 보는 것이 있으니, 고양이란다. 고양이 좋아하는 수도사가 늘어나다 보니 암코양이 늘어나는 것만큼은 관용을 베푸는 모양이다. 그런데 아토스 가는 배가 출항하는 우라노폴리스 항에는 진풍경이 펼쳐진다. "바로 앞에는 여성이 한 발도 들여놓지 못하는 검은 옷의 수도사들의 세계가 있"는데, 항구의 해변가에는 "전세계에서 찾아온 젊은 여성들이 앞가슴을 거침없이 드러내놓고" 누워 있는 것이다.

그러고는 다치바나다운 장점을 느낄 만한 구석이 별로 없다. 그리스 초기 철학자들에 대한 설명은 다 아는 내용이라 지루한 설교로 들린다. 각별히 다치바나라면 이런 대목을 어떻게 처리할까 지극한 관심을 기울이고 읽는 이에게는 실망감이 클 수밖에 없다. 그러면 다치바나가 일러준 독서법대로, 기대에 못미치는 책이니만치 과감하게 집어던져버리는 것이 나을까? 그건 아니다. 이 책을 기행서로 보지 말고, 여행에서 얻은 사색과 성찰의 기록으로 본다면 건질 것이 많다.

아폴론과 디오니소스는 흔히 대립하는 개념쌍으로 여긴다. 그런데 신전을 여행하다 보면 흥미로운 사실을 발견하게 된다. 아폴론을 받드는 곳에서는 디오니소스도 반드시 모셨다. 그 이유가 재미있다. 아폴론은 관리하는 신전이 많아 바쁜지라 부재중 업무 대행을 해준 신이 바로 디오니소스라는 것이다. 알고 보면, 아폴론과 디오니소스는 보완하는 관계이니, 사람도 꼭 그렇다. 대뇌의 신피질이 지배하는 이성적인 면은 아폴론에 해당하고, 구피질이 장악한 정서적인 면은 디오니소스에 비유된다. "양자의 마땅한 관계는 인간의 뇌에서도 공존과 보완이지 한쪽만의 일방적인 해방은 아"니다.

에페소스의 아르테미스는 지모신 신앙의 흔적이 짙게 남아 있다. 고대에는 섹스가 거룩한 것으로 여겨졌다. 풍년과 다산을 기원하는 종교행위였던 탓이다. 그러나 기독교가 세계종교로 성장하면서 섹스는 원죄의 씨앗이 되었다. 섹스에서 철저히 분리될수록 거룩함을 지킬 수 있다고 보았다. 무엇이 옳다고 판정할 수는 없으니, 성聖을 추구하거나 성性에 매료당하거나 둘 다 인간본성의 드러남이기 때문이다. 그래서 다치바나는 말한다. "양자 사이의 올바른 절충을, 인간은 언제쯤이나 목도하게 될까."

책의 부제가 '영원회귀의 바다'로 되어 있는데, 이를 '중용의 바다'로 바꾸면 맞겠다 싶었다. 하긴, 에게는 중용의 바다일 수밖에 없으리라. 철학사 시간에 주워들은 바에 따르면, 아리스토텔레스 윤리학의 고갱이가 바로 중용이었다니, 더 말할 필요가 무에 있겠는가.

동아시아 근대의 뿌리

유모토 고이치의 『일본 근대의 풍경』과 노형석의 『한국 근대사의 풍경』

　지난 여름, 지인들과 도쿄를 여행하다 느닷없이 진중권의 『미학 오디세이 3』(휴머니스트, 2004)에 나오는 구절이 떠올랐다. 플라톤과 아리스가 나누는 가상대담이었는데, 아리스가 플라톤에게 "그럼, 이 세상은 원상(이데아)-복제(현실)-복제의 복제(그림)라는 세 층으로 나누어지는 셈인가요?"라고 물어본다. 도쿄가 상징하는 근대성은 독자적이고 독창적인 것이 아니었다. 단지 서구 근대라는 이데아를 복제했을 뿐이다. 그렇다면, 서울의 그것은 도쿄의 것을 복제한 것이니, 복제의 복제, 즉 시뮬라르크가 되고 만다.

　돌아와 읽어본 『일본 근대의 풍경』(유모토 고이치, 연구공간수유+너머 옮김, 그린비, 2004)은 이를 다시 확인해준다. 이 책은 옮긴이들이 말하듯 "근대의 초석이 놓인 메이지 시대를 원점으로 하여 일본의 근대화=문명화=서구화 과정이 낳은 풍경을 일목요연하게" 보여준다. 이 책에서 반복되는 구문이 있으니, "해외에 나가… 이라는 것을 견문한 사람들에 의해 만들어졌다"는 것이다. 일본 근대의 뿌리가 서구에 두고 있음을 잘 보여준다.

　예를 들자면, 박람회가 있다. 서양에 대한 정보를 접하고 사절단을 파견하면서 박람회를 알고 있던 일본은 1867년 파리만국박

람회를 시발로 해외 박람회에 잇따라 참가한다. 그러고는 1871
년 물산회라는 이름으로 국내박람회를 열게 된다. 운동회도 마찬
가지다. "서양에서 수입한 것"인데, 메이지 10년대부터 정착되었
다고 한다. 1885년에는 초대 문부대신 모리 아리노리가 체육을
통한 집단훈련을 장려하면서 소학교까지 보급되었다. 하물며 연
필, 비누, 선풍기, 전등, 전화 같은 일상적인 물건도 그러했다. 오
죽하면 "구두의 편리함에 놀라 조리를 버리고 구두로 바꿔" 신었
다고 했겠는가.

　『한국 근대사의 풍경』(노형석, 생각의나무, 2006)을 볼라치면,
무척 우울해진다. 우리의 힘으로 이루어진 근대가 아니라 일본제
국주의에 의해 추진된 것이라 그러하다. 근대의 상징물로 철도만
한 것이 없다. 공간과 시간을 동시에 지배할 수 있는 권능을 인간
에게 안겨준 철도가 이 땅에 놓인 것은 1899년. 하나, 우리에게
"철마는 서구와 전혀 다른 야수와 폭군의 얼굴로 나타났다." 철도
용지를 강제로 징발당하고 노역에 동원되었다. 거기에다 철도부
설의 목적이 군사용이었다는 점도 기억해야 한다. "새상품 시장
을 만들고 근대문화와 국민국가를 형성하는 촉매구실"을 애초에
기대할 수 없었던 것이다.

　오늘의 명동과 충무로, 그리고 을지로 일대도 일본의 근대성이
이식된 곳이다. 한일합병 뒤에 일본인들이 집중적으로 새로운 상
권으로 개발했는데, 작은 도쿄로 발돋움했다. 이 일대가 식민지
시절 근대의 표상으로 숱한 지식인들에게 영향을 끼쳤다는 사실
은 문학작품에서 확인된다. 박태원의 소설가 구보씨가 하루종일

거닌 곳도 이곳이며, 이상의 『날개』에 나온 내가 헤맨 곳도 여기였다.

『미학 오디세이 3』에는 또 다른 가상대담이 실려 있다. 이번에는 플라톤과 디오게가 등장인물. 디오게가 플라톤에게 존재하는 것은 책상 '성性'이 아니라 책상 '들'이라고 대꾸한다. "시뮬라크르를 긍정하라는 얘길세." 이 말을 받아들이면, 식민지 근대화론을 인정하게 된다. 비록 그것이 근대의 시뮬라크르라 해도, 이를 통해 본격적이고 집단적으로 근대체험을 했으므로 역사의 한 발전으로 인정해야 하는 것일까. 그렇다면, 역사에 기록된 그 한 많은 피와 눈물은 어찌 할 것인가.

신선한 '철학 에세이'
강신주의 『철학, 삶을 만나다』

철학개론서야 서점에 가면 넘쳐난다. 손에 잡히는 대로 들춰보면 차례마저 대충 비슷한 경우도 있다. 이렇게 쓸 바에야 왜 새로 책을 냈는지 모르겠다는 생각이 든 적도 있었다. 개론서라면 입문서 역할도 하는 법인데, 읽는 이를 아예 철학에서 멀어지게 하지 않을까 싶은 책도 더러 있었다. 쉽게 쓰고 눈에 띄게 만들어야 한다는 강박에 사로잡힌 책도 보인다. 그런다고 좋은 책일까. 철학개론서들을 읽으면서 마음에 품은 바람이 몇 있었다.

먼저 동서양 철학을 아우르는 책이 있으면 했다. 양의 동서를 무너뜨린, 자유롭고 폭넓은 사유력을 만나고 싶은 것이다. 개인적으로 『중고생을 위한 김용옥 선생의 철학강의』를 높이 평가하는 이유가 여기에 있다. 다음으로는 인식론적 혁명의 결과를 바탕으로 새롭게 역사와 사회, 그리고 삶을 살펴본 책이었으면 했다. 모든 서양철학은 플라톤의 각주에 불과하다는 정신에 사로잡힌 책이나, 여전히 마르크스의 영향에서 벗어나지 못한 개론서에 신물이 난 때문이다. 이진경의 『철학과 굴뚝 청소부』가 널리 읽히는 데는 다 까닭이 있다. 끝으로는 여성적 시각이 강조되었으면 싶었다. 과학영역만큼이나 철학에서도 여성은 변방에 머물러 있다. 그만큼 남성 중심적 해석이 지배했다는 뜻이다. 조만간 마르트 룰만의 『여성철학자』를 읽어보려는 이유다.

강신주의 『철학, 삶을 만나다』(이학사, 2006)를 읽으며 내심 걱정했다. 또 하나의 개론서를 읽는 것이 시간낭비일 수도 있기 때문이다. 그러나 염려는 곧 즐거움으로 바뀌었다. 놀랍게도 평소 바라던 바를 두루 충족시켜주는 책이어서 그랬다. 노장사상을 전공한 동양철학자임에도 서양철학을 말하고 있었다. 그것도 니체에서 들뢰즈로 이어지는 전복적 사유에 대한 이해를 바탕으로 하고 있었다. 철학사의 흐름을 필연성과 우발성으로 나눈 것은 알튀세르의 영향 탓이다. 그러나 이를 근거로 노자를 필연성의 철학으로 보고, 장자를 우연성의 철학으로 분류한 것은 지은이의 신선한 발상 덕이다.

지은이는 『장자』는 『도덕경』에 대한 긴 주석이라는 상식에 도전하고 있다. 둘은 한패가 아니라 짝패라는 것이다. 더욱이 이를 해설하는 능력이 간명하면서도 날카롭다. 『도덕경』에 이르기를 "도는 하나를 낳고, 하나는 둘을 낳고, 둘은 셋을 낳고, 셋은 만물을 낳는다"라 했으나, 『장자』에서는 "길은 걸어가야만 이루어지는 것이다"라고 일렀단다. 금세 눈치챌 수 있지 않은가. 절대적인 필연성의 존재를 인정하는 것이 필연성의 철학이라면, "세계의 형성 이전에는 어떤 의미도, 또 어떤 원인도, 어떤 목적, 어떤 근거나 부조리도 실존하지 않았다"는 것이 우발성의 철학이라는 것을 말이다.

삶의 주인이 되는 참된 길이 무엇인지 말하면서 이문열의 『선택』을 비판하는 대목에서는 여성성을 발견하게 된다. 그렇다고 일반적인 페미니즘 논의라고 짐작하지는 말 것. 이 한 작품을 분석하고 비판하려고 칸트와 니체가 격돌하는 장면을 목격해야 한다. 이 책을 읽으며 좋은 철학개론서의 미덕 하나를 더 알게 되었다. 아무리 개론서지만 지은이만의 독창적인 해석이 담겨야 한다는 것이다. 덕의 논리와 자발적 복종을 논의하는 자리에서 노자의 『도덕경』과 『삼국지』의 유비가 통념과 전혀 다르게 해석된다. 두 사람에게서 "수탈하기 위해서는 재분배해야 한다"는 국가의 원리를 찾아낸다. 파격이지만 설득력도 높으니, 이만한 개론서라면 남에게 권할 만하지 않겠는가.

대학생에게도 권할 만한 만화책
래리 고닉의 『세상에서 가장 재미있는 세계사』

어디서 그런 '전통'이 비롯되었는지 모르겠지만, 요즘 대학생들은 수업을 빼먹으면 그 까닭을 밝힌 '문서'를 만들어와 출석한 것으로 인정해달라고 요구한다. 승민이도 넓게 보자면 그런 경우였다. 겸연쩍은 태도로 사유서를 내놓는데, 서울 컬렉션에 참가했다는 내용이었다. 모델 활동을 하는 모양이네, 라는 생각에 고개를 들어 녀석을 다시 쳐다보니, (순간의 착각이었겠지만) 내 청년시절을 떠올리게 하는 준수한 외모와 날렵한 몸매를 자랑하고 있지 않던가. 가만 생각해보니, 모델입네 하며 시건방 떨지 않고, 수업을 착실히 들어온 듯했다. 아마 그래서 남다른 관심과 애정이 샘솟았을 터이다. 몇 권의 책을 소개해주며 읽어보라고 했다.

책을 읽어보라고 해놓고 확인하지는 않았다. 그런다고 될 일도 아닌데다, 학업에 모델활동에 바쁘리라 여겨서였다. 그런데 얼마 전 메일이 왔다. 방학 때라 몸만들기에 힘을 쏟고 있는데, 전번에 권해준 책을 재미있게 읽었는지라 몇 권 더 볼 만한 책을 알려달라는 것이다. 끝부분에 "많으면 많을수록 좋아요"라고 덧붙여 놓았으니, 감격스럽기까지 했다. 해서, 책을 가까이하기엔 너무 안좋은, 고온다습한 장마철에 흥미롭게 읽을 만한 책이 무엇인가 고민하다가 떠올린 책이 래리 고닉이 만화로 그린 『세상에서 가장 재미있는 세계사』(이희재 옮김, 궁리, 2006)다. 그 유명하다는 하버드대학에서 수학을 공부하다 집어치우고 만화가가 된 괴짜. 방대한 세계사를 요령껏 압축해낸 작가적 역량. 서양 중심사에서 벗어나 아시아도 충실히 다룬 균형감각. 웬만한 전공서적에 버금가는 풍부한 참고문헌. 이 정도면 대학생에게도 권할 만한 만화책이지 않겠는가 싶었다.

이 책의 매력은 이것말고도 더 있다. 작가의 과학적 사유력과 만화적 유머, 그리고 종교적 압박에서 자유로운 태도가 그것이다. 어느 세계사가 빅뱅과 진화를 다루겠는가. 과학에 밝은 만화가가 아니고서는 힘든 일이다. 아무리 만화라도 유머가 없다면 흥미는 반감되게 마련이다. 지식의 양에 주눅들지 않게 적절한 유머를 구사하는데, 이는 아무래도 옮긴이의 역량도 한몫한 듯싶다. 부처가 식중독으로 죽었다는, 종교용어로 표현하자면 열반했다는 말은, 이 책 덕에 처음 알게 되었지만, 어딘가 신성모독성 발언 같다. 예수를 일러 "평화, 사랑, 용서를 역설한 사람, 불같은 심판을 내리는 사람, 랍비 중의 랍비, 예언자, 우상파괴자, 의사, 공산주의자"라고 평가한 것은 그럴듯해 보인다. 그러나 "내 피를 마시고 내 살을 먹어야 구원받을 수 있다"라는 말을 들어 '미식가'라고 하는 데는 두 손 다 들게 된다.

내가 이 책을 권하려는 데는 또 다른 '노림수'가 있다. 세계사를 재미있게 읽는다면, 자연스럽게 래리 고닉의 다른 만화책, 그러니까 『세상에서 가장 재미있는 유전학』(윤소영 옮김, 궁리, 2007)과 『세상에서 가장 아름다운 SEX』(변영우 옮김, 궁리, 2000)

를 읽어볼 터이고, 그러다 보면 같은 출판사에서 나온 변영우의 『세계사와 함께 읽는 중국사 대장정』에도 관심을 기울이리라 기대하기 때문이다. 이만하면 한여름의 독서목록으로 어디에 내놓아도 뒤처지지 않을 듯하다. 그런데 아직 해결하지 못한 문제가 있다. 그 책 다 읽으면 에두아르트 푹스의 『풍속의 역사』를 읽어보라고 하고 싶은데, 너무 서둘렀다가 지레 겁먹고 다시는 책 안 읽는다고 손사래칠까 걱정돼서다. 언제쯤 이 책을 권해야 할까? 즐거운 고민거리다.

앎과 함의 일치를 보여주는 한 상징
빌 애쉬크로프트 외 『다시 에드워드 사이드를 위하여』

『다시 에드워드 사이드를 위하여』(빌 애쉬크로프트·팔 알루와리아, 윤영실 옮김, 2005)를 꼼꼼하게 읽게 된 것은 한 장의 사진 때문이다. 책을 건성으로 훑어보다 끝자락에 실려 있는 문제의 사진을 보며 가슴이 아려왔다. 사진을 설명하는 문구는 이러했다. "이스라엘 병사를 향해 돌을 던지는 에드워드 사이드." 앎과 함의 일치를 보여주는 상징적인 장면이었다. 그 사진이 그토록 인상적이었던 데는 또 다른 이유가 있다. 진보적인 학술활동을 펼치던 교수가 장관이 되더니 사회적 약자를 억압하는 맨 앞자리에 있는 현실에 분노해 왔던 터다. "권력을 향해 진리를 말하는" 망명자로서 지식인이 그리웠던 것이리라.

사이드의 사상과 삶을 한마디로 정리하자면, 중용이라 할 수 있을 성싶다. 양 극단을 느슨하게 종합하는 중간이 아니라, 그 팽팽한 긴장 사이에 놓인 외줄을 걸어왔다. 『중용』에 따르면 '이치를 택하여 끝까지 유지'해 간 것이다. 먼저, 사이드는 고전적인 리얼리즘과 탈구조주의를 끌어안고 넘어서려 했다. 앞의 것은, 텍스트가 단순히 바깥에 있는 세계를 지시한다고 고집한다. 뒤의 것은, 세계가 절대적으로 존재하는 것이 아니라 전적으로 텍스트에 의해 구성된다고 주장한다. 두 이론체계의 변증법적 통일에 이르려는 사이드의 지적탐구는 『세계, 텍스트, 비평가』에 담겨 있다. 지은이들은 이 책의 성과를 "기호의 의미는 다른 기호들과의 차이에서 생겨난다는 소쉬르의 관점과, 텍스트와 세계가 단순한 반영관계가 아니라는 구조주의적 견해를 수용한 바탕 위에서 세계성 이론을 전개한다는 점"이라고 평가한다.

팔레스타인 출신의 아랍인이면서 기독교도였던 사이드는 세속비평을 통해 현실에 발언해왔다. 그는, 오리엔탈리즘에 연루된 전문비평가들의 신학적 전문화뿐만 아니라, 민족주의가 낳은 신학적인 교의들과도 싸움을 벌였다. 억압된 것들의 귀환을 가능하게 하는 '안으로의 여행'이라는 대항서사를 내세우면서, 파농이 말한 '비난의 수사학'에 빠지지 않기 위해 부단히 노력했다. 시온주의의 이론적 토대를 까발리고 팔레스타인의 처지를 적극적으로 옹호했지만, 팔레스타인과 이스라엘의 상호 승인을 주장했다.

그러나 PLO가 "원칙과 전략적 목표를 포기하고" 이스라엘과 평화협정을 맺자 이를 맹비난했다. 서구사회에서는 아웃사이더이자 비난의 표적이 되었고, '자기 편'한테 "공격을 받으며 가슴 찢어지는 듯한 고통과 굴욕"을 겪어야 했다. 그럼에도 사이드는 한가운데를 놓치지 않았으니, "누구도 듣고 싶어 하지 않는 것을 강조하기로 선택한 외로운 개인"으로 살아갔다.

『오리엔탈리즘』과 『문화와 제국주의』는 사이드를 세계 지성사의 반열에 올려놓은 문제작이다. 앞 책에서는 유럽이 타자들을 정의하고 위치를 부여하는 방식을 드러냈고, 뒤의 책에서는 '대위법적 독해'를 통해 정전 텍스트의 정치적 세계성을 발견했다. 이 두 책이야말로 사이드가 걸어간 중용의 길이 궁극적으로 맞닿은 곳이 어디인지를 가리킨다. 그것은, 어떻게 해야 타자를 악마로 만들지 않으면서 자기 정체성을 규정할 수 있을까, 하는 것이다.

이제, 등산로가 그려진 지도는 마련되었다. 사이드라는 큰 산에 오를 일만 남았다.

자유라는 약과 독
존 스튜어트 밀의 『자유론』

고전은 숲속의 잠자는 공주다. 시간이라는 망각의 사과를 먹고 깊은 잠에 빠진 지혜의 미녀라는 뜻이다. 사랑의 열기에 빠진 왕자가 나타나 입을 맞추지 않는 이상, 공주는 잠에서 깨어나지 않는다. 오늘 우리가 부딪치고 있는 난제를 풀어헤칠 지혜를 갈구하는 마음으로 읽지 않는 한, 그것은 결코 입을 열지 않는다는 뜻이다. 존 스튜어트 밀의 『자유론』(서병훈 옮김, 책세상, 2005)은 '민주화 이후의 민주주의'에 고민하는 사람들에게 많은 것을 일러주는 고전이다. 우리의 상황은 마치 여행이 시작되자 길이 끝난 꼴이다. 절차적 민주화라는 높은 산을 넘어서자 이번에는 사회갈등의 극대화라는 늪에 빠졌다. 역사의 수레바퀴는 더 굴러가지 못하고 외려 뒤로 밀려가는 듯하다. 『자유론』에는 옴짝달싹 못하는 수레를 밀어줄 강한 힘이 내장되어 있다.

『자유론』의 주제는 "사회가 개인을 상대로 정당하게 행사할 수 있는 권력의 성질과 그 한계"에 맞추어져 있다. 그리고 밀이 힘주어 말하는 결론은 "다른 사람의 행동의 자유를 침해할 수 있는 경우는 오직 한 가지, 자기 보호를 위해 필요할 때뿐"이다. 하고 싶은 말을 머리말에서 다한 밀은 제2장에서 토론과 논쟁의 가치에 대해 의미 있는 분석을 한다. 내가 보기에, 이 장이야말로 '민주주의의 민주화'를 이루는 데 도움이 될 '원유'가 무진장 묻혀 있는 대륙붕이다. 나는, 정치란 "갈등을 민주적으로 표출하고 정당을 매개로 이를 민주적으로 해소하는 과정이며, 그 효과가 사회의 통합을 가져온다"는 최장집의 주장에 동의하는 축에 든다. 그렇다면 현실적으로 갈등의 제도적 경쟁과 타협은 어떤 과정을 거쳐야 하는가 고민하게 되는데, 그것은 토론과 논쟁일 수밖에 없다고 본다.

원론적으로 말하면, 대화와 토론은 오류 가능성을 줄이기 위해서 요구된다. 완고하다는 로마 가톨릭 교회의 행사 가운데 주목할 만한 것이 있다고 밀은 말한다. 새로운 성자를 인정하는 시성식諡聖式에 '악마의 변'을 듣는 시간이 마련되어 있는 것이다. 악마의 험담에 혹 약간의 진실이라도 있는지 따져보기 전에는 서둘러 성인의 자리에 올리지 않겠다는 의지가 담겨 있다. 경쟁이 오류 가능성을 놓고 벌어진다면, 타협은 "틀린 것은 고치고 부족한 것은 보충하는"데서 일어난다. 밀은, 대립하는 두 주장이 한쪽은 진리이고 다른 쪽은 틀린 것으로 나뉘지 않는다고 생각한다. 각각 어느 정도씩 진리를 담고 있게 마련이라는 것이다. 여기서 다수파가 횡포를 부리지 못하고 사회적 소수자나 약자의 의견을 정책에 반영할 가능성이 열린다.

『자유론』이 우리 시대의 약인 것만은 아니다. 제5장 '현실적용'은 독이 될 수도 있다. 자유거래의 원리를 설명하면서 시장의 우월성을 강조하는 대목이 나오기 때문이다. 밀의 시대에는 정부 간섭의 최소화가 투쟁의 산물이었다. 그리고 그것이 자본주의 발전에 큰 영향을 미쳤다. 그러나 주주민주주의라 일컫는 신자유주의 시대에는 정부의 적극적 개입이 그 어느 때보다 긴요해지고 있다. 자유의 극단화가 평등의 최소화를 몰고 온 현실을 직시해야 하는 것이다. 어찌 했든, 밀은 여러 모로 옳다. 당장, 토론과 논쟁을 통해 밀의 주장 가운데 약은 받아들이고 독은 버려야 하니까 말이다.

양명학이 일깨운 화두

고지마 쓰요시의 『사대부의 시대』

잘 아는 이들에게 평소 양명학에 관심 있다고 하면 대체로 의외라는 반응을 보인다. 거기까지 촉수가 뻗어 있을 줄 미처 몰랐다는 투다. 그리하여 변명 아닌 변명을 늘어놓게 되니, 저간의 사정은 이렇다. 내가 양명학을 알게 된 것은 먼저 김교빈의 『한국철학 에세이』때문이다. 「하곡 정제두」편에서 김교빈은 "그 많은 강화학파들이 민족의 위기에서 한 사람도 변절하지 않고 국가와 민족을 위해 몸으로 실천한 것은 그들의 학문이 양명학이었기 때문에 가능"했다고 주장했다. 말하자면, 조선말기의 노블레스 오블리주로 양명학을 받아들인 것이다. 김기현이 해설한 『대학』은 두 번째 계기가 되었다. 신민新民이냐 친민親民이냐를 두고 주자와 왕양명이 어떤 주장을 했는지 읽으면서 많은 것을 생각했더랬다. 나는 주자를, 어디까지나 내 식으로, 근대적 계몽주의자로, 왕양명은 탈근대적인 반계몽주의자로 평가했다.

읽을거리가 너무 많은 것이 탈이었다. 민영규의 『강화학 최후의 광경』과 김미영이 옮긴 『대학』을 읽고 나서는 한동안 양명학 관련책을 보지 못했다. 그러다 고지마 쓰요시의 『사대부의 시대』(신현승 옮김, 동아시아, 2004)를 만나면서 양명학에 대한 관심의 불씨를 되살리게 되었다. 주자학과 양명학의 형성과 발전과정을 비교하는 책이기 때문이다. 늘 스스로 채찍질을 하면서도 끝내 고치지 못하는 병폐가 있다. 그 책의 고갱이에 바투 다가서지 못하고 언저리에 있는 사소한 것들을 즐기는 일이 자주 일어난다. 이번에도 예의 그러했다. '성즉리와 심즉리' '격물과 친민' '천리와 인욕' 같은, 두 학파가 첨예하게 맞서는 열쇳말에 대한 이해보다는, '주자와 왕양명의 생애'에 더 깊은 관심을 기울인 탓이다. 나의 학문적 깊이가 이토록 얕구나 하며 혀를 끌끌 찰 일인데, 그럼에도 그 대목을 흥미롭게 읽은 데는 이유가 있다. 주자와 왕양명의 삶을 그린 글이 정약용과 박지원을 비교한 고미숙의 글을 떠올리게 했던 것이다. 지은이는 주자가 주류가 되고자 했던 방계출신의 인물이었고, 왕양명은 타고난 문화귀족으로 주류의 사상문화를 의도적으로 파괴하고자 했다고 설명한다. 그런 점에서 주자학은 "벼락출세를 이룬 허영의 산물"이고, 양명학은 "방탕한 자식의 도락"이었다.

　주자의 나라였던 조선에서 양명학이 괄시를 받은지라, 개인적으로 두 학파의 차이점만을 주목하고 있었다. 하나, 이 책은 단호할 정도로 두 학파의 공통점을 힘주어 말한다. "역점을 두는 방식이 조금은 다르나 사고의 기반은 공유"하고 있으며, 양명학은 주자학의 연장된 형태일 뿐이란다. 그렇지만, 나에게는 이 주장이 그리 설득력이 높지 않았다. 이것으로는 강화학파의 저항을 설명할 수 없기 때문이다. 책을 거듭 읽으며 내가 다다른 결론은 그리 거창하지 않았다. 주자학은 선지후행先知後行을, 양명학은 지행합일知行合一을 표나게 내세웠다. 앎을 행한다, 는 이 단순한 명제가 강화학파의 '지조'를 가능케 했던 것이다. 기껏 내린 결론을 스스로 미심쩍어 하는데, 신영복이 『강의』에서 이 생각에 힘을 실어주었다. "강화학파는 무엇보다도 지행합일을 강조하였고 구한말의 현실에 무심하지 않았"다는 것이다.

아, 이제 비로소 알겠다. 책 읽는 이의 덕목은 '앎의 쌓임'에 있지 않고 '앎의 실천'에 있음을. 평생 화두로 삼을 깨달음을 얻었으니, 이 어찌 기쁘지 않으랴!

운명을 사랑하라
박이문의 『노장사상』

사람마다 결코 잊을 수 없는 책이 있는 법이다. 나에게는 박이문의 『노장사상』(문학과지성사, 2004)이 그런 책이다. 한창 서구의 급진사상에 휩쓸리고 있을 때, 노는 물이 달랐던 친구들이 들고 다니던 작은 책이 있었다. 그 시절 '상상력주의자'라 불렸던 이들이 열독한다는 이유만으로 나는 『노장사상』을 읽었다. 이런 걸 일러 '거품의 독서'라 할 수 있을 성싶다. 단지 나와 다른 것을 꿈꾸는 이들이 즐겨 읽는 책이라 무작정 읽어본 것이니 말이다. 한 권의 책을 읽게 되는 동기에는 허영심이나 경쟁심 또는 호기심 같은 거품이 있게 마련이다. 지금은 이런 거품이 무시되거나 찾아볼 수 없으니, 그나마 좋았던 시절의 이야기다. 지은이의 이력도 지적 호기심을 자극했으리라. 그이가 한때 문학평론을 했고, 미국에서 서양철학을 가르친다는 소문 정도는 주워들은 바 있으니, 낯익은 것을 낯설게 보는 독특한 시각이 있으리라 기대했던 것이다.

책을 읽고 별볼일 없는 것이라 여겼다면, 기억에 남는 책으로 등재되지는 않았을 터다. 책의 현실적 무게와 반비례해 꽤 묵직한 충격을 받았다. 이 책은 나에게 사고의 균형의식을 안겨주었다. 주체와 세계는 늘 갈등하고 대립할 수밖에 없다. 이 갈등을 해소하는 방법에는 크게 두 가지가 있는데, 그 하나는 세계를 변화시키고자 하는 것이고, 다른 하나는 주체를 변화시키는 것이다. 『노장사상』은 뒷부분에 방점을 찍고 있었다. 나는 이 책을 읽기 전까지는 세계의 변화에만 관심이 있었다. 두 번째는, 내가 이 책의 전제를 전폭적으로 수용했다는 점이다. 박이문이 내세운 방법론이 무엇인지 정확히 알 수는 없었으나, 대략 분석철학적인 냄새가 강하다는 느낌은 받았다. 어쨌든 나에게는 귀신 씨나락 까먹는 소리였던 노장사상을 체계적으로 분석하고 이해할 수 있는 길을 터 주었다.

언젠가 짬이 나면, 옛 추억을 되새김질하며 다시 읽어보리라 마음먹었지만, 도통 기회가 없다가 이번에 뜻을 이루었다. 지은이가 책을 펴낸 지 24년 만에 개정판을 낸 덕이다. 신선도야 예전에 비해 떨어질 수밖에 없지만, 새록새록 피어나는 젊은 날의 풍경을 곱씹으며 책을 읽는 것도 큰 즐거움이었다. 다시 읽어보니, 박이문은 노장사상이라는 바람을 철학적 사유로 엮은 그물로 낚아채려 애를 쓰고 있다는 인상이 들었다. 이 힘겨운 작업이 성과를 거두고 있는 것은, 그물이 세 겹으로 짜여진 탓이다. 도·무위·소요라는 열쇳말로 노장사상을 분석하는 것이다. 도는 "분석적인 앎, 이성에 의한 조직적인 앎을 거부하고, 전체적인 앎, 직관적인 앎"을 지향하는 바를 뜻한다. 무위는 반문화적이거나 반인위적인 행동의 원칙을 가리킨다. 소요는 노장사상의 근본적인 가치가 삶의 즐거움에 있음을 말한다. 이 책을 읽으며 새삼 철학이란 에움길일 수밖에 없음을 깨달았다. 앞에 말한 정의에 이르기 위해 노장사상을 서양철학과 견주고 맞서게 하는 지루한 과정을 거치기 때문이다.

　노장사상이 니체가 말한 '운명에 대한 사랑'과 유사하다는 주장은 많은 것을 생각하게 했다. 우리 현대사에는 독재자와 혁명가밖에 없었다. 한결같이 오늘을 저당하고 내일을 기약하라고 윽박질렀다. 그리고, 내일은 늘 유예되었다. 지금 이곳의 삶이 축제일 수는 없을까. 노장은 관점의 전환을 통해 가능하다고 했으나, 내가 보기에는 어딘가 공허하다. 우리의 고된 싸움이 내일이 아니라 오늘을 위한 것이라 정리하니, 적이 마음이 놓인다.

융 사상의 약도

루스 베리의 『30분에 읽는 융』

　책 제목을 보는 순간 피식, 하고 웃음이 나오게 하는 책이 있다. 과장이 심하거나 너무 시류를 탄 제목을 단 책들이 그런 경우다. '30분에 읽는 위대한 사상가' 시리즈도 헛웃음을 짓게 한 책이다. 다루는 사상가의 면면을 보나 책의 두께를 보거나 결코 30분 만에 읽을 수 없다. 그런데도 굳이 30분이라는 시간을 강조한 데는 이유가 있을 터다. 빨리, 핵심만 알 수 있는 책이라는 생각을 독자에게 심어주고 싶었을 것이다. 의심의 눈초리로 책의 원제를 찾아보니 'Jung: A Beginner's Guide'였다. 일종의 약도렸다. 한 사상가의 정신세계라는 미로를 잘 헤집고 목표한 바에 제대로 도달하도록 이끌어주는 안내서라는 뜻이다.

　제목이 마음에 안 들어 내둥 안 읽다가 『30분에 읽는 융』(루스 베리, 양혜경 옮김, 랜덤하우스코리아, 2004)이 나왔길래 펼쳐들었다. 한때 융에 대한 관심이 많았던데다 최근에 융 기본저작집이 번역되어 나오고 있는지라, 미리 읽어두면 좋겠다 싶어서였다. 당연히, 30분 안에 돌파하리라는 것은 애초에 기대도 하지 않았다.

　만약 대학에서 한 학기 정도 융을 강의한 교수가 강의록을 바탕으로 해 글을 썼다면 이렇게 쓰겠구나 싶었다. 융의 책을 읽어본 사람에게는 잘 정리된 책이 될 것이고, 아직 융을 모르는 사람에게는 약간 어렵지만 전체적인 윤곽을 그리는 데 도움이 될 법했다. 어떤 면에서나 세상에 필요 없는 책은 없겠구나 하는 생각이 들게 하는 책이다. 그 어려운 융의 자서전을 읽은 나도 몰랐던 내용이 이 책에 있어 초반부터 흥미를 자아냈다. 남자들이라면 누구나 꿈꾸는 것이지만, 융은 부유한 사업가의 딸과 결혼해 돈 걱정 없이 연구에만 매진할 수 있었다고 한다.

여기까지는 그리 대단한 일이 아니다. 아내 덕 보는 주제에 소문난 바람둥이였다는 점이 관심을 끈다. 제자이면서 애인이기도 한 다용도 목적의 여성이 있었는데, 이름은 안토니아 울프. 아내한테 바가지 긁히는 것은 물론이려니와 사회적 비난도 많이 받았는데, 자신의 염문행각을 변명하는 말이 가관이다. "남자는 밥해줄 여자와 지성을 자극할 여자, 이렇게 두 여자가 필요하다"라고 했다니, 아 옛날이 그립다. 그렇게 말하고도 세계적인 학자가 될 수 있었다니. 요즘 같으면 여성 폄하 발언이라 해 여론의 몰매를 맞을 게 뻔한데 말이다. 융은 두 여인보다 오래 살았는데, 오랫동안 공평하게 두 여인을 그리워했다고 한다. 중국어로 두 여인의 비문을 썼는데 하나는 "그녀는 나의 집의 기초였다"였고 다른 하나는 "그녀는 나의 집의 향기"였다. 어느 게 마누라 거고 어느 게 애인 거였는지 맞추어 보길.

글쓴이의 약력을 보니 대학교수이거나 분석심리학자는 아니다. 그럼에도 융에 대한 이해가 정확하고 나름대로 쉽게 풀어서 설명하려고 애를 썼다. 원고량에 제약이 있고, 그러다보니 요약 위주로 말해야 하는 불편함이 있을 터인데, 어찌 했든 융이라는 사상가가 평생 무엇에 관심을 두었고 어떤 성과를 거두었는지 요령 있게 설명한다. 융의 위대한 발견은 "무의식은 단지 쓰레기더미에 지나지 않는 것이 아니라 무한히 신비한 것이며, 과거뿐 아니라 미래에 다가올 사건에 대한 풍부한 씨앗을 제공하는 것이다. 또한 무의식은 개인적인 경계를 너머 집단무의식의 세계로 도달할 수 있게 된다"고 본 것이다. 과학과 이성 너머 또 다른 세계를 꿈꾸는 사람들이 긴 여행을 떠나기 전 읽어볼 만하다.

카니발적 고전 읽기를 고대하며
린타캉 외 『공자와 맹자에게 직접 배운다』

　김두식의 『헌법의 풍경』에는 토론과 논쟁이 지닌 폭발적인 힘을 보여주는 재미있는 예가 소개되어 있다. 코넬대학의 스티븐 쉬프린 교수는, 학생이 진보적인 입장에서 논리를 펴나가면 대척점에서 반박해 들어갔다. 보수적인 학생과 '맞짱'이라도 뜰라치면 쉬프린 교수는 그야말로 눈하나 깜빡하지 않고 진보주의자로 탈바꿈해 상대방을 몰아붙였다. 이 '전투'에서 학생들이 일방적으로 패배하는 것만은 아니다. 정치한 이론으로 적장의 멱을 노리는 자객으로 자라난다. 흥미로운 것은 '종전'할 무렵이면 '귀순자'들이 나타난다는 사실이다. 진보적이었던 학생이 보수주의자가 되거나, 그 반대의 상황도 일어났다.

　오늘, 다시 고전을 읽는 데는 다른 무엇보다 토론과 논쟁의 정신이 필요하다. 세월의 담금질을 겪으면 겪을수록 그 정신의 순도가 높아지는 것을 일러 고전이라 한다. 앎과 지혜의 고갱이가 가득 쌓인 곳간인 셈이다. 그러나 이 곳간은 좀처럼 자신의 문을 열어주지 않는다. 지적 호기심이나 의무감만으로 고전을 읽으면서 고전을 면치 못하는 데는 그만한 이유가 있다. 그 정도로는 권위와 명성, 그리고 오해의 더께가 잔뜩 끼인 고전의 빗장을 열어젖힐 수 없다. 나는 고전의 문을 여는 열쇠는 치열한 문제의식이라고 여겨왔다. 우리 시대의 문제상황을 깊이 이해하고, 그 타개책을 찾기 위한 지적 분투의 필요성을 말하는 것이다. 이것을 달리 표현하면, '질문만들기' 라 할 수 있다.

질문을 만든 사람이 고전을 경전처럼 여길 리 없다. 고전의 지은이와 토론과 논쟁을 벌이게 마련이다. 막장을 뚫고나갈 지혜를 묻고, 그 답이 현재적 가치가 있는지 토론한다. 도전적인 토론은 논쟁을 불러일으킨다. 이 과정에서 지은이의 사상이 안고 있는 한계가 드러나며, 이를 넘어서기 위한 대안을 찾게 된다. 이쯤 되면, 고전의 주위를 맴도는 지은이라는 '유령' 이 가만히 당할 리 없다. 해석의 오류를 지적하거나 자신의 다른 책을 참조해야 한다고 복화술로 변호하기도 한다. 고전을 읽는 행위는, 그러므로 묵독일 수 없다. 제대로 읽으면 그것만큼 소란스러운 책읽기가 없다. 자신도 모르게 카니발적 책읽기에 몰두하게 된다.

린타캉과 탕쉰이 지은『공자와 맹자에게 직접 배운다』(강진석 옮김, 휴머니스트, 2004)는 대담형식을 띠었다는 점에서 고전 읽기의 정신을 잘 살리고 있다. 작림이라는 가상 인물이 두 철학자와 대화를 나눈다.『논어』는 공자의 아포리즘 모음이고,『맹자』는 토론의 기록이라는 점에서 이 같은 형식은 필연성마저 띠고 있다. 공맹사상을 주제별로 나누어 살펴본 점, 공자와 맹자 사상의 공통점과 차이점을 드러낸 것도 높이 살 만하다. 그러나 이 책의 결정적인 한계는 토론과 논쟁이 지극히 미약하다는 데 있다. 몇 군데 시도되지만, 혹평하자면, 시늉에 불과하다. 그러다보니 기대했던 긴장감이 없다. 고전이 현대적으로 재해석되는 박진감을 찾을 수 없다는 뜻이다.

책을 덮으며 원인이 어디 있나 생각해보았더니, 번역서의 한계가 아니겠냐 싶었다. 오늘의 중국 지식인이 품고 있는 문제의식과 우리의 그것이 어찌 같겠는가. 그렇다고 이 책이 읽어볼 만한 가치가 없다는 말은 아니다. 입때껏 『논어』와 『맹자』를 읽어보지 않은 이라면, 가벼운 마음으로 읽기에 안성맞춤이다. 고전이라는 철옹성을 무너뜨릴, 토론과 논쟁으로 무장한 우리의 지성이 그립다.

'물어보기'의 가치를 일깨우다

배병삼의 『풀숲을 쳐 뱀을 놀라게 하다』

어느 자리에선가 나는, 새로운 시대가 요구하는 지식인은, 비유하여 말하면, 먹이사슬의 맨꼭대기에 자리잡은 육식동물이 아니라, 서로 다른 것들을 하나로 이어주는 덩굴식물일 것이라 한 적이 있다. 내가 말한 육식동물이란, 문화권력자들을 일컫는다. 여전히 군림하고 계몽하려는 지적 오만에 빠진 무리다. 그러나 덩굴식물은 다르지 않던가. 낱낱의 것들을 한결같이 감싸안으면서도 서로 다른 것들을 하나로 묶어낸다. 상대방의 고유성을 해치지 않으면서도 함께 공공선을 이룰 수 있는 길을 터나가는 이야말로 덩굴식물 같은 지식인이다.

내가 이즈음 좋아하는 글도, 말하자면, 덩굴식물 같은 글쓰기다. 상식수준에서 보건대, 그것을 거기에다 빗대어 말할 수 없을 것 같은데 절묘하게 이를 이루어내는 글을 보면 무릎을 치며 경탄을 금치 못한다. 배병삼의 산문집 『풀숲을 쳐 뱀을 놀라게 하다』(문학동네, 2004)가 여기에 해당한다. 사실, 지은이의 친구가 지어주었다는 책 제목이 이 같은 장점을 표나게 강조하고 있다. 초고를 본 친구가 "겉으로는 주변의 사소한 일상을 다루는 것 같으나, 속으로는 현대 문명의 정수리를 겨누는 맛이 있다"고 평하면서 지어준 제목이라는 설명이다. 과찬의 분위기가 전혀 없는 것은 아니나, 그 친구가 빼어난 감식안을 소유한 인물임에는 틀림없다.

예를 들면 이런 식이다. 한겨울에 딸기가 나오고 새봄에 참외가 선보이는 것은 하우스 농사 덕이다. 자연의 순리를 어기면서까지 하우스에서 먹을거리를 키우는 이유는 더 많은 돈을 벌기 위해서다. 처음에는 목적한 바대로 높은 값을 쳐서 팔 수 있었다. 그러나 너도나도 하우스 농사를 지으면서부터는 사정이 달라졌다. 값은 떨어지고 드는 돈은 많아지고 짓는 이는 골병들었다. 만약, 참을 수 없는 가벼운 것들에 무게를 주는 지은이의 수사가 없다면 여기까지 읽어내지 못했으리라. 너무 뻔한 내용인 탓이다. 인내력이 한계에 이를 무렵, 결정적인 전환이 일어난다. 조기교육이 꼭 하우스 농사와 닮았다고 말한 것이다. 이런 식의 글쓰기는 읽는 이의 도전의식을 불러일으킨다. 너무나 멀리 떨어져 있는 것을 목표로 지목해서이다. 과연, 하우스 농사를 감싸고 뻗어나온 덩굴손이 조기교육에까지 이를 수 있을지 궁금하지 않을 수 없다(뒷이야기를 말하면, 스포일러로 몰릴 터이므로 입을 다물겠다).

배병삼의 글쓰기가 새로운 것은 아니다. 아주 낯익은 일상을 말하고 나서 그 다음에 잘 몰랐던 큰 이야기를 하는 얼개를 갖고 있으리라 짐작할 수 있다. 그러나 배병삼 산문의 매력은 상식적인 짐작을 배반하는 데 있다. 마침내 말하고 싶은 큰 이야기는 외려 우리가 잘 알고 있는 것들이다. 지은이의 전략은, 좋게 말하면 치밀하며, 농을 하자면 '노회'한 면마저 있다. 들머리를 수놓은 일상이 읽는 이들이 미처 생각하지 못한 것들을 담고 있기 때문이다. 누가 김포공항에는 정작 김포사람이 없다는 생각을 해보았겠는가. 배병삼은 이 단상을 시작으로 시장논리에 휩싸인 오늘의 대학교육을 통렬하게 비판한다.

육식동물 같은 지식인은 먼저 안 자임을 강조한다. 그러기에 배우고 나서 물어보라고 한다. 하나, 덩굴식물 같은 지식인은 묻는 것이 배우는 것이라고 말한다. 일상에 찍힌 문명의 자취를 읽어내는 일은, 낯익은 것 당연한 것 지배적인 것에 대해 끊임없이 질문할 때 비로소 가능하다. 배병삼의 산문은 '물어보기'의 가치를 새삼 일깨우고 있다.

민족적 열정과 학문적 냉정 사이에서
곽차섭의 『조선 청년 안토니오 코레아, 루벤스를 만나다』

작년 가을쯤에 일어난 일이다. 박람회에 관한 원고청탁을 받아 신문사 자료실을 찾았다. 관련된 책을 이미 검토한 다음이라, 그 책에 인용된 신문기사를 복사할 계획이었다. 오랜만에 찾은 곳이라 안내하는 이의 도움을 받았다. 마이크로필름이 어떻게 분류되어 있고, 기계에 어떻게 걸고, 무엇을 눌러야 복사가 되는지 일러주었다. 주로 찾는 해당 연도가 언제냐고 묻길래 책을 보여주며 여기에 다 나와 있다고 했더니, 의외로 냉소적인 반응을 보였다. 책 믿고 자료 찾을 생각은 하지 말라는 투였다. 색인집을 주며, 거기서 몇 년 며칠에 기사가 나왔는지 확인하라고 일러주었다. 순간적으로는 약간 불쾌한 기분이 든 것도 사실이지만, 이내 그이의 심정을 이해할 수 있었다. 얼마나 많은 사람들이 책을 들고와 자료를 찾다 낭패를 보았으면 저런 말을 할까 싶어서였다.

남보다 앞서 특정 사건을 들먹거린 이가 사실 확인을 게을리하고 책을 쓰면, 뒤따르는 사람들도 같은 우를 범할 가능성이 높다. 저자의 명성에 기대어 사실확인을 하지 않고 인용하는 경우가 많아서다. 그리고 자주, 널리 인용되면 의심하지 않는 법이다. 설마 그 일을 입에 올린 사람들이 모조리 실수했겠냐 싶어 어느 누구도 문제삼지 않는다. 그러다보니, 꼬리에 꼬리를 물며 실수나 오류가 반복되고 확산된다. 훗날 누군가 우연한 기회에 (미련하다는 소리를 들으며) 사실을 확인하면, 아뿔싸 잘못되었다는 것이 드러난다. 그래서 예부터 귀 소문말고 눈 소문하라, 했으니 실지로 보고 확인한 것이 아니면 말하지 말라 했다. 곽차섭의 『조선 청년 안토니오 코레아, 루벤스를 만나다』(푸른역사, 2004)는 '오류의 확대재생산'이 어떻게 사실을 왜곡하는지 극명하게 보여준다.

1983년 12월 1일, 국내의 일간지에 루벤스의 한 작품이 런던 크리스티 미술품 경매장에서 고가로 팔린 사실이 보도되었다. 여기까지만 말하면 흔하디 흔한 해외토픽 정도로만 여기기 십상이나, 이날의 기사는 남달랐다. 루벤스의 작품이 「한복입은 남자」라는 제목을 달고 있기 때문이다. 당연히 일반인들의 관심은 17세기초에 활약한 바로크미술의 거장이 어떻게 조선사람을 모델로 삼아 드로잉을 그릴 수 있었는가에 쏠렸다. 흥미롭기 짝이 없는데다 결코 풀릴 것 같지 않은 역사의 수수께끼처럼 보이지만, 실마리가 전혀 없는 것은 아니다. 16세기말 세계여행에 나섰다 일본에 들렀던 프란체스코 카를레티의 『나의 세계일주기』가 바로 그것이다. 이 책에 보면, 그가 일본에서 만난 조선출신 노예를 이탈리아에 데리고 갔고, 그 이름이 안토니오였다는 말이 나온다.

문제는 루벤스의 그림에 나온 모델이 안토니오인가 아닌가인데, 이것은 조금 뒤에 말하기로 하고, 들머리에서 언급한 오류의 확산과정을 살펴보자. 카를레티의 여행기가 국내에 알려진 것은 1932년 일본학자 야마구치 덕분이었다. 그런데 이 논문에서 야마구치는 결정적인 실수를 범했으니, 이탈리아의 상인출신인 카를레티를 승려라 표현했다. 다시 옛말을 인용하자면, 말은 보태고 떡은 뗀다고 하더니, 꼭 그 짝이 나고 말았다. 국내의 한 학자가 야마구치의 말을 그대로 받아들인 데다 엎친데 덮친 격으로 노예상태에 있던 안토니오를 신부가 구출한 만큼, 그이가 훗날 이탈리아에서 성직자가 되었을 거라고 주장해버렸다. 이 오류는 '자가발전'하여 마침내 이탈리아 남부의 알비라는 마을에 사는 코레아 집성촌의 조상이 바로 안토니오라는 기사가 나오는 데 이르렀다. 앞세대의 학문적 업적에 대한 엄밀한 실증 조사를 등한히 한 결과 빚어진 소극笑劇인 셈이다.

이쯤해서 책의 주제로 돌아가보자. 학문의 세계에도 어처구니 없는 일이 벌어진다는 사실을 길게 확인할 필요는 없을 터이니 말이다. 지은이는 이 책에서 루벤스의 작품에 나온 인물이 안토니오인가 아닌가 하는 점을 상세히 규명하고 있다. 일단 그림에 나온 인물이 조선인인가부터 따진다. 그림 속 인물이 관모를 쓴 것이 조선인일 가능성을 높이고 있다. 입고 있는 옷은 철릭으로, 17세기 이전의 옷으로 짐작되고 있다. 더욱이 얼굴이 몽골리안 계통의 특징을 선명하게 보여주고 있는데다, 그림 속에 희미하게 보이는 범선은 모델이 내도인來到人이라는 사실을 강조하고 있다. 그림을 구성하는 요소에서 증거를 꼼꼼하게 찾아낸 지은이는, 섣부른 판단보다 학자적 신중함을 보여 "그가 조선사람이 아닌 다른 아시아인이라고 주장할 만한 이유도 눈에 띄지 않는다" 라는 말로 대신한다.

그림의 모델로 나선 이가 조선인이라면, 다음에는 이 인물이 안토니오일 가능성을 찾아야 한다. 결정적인 증거로 프란체스코 카를레티가 『나의 세계일주기』를 쓴 시기를 들 수 있다. 그러나 아쉽게도 카를레티의 자필본이 유실되어 그 시기를 짐작할 수 없다. 단지 루벤스가 로마에 체류했던 기간이 안토니오가 로마에 왔을 무렵으로 추정되는 시기와 일치한다. 여기서도 지은이 특유의 어법은 다시 한 번 빛을 발하는바, "루벤스가 두 번째 로마 체류 기간 동안 안토니오를 만났을 개연성은 충분하다. 적어도 이러한 가정에 반하거나 그것을 약화시킬 만한 증거가 현재로서는 보이지 않는다"는 것이다. 끝으로 지은이가 추적하는 것은 안토니오가 알비 코리아 씨의 시조인가 하는 점이다. 이미 언론과 문학, 그리고 음악분야에서 안토니오의 선조설을 기정사실화하는 기사나 작품이 나와 대중들의 환호를 받은 터라 상당히 신중한 접근이 요구되는 대목이다. 하나, 지은이는 객관적 사실을 들어 단호하게 사실무근임을 밝힌다. 에스파냐 기원설이나, 큐리아 Curia 성씨의 개명설改名說이 더 설득력이 높다는 것이다.

『조선 청년 안토니오 코레아, 루벤스를 만나다』는 역사적 상상력이 사실史實을 온전히 복원할 수 있는가, 라는 한 줄의 질문에 답하기 위해 씌어진 긴 답안지 같다. 지은이의 성실하고 치밀한 논리 전개를 따라가다 보면, 그것은 가능하다는 믿음이 든다. 그러나 전제조건이 있다. 역사적 상상력이 자의적인 판단마저 허용하는 것은 아니며, 그것은 "언제나 증거와 증거를 잇는 최선의 가능성을 산출할 수 있을 때만" 유효하다는 점이다. 이제 남은 과제는 무엇일까. 확인되지 않은 사실로 민족감정을 자극하지 말고,

객관적 사실을 기초로 이탈리아 어딘가에 숨어 있을 한 조선 청년의 발자취를 찾아내야 한다고 지은이는 말한다. 이제 '열정'에서 '냉정'으로 넘어가야 한다는 뜻이다.

게으름을 찬양하다
피에르 쌍소 외 『게으름의 즐거움』

혹시 당신은 생각해본 적 있는가. 극장에서 '공연 없는 날'을 프랑스 말로 '공연 안하는 날'이라 하지 않고 '공연 쉬는 날'이라고 하는 이유를. 그러면 이런 것을 고민해본 적은 있는가. 역시 프랑스 말로 '휴식'이라는 낱말에 '창조'라는 말이 들어 있는 이유를. 미안하지만, 하나만 더 물어보자. 또 프랑스 말로 '늦잠을 자다'라는 말에는 '기름지다'를 뜻하는 단어가 들어가 있는 이유를. 눈치 빠른 이라면 이것이 게으름과 관련 있다는 사실을 금세 알아챘을 듯하다. 그리고 들머리에 이런 말을 늘어놓은 데는 게으름이 결코 무가치한 것이 아니라, 나름의 의미와 가치가 있음을 강조하고 싶어서라는 것도 짐작했을 듯하다.

미리 답을 안 이라면, 이 무한경쟁의 시대에 게으름을 이야기하다니 철딱서니 없는 짓이라고 내심 흉보았을 것이다. 하나, 세상에는 남들이 가는 길을 굳이 마다하는 무리가 있게 마련이다. 그것이 남들 보기에 손해 입고 낙오하는 것 같더라도 기꺼이 받아들이는 사람들이 있다. 프랑스의 내로라하는 게으름뱅이들이 글을 쓴 『게으름의 즐거움』(피에르 쌍소 외, 함유선 옮김, 호미, 2003)은 일반적인 상식을 깨고 게으름을 찬양하는 책이다. 세상에 별 사람이 다 있다 싶겠지만, 그들의 게으르고 느린 글들이 주는 감동이 만만찮다.

『느리게 산다는 것의 의미』로 이름을 날린 피에르 쌍소는, 우리는 저마다의 극장에서 활동하는 배우라고 말한다. 그런데 이 배우가 한 차례도 쉬지 않고 공연을 계속한다면 주변 사람들은 물론이고 자신도 지치지 않겠냐고 귀띔한다. 쉼이 필요하다는 뜻이다. 쌍소는, 게으름이란 한 발짝 물러서는 것이라고 말한다. 그 물러섬은 맞섬을 잠깐 멈추는 것을 뜻한다. 따라서 그 물러섬은 슬기로움과 너그러움의 다른 표현이다. 이만하면 당장 게을러지고 싶지 않은가.

아직 게을러지는 것이 두렵다면, 장 프랑소아 뒤발의 글을 읽어보는 게 좋다. 일요일을 예찬한 이 글은, 일요일이 허가받은 게으름의 날이라 선언하고 있다. 그 일요일에 우리는 늦잠을 잘 수 있고, 침대에서 아침을 먹으며, 정오가 되도록 옷을 제대로 입지 않을 권리를 누릴 수 있다. 물론 사람마다 취향이 다른 법. 이것이 영 성에 차지 않으면, 피에르 쌍소의 방식은 어떨지. 한가로이 거닐기, 남의 말 들어 주기, 꿈꾸기, 글쓰기 따위로 시간을 보내는 것이다. 이 정도라면 당장 실천에 옮길 수 있을 것 같다고. 어림도 없는 소리다. 일요일이 더 바쁜 적이 얼마나 많았던지 생각해볼 것. 아무나, 저절로 게을러질 수는 없다.

책 제목만 보고 한 입에 베어먹을 듯 덤벼들지는 말 것. 작은 것에 큰 의미를 부여하는 데 능숙한 프랑스 지식인들의 글재주에 넌더리 낼 사람도 있을 수 있으니까. 이 책은 제발, 게으르게 읽을 것. 서둘러 읽는다는 것은, 낮잠을 일러 "일시적인 척령의 파업"이라거나 "잠정휴전"이라고 말하는 지은이들에 대한 예의가 아니니까. 개인적으로 이 책에서 가장 감동받은 구절은 메튜가 한 말이다. 자기가 가장 잘하고 좋아하는 유일한 일은 "예쁜 여자 웃기는 것"이란다. 게으르면 가난할 것이고, 그러면 연애하기도 쉽지 않으리라. 그러나, 여자 웃기는 재주라도 있으니, 비록 길지는 않더라도 하룻밤 정도는 환상적으로 보낼 수 있을 터. 진짜 게으름뱅이라면, 이 책보다 유머책을 먼저 읽어야 할 이유다.

편지로 주고받은 철학 논쟁
이황 외 『퇴계와 고봉, 편지를 쓰다』

여보세요. 어라 이번에는 통화되네. 휴대전화는 왜 가지고 다니냐, 안 받을 거면서. 야 귀청 따갑다. 그만 욕해라. 나야 책읽는 게 직업이라 그러지. 오전에는 집중하느라 휴대전화 아예 꺼놓는다. 잘났다. 그 정성으로 고시 공부하거나 한의대 입시준비하는 게 훨 낫겠다. 잠자는 사자 콧털 뽑는 소리 그만하고 용건만 말해라. 니 흉보다 왜 전화했는지 잊어버렸다. 그래 지금 무슨 책 읽고 있는데? 응, 『퇴계와 고봉, 편지를 쓰다』(이황·기대승, 김영두 옮김, 소나무, 2003) 고봉? 퇴계야 천 원짜리 지폐에서 지겹게 봐서 알겠지만 고봉은 누구고. 포도 종자에 거봉도 있다만. 이런 무식한 놈. 기대승이가 고봉이다. 왜 그거 있잖아, 사단칠정 논쟁이라고. 퇴계하고 고봉이 편지 주고받으며 한창 침튀겼다는 거. 에라 이 놈아 니가 무식한 놈이다. 편지로 논쟁하는데 침이 왜 튀기냐? 그런데 니가 그 책을 이해나 하고 읽고 있냐. 거, 사람 무시하네. 편지가 어려워봐야 얼마나 어렵겠냐. 앞줄에 안부인사하고 공부 많이 한 양반들답게 정중하게 할 말 하고 몸 건강히 잘 지내라는 말로 끝맺는데. 그럼 시시하겠네. 청춘남녀가 주고받은 연애편지도 아니고 말이야. 지루하지 않더냐. 지루하긴. 읽는 재미가 솔찬해. 이런 걸 일러 고아한 멋이라고 하는구나 하지. 아이구

격에 안 맞는 소릴 다 하시네. 책 읽었으면 알겠구나. 두 사람 나이차는 얼마나 나던? 26년이나 나던데. 두 사람이 처음 만난 건 명종 13년 그러니까 1558년 시월이었데. 당시 퇴계는 오늘의 서울대 총장격인 성균관 대사성이었고, 고봉은 과거에 급제한 서른두 살의 청년이었다는군. 머리에 피도 안 마른 게 대선배한테 대든 격이네. 글쎄다, 서른두 살이면 머리에 피는 말랐을 나이이고, 과거에 급제하기 전부터 공부하는 사람들 사이에 천재로 소문이나 있었던 모양이야. 그럼 처음부터 치고받나. 경망스럽기는 하지만 그런 셈이지. 퇴계가 편지를 보내 고봉에게 자신이 고친 천명도설을 어떻게 생각하냐고 물으면서 논쟁이 시작돼. 그럼 책 앞부분에 사단칠정 논쟁이 실려 있겠네. 그건 아니더라. 본디는 그렇게 되었는데, 우리말로 옮긴이가 편집하면서 사단칠정 논쟁은 따로 묶어 놓았어. 너처럼 어려운 대목만 나오면 책 집어던지는 버릇 있는 놈들 배려한 흔적이 역력하더라. 야, 그러면 그거 앙꼬 없는 찐빵에 고무줄 없는 팬티 아냐. 이런 변덕하고는. 언제는 어렵겠다고 그러더니. 빼버린 것이 아니고 뒤에 따로 모았으니 구석에 앙꼬 몰려 있는 찐빵이다 이놈아. 아 그놈, 격조 높은 책 읽으면서 입은 여전히 거네. 임마 좋은 책 읽으면서 인격수양 좀 해라. 알았다 알았어. 누가 말로 너를 이길 수 있겠냐. 옛날에는 편지를 어떻게 주고받았을까. 인편이 유일한 수단이었지. 그래서 편지를 받고도 한참 뒤에나 답장하는 경우도 있더구나. 재미있는 일화 하나 소개해주지. 고봉이 퇴계한테 자기가 보낸 편지 좀 베껴서 보내달래. 하도 오래 전에 보내 무슨 말을 했는지

통 기억이 나질 않아서 그런다고. 히히, 정말 아날로그적이네. 그
래. 젊은 기대승이 패기 있게 학문적으로 도전하는 것도 보기 좋
고, 권위를 내세우지 않고 논리적으로 대응하는 퇴계도 멋있고.
글의 내용을 이해하고 말고가 중요한 게 아니더라구. 행간에 스
며 있는 진정한 선비정신을 읽어낼 수만 있다면 정말 본전 뽑는
책이지. 사단칠정 논쟁을 빼면 주로 학자의 정치참여와 처세문제
를 놓고 고민하는 대목이 많아. 특히 고봉이 현실정치에 적응하
지 못하고 낙담할 때 퇴계가 준엄하게 꾸짖는 대목에서는 등골이
다 오싹해지더라. 그런데 두 사람은 왜 핏대 올리며 그렇게 싸웠
다냐. 나도 그 대목은 잘 모르겠더라고. 단지 사람의 욕망을 하늘
의 이치로 여기는 잘못에 떨어지게 될까 두렵다는 말에서 어렴풋
이 그 이유를 짐작할 수 있지. 좀 정확히 알려고 김교빈의『한국
철학 에세이』를 보았더니 거기 잘 설명되어 있더라. 어쭈, 제법이
네. 다른 책도 참조하면서 읽고. 내가 그랬잖아, 그런 걸 겹쳐읽
기라고 하는 거라고. 이런 배터리 다 됐네. 아유, 잘 됐다. 너랑
쓸데없이 수다 떠느니 차라리 책이나 읽어야겠다. 이런 나쁜 놈,
골방에 갇힌 녀석한테 말 상대나 해주려고….

'읽는 고전'을 만들기 위한 전위적 실험
『리라이팅 클래식』

어느 자리에선가 고전이란 무엇인지 한마디로 정의해보란 말을 들었습니다. 그때 제 머릿속에 퍼뜩 떠오른 게 있어 내뱉었더니, 사람들이 박장대소하더군요. 뭐라고 했을까요? 제목은 알아도 정작 읽어보지 않은 책이 고전이라 했습니다. 다들 한입으로 맞는 말이라고 하더군요. 그때는 제가 순간적으로 생각해낸 말이라고 여겼는데, 나중에 책을 읽다보니, 스피노자가 이미 한 말이었습니다. 제가 워낙 난독증亂讀症 환자이다 보니, 누가 말했는지도 모르고 있던 거지요.

정말, 고전을 읽어야 한다는 말은 귀에 못이 박히도록 들어왔건만, 제대로 읽어본 고전은 몇 권 되지 않습니다. 왜 이렇게 되었을까요. 당장 들 수 있는 이유는, 제대로 옮겨진 고전이 없다는 겁니다. 우리 고전도 60, 70년대 번역된 것이 여전히 서점에서 유통되고 있거나, 새로 나온 고전들이 초역인 경우는 드문 마당이니 다른 문화권의 것은 어떻겠습니까. 그나마 다행이라면, 중국의 고전들이 한동안 번역돼 나왔는데, 요즘에는 뜸한 것 같더군요. 서양고전은 예로 들 필요가 없을 정도죠. 2002년 칸트의 『실천이성비판』(백종현 옮김, 아카넷) 완역본이 나왔는데, 믿을 만한 첫 번역본이 나온 게 1974년이니까 '사사오입' 하면 무려 30년 만의 일입니다.

두 번째는 충실한 각주 없이 번역한 경우가 많아서입니다. 물론 본문이라도 제대로 이해할 수 있도록 번역했다면 그것만으로도 높이 평가해야 합니다. 하지만 이것으로 만족해서는 안 되지요. 시대와 사회환경이 다른 시절에 씌어진 책을 이해하려면 아무래도 전문가의 도움이 필요합니다. 그런데 우리의 고전번역은 이 일을 등한히 해온 면이 있습니다. 각주나 해설 따위가 아예 없었다는 말이 아니라 너무 형식적이었다는 거지요. 그래서 읽다가 모르는 대목이 나올라치면 고전 읽기는 중단될 수밖에 없습니다. 읽어도 무슨 말인지 모르고 말 일을 계속 할 사람은 그리 흔치 않은 법이지요.

누군가 항변할 만도 합니다. 변화의 속도가 빠른 디지털 시대에 고전을 읽자고 하는 것은 시대착오적인 생각이 아니냐고요. 이런 말 하는 사람을 저는 여럿 만났습니다. 일견 그럴 듯하지만, 저는 이 말을 강하게 부정합니다. 그렇게 말하는 사람들은, 새것 콤플렉스에 빠져 있는 겁니다. 그것이 무엇이든 간에 새로운 것이라면 무조건 옳고, 좋고, 바르다고 여기는 것이죠. 세상에는 늘상 새로운 것이 나타납니다. 그래서 많은 사람들이 당혹해합니다. 새것이라는 자체만으로도 얼마나 많은 사람들이 주눅이 들던가요. 그런데 가만히 보면 새것을 찬양하는 사람들은 대체로 거기에서 무언가 큰 이익을 거두는 부류에 속합니다. 저는 새것 콤플렉스를 조장하는 것이 고도의 상술이기도 하다고 봅니다.

이야기가 샛길로 빠져나갔군요. 다시 책 이야기로 돌아갈랍니다. 아무리 빠른 속도로 바뀌는 세상이라도 고전의 유효성은 빛바래지 않습니다. 일단 새로운 것이 정말 새로운 것이냐 하는 문제가 있습니다. 나타날 당시에는 유례가 없는 것 같으나, 정신을 차리고 꼼꼼히 따지면 비록 싹의 형태이거나 낮은 수준에서이지만 한번 정도 이 세상에 선을 뵌 적이 있습니다. 어차피 새로운 것은 옛것이라는 자궁에 서식하다 탄생한 것이기에 이것은 피할 수 없는 일입니다. 정신의 영역에나 삶의 형태에서는 더욱이 그렇습니다. 전혀 다른 모습을 하고 나타났다고 하더라도 사실은 더 깊어지고 더 넓어진 것이지, 옛것에 탯줄을 달고 있는 경우가 많지요. 그래서 저는 온고지신溫故知新이란 말의 뜻풀이에 새로운 것을 덧붙여야 한다고 봅니다. '옛것을 연구하여 거기서 새로운 지식이나 도리를 찾아내는 일'이라는 전통적인 뜻풀이와 함께, '옛것을 통해 비로소 새것을 알게 된다'는 뜻도 있다는 거지요.

제가 여기까지 떠벌인 바를 정리하면, 고전은 우리 시대에도 여전히 중요한데, 우리의 상황은 제대로 번역된 고전이 아예 없거나, 있어도 고전을 이해하는 데 도움이 될 만한 장치가 별로 없는 형편이다, 가 됩니다. 이러니 스피노자의 말이 아니더라도 고전의 제목만 알지 정작 읽어본 사람들은 드물게 되는 겁니다. 그러기에 저는 그린비에서 펴내는 '리라이팅클래식' 시리즈를 상당히 높이 평가합니다. 읽지 못하는 고전을 읽게끔 하려고 애를 쓴 흔적이 뚜렷하기 때문입니다. 1차분으로 박지원의 『열하일기』, 니체의 『차라투스트라는 이렇게 말했다』, 아드르노의 『계몽의 변증법』을 평설한 책이 나왔는데, 독서계의 반응이 좋습니다.

이 시리즈의 장점은 원문에 대한 이해를 돕는 특별한 장치를 마련하고 있다는 점입니다. 원문을 소개하고 그 내용이 무엇인지 깊이 있으면서도 쉽게 설명하고 있는 겁니다. 이해가 잘 안 가면 이렇게 생각해보시면 됩니다. 대학 같은 데서 한 권의 고전을 교재로 삼아 강의를 한다면, 다음 같은 형식이 될 수밖에 없을 성싶습니다. 먼저 그 책의 지은이와 그 책이 씌어진 시대상황을 설명하게 됩니다. 다음에는 그 책의 흐름을 따라가면서 주요 부분을 발췌해 자세하게 설명하겠지요. 발췌 인용한 내용이 무슨 뜻인지를 말하고, 그것이 전체 책 내용과 어떤 관계에 놓여 있는지 설명합니다. 그러고는 그것이 오늘의 우리에게 주는 주제의식은 무엇인지도 톺아보겠지요. 그리고 마지막으로는 당대나 후대의 학자들이 그런 주장을 어떻게 비판했는지도 살펴보게 됩니다. 앞에서 고전을 읽다가 너무 어려워 중도에 포기하는 경우가 많다고 했는데, 이런 형식의 해설서라면 끝까지 다 읽을 수 있을 겁니다.

저는 세 권 가운데 고미숙의 『열하일기, 웃음과 역설의 유쾌한 시공간』, 고병권의 『니체의 위험한 책, 차라투스트라는 이렇게 말했다』를 읽었습니다. 고전을 이렇게 쉽고 재미있고 그리고 현대적인 맥락에서 읽을 수 있다니 그저 놀랍다는 게 저의 독후감입니다. 각별히 고미숙의 책에 실린 「연암과 다산 - 중세 '외부'를 사유하는 두가지 경로」라는 글은 이 시리즈의 지향점을 알 수 있는 빼어난 글이었습니다. 고미숙은 이 글에서 그 동안 연암과 다산의 차이점이 무시된 이유를 밝혀내고 있습니다. 근대, 민족, 문학이라는 일반화의 렌즈 때문에 두 사람이 한통속이 되었다는 것이죠.

하지만 두 사람 사이에는 건널 수 없는 틈이 있다는 게 지은이의 주장입니다. 두 사람은 정치권력과의 관계 설정부터 달랐습니다. 연암은 과거 보는 것을 마다하고 권력외부를 떠돌며 새로운 문체를 실험했습니다. 이에 반해 다산은 정조의 총애를 받으며 정치인으로 성공한 이력을 자랑하고 있습니다. 들뢰즈의 영향을 많이 받은 고미숙은 이것을 "한쪽이 권력의 중심부로부터 계속 미끄러져 나간 분열자의 행보를 걸었다면, 다산은 주변부에서 계속 중심부를 향해 진입한 정착민의 길을 갔던 셈"이라고 표현합니다. 두 사람의 미학에 대한 면밀한 검토도 뒤를 이었습니다. 연암은 유머와 패러독스를, 다산은 비장미를 특장으로 한다면서, "유머와 패러독스가 공통관념을 전복하면서 계속 미끄러져 가는 유목적 여정이라면, 비장미에는 강력한 대항의미를 통해 자기 시대와 대결하고자 하는 계몽의 파토스가 담겨 있다"고 분석합니다. 이 정도면 왜 고미숙이 다산보다 연암에 주목했는지 눈치채게 됩니다. 두 사람의 사상체계를 현대적으로 표현하면, 다산은 근대지향적이었으며, 연암은 탈근대지향적이었다는 겁니다.

꼬투리를 잡으려고 하지는 마십시오. 봉건시대를 산 연암이 어떻게 탈근대적이었냐고 말입니다. 굳이 현대적으로 표현하자면 그렇다는 것이고, 그런 오해를 피하려고 지은이도 분열자, 유목 등의 낱말을 썼을 테니까요. 이 같은 정신은 고병권의 책에도 잘 반영되어 있습니다. 니체가 선언한 신의 죽음을 "만물을 존재하게 해주는 어떤 초월적 실체의 사라짐이자, 선악이나 미추를 판단케 하는 절대적 가치기준의 붕괴를 의미"한다고 분석합니다. 두 지은이 모두 근대와 이성주의를 넘어서려고 고전을 재해석하고 있는 거지요. "전체를 포괄하는 선에 대해 이야기하는 것은 그 기준에 부합하지 않은 것에 대한 철저한 배제를 의미"한다고 말한 것도 다 같은 이유에서입니다.

그렇다고 이 책들이 장점만 있는 것은 아닙니다. 고미숙의 경우, 일반인들이 그 고전을 충분히 이해할 수 있게 도와야 한다는 원칙에 위배되는 일을 왕왕 저지릅니다. 비록 기행문이지만 『열하일기』를 이해하는 것도 만만찮은데, 이를 설명하는 들뢰즈적 수사가 남발되는 경향이 있습니다. "이를테면 유머는 『열하일기』라는 '고원'을 관류하는 '기저음'인 셈" "비어 있음으로 해서 어떤 이질적인 것과도 접속할 수 있었고, 그 접속을 통해 '홈패인 공간'을 '매끄러운 공간'으로 변환할 수 있었다" 같은 구절을 예로 들 수 있습니다. 저는 이런 구절을 읽으며, 『열하일기』를 들뢰즈라는 거울에 비추어 그 실체를 새롭게 그려내고자 한 것은 좋았으나, 그 거울에 들뢰즈적 수사라는 빛이 반사되어 『열하일기』가 제대로 보이지 않았다, 고 비판적으로 생각했습니다.

고병권의 경우에는 고미숙과 달리 들뢰즈적 수사를 남발하지 않습니다. 기본적인 문제의식은 같이하지만, 평면거울로 니체의 참모습을 보여주려고 애썼습니다. 특히 원저의 순서대로 해설하지 않고, 지은이 나름의 원칙에 입각해 원저를 재편집한 것은 돋보였습니다. 단지, 지금껏 초인超人으로 번역되어 온 위버멘쉬를

별다른 설명없이 원발음대로만 쓴 것은 문제가 될 법합니다. 뒤에서 자세히 다루려고 앞에서 굳이 설명하지 않았지만, 책을 관통하는 주요한 개념어인 데다 자세한 해설이 있기 전부터 반복해서 나오고 있어서 외려 처음 나올 때 어느 정도 설명을 했어야 합니다.

'리라이팅 클래식' 시리즈가 다루는 한 권의 책 전체를 해설하는 것은 아닙니다. 그 책을 이해하는 데 긴요한 부분만을 자세히 다루고 있지요. 저는 이런 형태의 고전 해설서가 더 많이 나와야 한다고 봅니다. 특정한 소수의 사람들만이 알고 있는 지식을 대중화하는 것이야말로 지식의 민주화라고 여기기 때문입니다. 우려하는 목소리도 있을 수 있겠지요. 정작 책 전체를 읽지 않고 발췌 부분에 대한 해설만을 읽는 것은 장님 코끼리 말하는 격이 아니겠는가 하고요. 그러나 그것도 없어 정작 읽지 못한다는 현실을 감안한다면, 이 시리즈는 마땅히 격려받아야 합니다.

고전이 무엇이던가요. 세월의 담금질을 견뎌낸 지식과 교양의 고갱이가 아니던가요. 제목만 아는 데 그치는 것이 아니라, 그 고전의 내용을 더많은 사람들이 깊이 이해할 수 있게 도와주는 실험이 더 많아졌으면 하는 바람입니다.

무엇이 남자의 나라를 세웠는가
디트리히 슈바니츠의 『남자』

알고 지내던 방송인이 결혼한다고 했을 적에 선물로 주기로 마음먹었던 책이 바로 디트리히 슈바니츠의 『남자』(인성기 옮김, 들녘, 2002)였다. 눈치 빠른 이들은 그이가 여성이었다는 점을 금세 눈치챘으리라.

결혼하는 남자에게 책을 선물하는 경우는 없다. 아마도 책을 선물 받았다면, 무척 기분 나빠했으리라. 왜냐고 묻지는 말기를. 본디 남자라는 족속이 생겨먹은 것이 그러니까 말이다. 한창 깨가 쏟아진다는 무렵 그 방송인을 만났는데, 대뜸 하는 소리가 결혼선물로 준 책이 큰 도움이 되었단다. 비록 적령기를 한참 넘어 맺어진 사이지만, 결혼과 사랑에 대한 낭만적 환상과 기대가 있는 법이다. 그것이 성에 차지 않을 때 그 이유를 논리적으로 이해하도록 이끌어 준 것이 바로 이 책이었다는 것이다.

이야기를 나누다가 디트리히 슈바니츠가 역시 역량 있는 저자구나 하는 생각이 들었다. 물론 그의 박학다식과 박람강기, 그리고 날렵하며 풍자적인 문체는 『교양』에서 입증된 바 있다. 그것도 베개로 쓰기 맞춤한 분량을 소화해냈으니, 기동력만 있는 것이 아니라 지구력도 갖춘 글쟁이다. 하지만, 여성이 남자가 쓴 남자에 관한 책을 읽고 남자를 이해하는 것은 전혀 다른 문제다. 그 스스로 비유를 들었지만, 남자와 여자는 의사소통이 이루어지지 않는 개와 고양이 같은 법이다. 그런데 그는 이 조상 대대로 내려온 저주의 장벽을 넘어서는 데 성공했다.

책의 구성부터 독특하다. 세 가지 색 조각보를 짜맞춰 화려한 보자기를 만들어내는 격이다. 먼저 여덟 편의 남자론이 바탕색으로 깔린다. 경탄할 만한 입담으로 남자를 까발려대니 고개를 주억거리지 않을 도리가 없다. 남자의 나라에 자리잡은 "대도시 테스토스테론에 대해, 그리고 그 나라의 풍부한 천연자원 특히 그 나라의 산업과 부강함의 기초를 이루는 귀중한 Y염색체에 대해서 서술"했다. 지루할까 그랬는지 아니면 장난기가 발동해서 그랬는지 중간에 슬쩍 '남성초상화' 열두 편을 집어넣는다. 앞서 설명한 내용에 걸맞은 전형적인 인물을 통해 반복적으로 자신의 이론을 설명하는 역할을 한다. 마지막 조각보는 '여성들의 희극'. 본문 내용을 여성의 관점에서 변형해 읽는 맛을 더하고 있다.

아는 것도 많고 말도 많은 사람이 쓴 책이라 핵심을 한마디로 정리하기는 어렵지만, 결국 여성과의 다름이 어디에서 비롯하고 있는지를 톺아보고 있다. 그 가운데 핵심처는 "모든 남성 유전자는 성공적인 남자의 몸 속에만 살아왔다"는 구절에 있다. 투쟁과 경쟁에서 살아남아 세운 것이 바로 남자의 나라라는 것이다. 여자들이여! 이 점을 이해한다면 남자들의 그 터무니없는 짓들을 두루 용서할 수 있으리라, 라고 지은이는 말하고 있다.

덧붙이는 한마디. 『남자』를 선물하면서 나탈리 앤지어의 『여자』도 함께 넣어두었다. 그녀의 남자가 읽어보길 바랐던 것이다.

그러나 끝내 『여자』는 읽혀지지 않았다는 전언이다. 내가 보기에 이래서 남자의 나라가 몰락하는 듯싶다.

과학과 신화의 은유관계

제레미 나비의 『우주뱀=DNA』

새로운 세기는 그야말로 '억압된 것들의 귀환'의 시대다. 좀처럼 수그러들 줄 모르는 신화 열풍이 그 증거다. 오랜 동안 이성과 과학의 이름으로 억압되었던 신화가 부흥기를 맞이한 까닭은 별도의 논의를 요구한다. 이 자리에서 살펴보려는 이야기는, '직관과 상상'의 신화와 '첨단과 논리'의 과학이 서로 만나는 지점이 있다는 사실이다.

신화학자 정재서는 『이야기 동양신화』에서 매우 논쟁적인 문제를 제기한 바 있다. 중국의 시조신 복희와 여와를 설명하는 부분에서 돌이나 비단에 그려진 이 남매의 그림을 볼라치면, 상반신은 인간이고 하반신은 뱀의 모양이라고 했다. 그러면서 정재서는, 뱀의 형상인 하반신이 서로 꼬여 있는 모습을 힘주어 말하면서, "이것에서 나선형으로 꼬여 있는 수정란의 DNA를 연상"하는 사람도 있다고 했다.

나는 이 구절을 읽으며 처음에는 무덤덤하게 넘어갔다. 기발하기는 하나, 과장된 해석이라 여겼던 탓이다. 정재서 역시 이 문제를 깊이 있게 논의하는 데는 무리가 있겠다 싶어 더는 다루지 않았으리라 여겼다. 그러나 시간이 흐르면서 이 문제를 깊이 다룬 책을 읽어보고 싶었다. 직관을 논리적으로 해명하고 싶다는 지적 열정에 휩싸인 것이다. '샤머니즘과 분자생물학의 만남'이라는 부제가 붙은 『우주뱀＝DNA』(제레미 나비, 김지현 옮김, 들녘, 2002)를 어렵지 않게 찾아낼 수 있었다.

지은이가 페루의 아마존에서 연구활동을 하게 된 것은 지극히 정치적인 이유에서였다. 개발이란 명목으로 토박이들의 땅을 몰수해 목초지로 바꾸는 일이 저질러지고 있었다. 지은이는 국제개발단체의 '식민화'와 '삼림벌채'에 맞서 토박이들에게 영토권을 인정해야 하는 합리적인 이유를 찾아내려 했다. 지은이가 본디 목적에서 벗어나 신화 세계에 들어선 것은 토박이들의 한결같은 주장 때문이었다. 현대과학이 미처 발견하지 못한 식물들에 관한 의료지식이 환각체험에서 비롯되었다는 것이다.

지은이는 과학의 '한계선'을 돌파해 샤먼들의 황홀경을 체험하고, 이때 두 마리의 거대한 뱀을 보게 된다. 여기서부터 지은이의 글은 호들갑스러워진다. 그럴 수밖에 없는 것이 평소 신화연구를 "쓸데없고 반동적인 시간죽이기"라 여겼던 탓에 뒤늦게 엘리아데나 조지프 캠벨 등속을 읽으며 찬탄하는 대목들이 줄줄이 나오기 때문이다. 환각상태에서 본 뱀이 DNA와 유사하다는 주장은 이미 1960년대 초반 하너가 조심스럽게 제기했음이 발견된다. 그리고 하너의 주장은 크릭의 '유향포자 가설'과 맞닿아 있다는 점이 강조된다. 지은이의 지적 모험은 극단으로 치달아 급기야 책 제목대로 신화에 나오는 우주뱀이 곧 DNA라는 등식관계를 맺게 된다. 신화는 꾸며진 이야기가 아니고 과학 그 자체가 되어버린다.

이 주제에 흥미를 갖고 접근하던 나도 더는 지은이의 주장에 동의할 수 없는 지경에 이르렀다. 우리가 신화의 가치를 소중히 여기는 것은 그것이 곧바로 지식이나 과학이 되어서가 아니다. 신화에는 인류의 본성과 근원적인 꿈이 담겨 있을 뿐이다. 신화와 과학의 관계는 수학적 등식관계에 놓여 있지 않다. 정재서가 다른 자리에서 말했듯, 현대과학이 밝혀낸 우주창조와 생명탄생에 관한 이론을 오늘의 창조신화라 부를 수 있을 뿐이다. 과학의 패러다임이 바뀌면 지금의 (과학이 지어낸) 신화는 폐기되고 (새로운 과학이 빚어낸) 또 다른 신화가 출현할 것이다. 과학과 신화는 은유관계를 맺고 있을 뿐이다.

소설로 읽는 『맹자』

조성기의 『맹자가 살아 있다면』

나이 들어야 비로소 알게 되는 게 있다. 젊은 날에는 아무리 귀에 못이 박히도록 들어도 모르쇠했는데, 세월이 한참 흐르고 나서 그 말대로 했으면 하며 후회한다. 오죽했으면 「지금 알고 있는 걸 그때도 알았더라면」이라는 제목을 단 책이 날개돋친 듯 팔렸겠는가. 고전도 이런 경우에 든다. 청소년 시절부터 고전을 읽으란 말을 들어왔지만, 정작 제대로 읽어본 적은 별로 없으리라. 입시에 쫓기느라 읽을 시간이 없었지만, 있더라도 기왕이면 더 재미있고 더 자극적인 책을 찾았을 것이다. 더욱이 새것을 제대로 누릴 짬도 없는데, 옛것에 관심을 기울일 여유는 없었다. 그러나 나이 들면 깨닫게 된다. 왜 고전을 읽어야 하는지를.

한데, 하나 짚고 넘어갈 문제가 있다. 고전을 새로운 세대의 언어감각에 맞춰 쉽고 재미있게 풀어 써준 책이 있더라도 읽지 않았을까 하는 점이다. 내가 보기에 그렇지 않을 것 같다. 게으른 독자들을 탓하기에는 번역된 고전 자체에 문제가 많다. 다행히 예외는 있으니, 소설가 조성기가 『맹자』를 소설로 풀어쓴 『맹자가 살아 있다면』(동아일보사, 2001)이 그 한 예이다. 이 책은, 지은이 스스로 말하듯, 맹자의 서술체계가 대화와 토론의 특징을 띠고 있다는 점에 착안해 씌어졌다. 그만큼 원전을 소설로 옮기는 데 걸림돌이 많지 않았다는 뜻이고, 이야기의 형식을 띠고 있어 번역서로 읽을 때보다 훨씬 흥미롭게 맹자철학의 고갱이를 접할 수 있다. 그렇다고 이 책이 맹자철학의 '전도서' 역할만 하고 있느냐 하면, 그렇지는 않다. 양자와 묵자 무리들을 공격한 내용을 재구성하는 부분에서는 "맹자의 논리는 다분히 기존의 체계를 그대로 유지하려고 하는 보수주의적인 경향을 띠고" 있다고 비판한다. 균형감각을 잃지 않고 맹자철학의 한계도 드러내고 있는 것이다.

이 책을 읽는 또 다른 즐거움은 익히 알고 있는 고서성어나 용어의 연원을 알게 되는 점이다. 허무맹랑한 욕심이나 대처방식을 가리키는 '연목구어'는 맹자가 선왕과 토론하는 과정에서 나왔다. 선왕이 전쟁으로 중국 전체에 군림하려는 소망을 밝히자, 이를 나무에 올라가서 물고기를 잡으려 하는 일과 같다고 풍자한 것이다. 흔히 본성에 기초한 선한 마음이라는 뜻으로 쓰는 '양심'도 『맹자』에서 비롯되었다. 인간의 본성이 본디 선하다는 주장을 벌거숭이 산에 비유해 풀이하던 맹자가 "사람이 양심을 잃어버리는 것도 마치 도끼로 날마다 나무를 찍어내는 것과 같아서 그런 경우 어찌 아름답기를 기대하겠느냐"고 말한 대목이 그것이다.

몸에 좋은 약은 쓴 법이다. 지금 당장은 버틸 만하다며 먹지 않다가 나중에 가서 후회하곤 한다. 쓴 만큼, 그걸 안 먹은 사람 탓만 할 수는 없다. 그러기에 쓴 약에는 당의정을 바르곤 한다. 고전을 읽겠다고 마음 먹었지만 너무 어려워 읽지 못했다면, 쓴 고전에 소설이란 단 설탕을 입힌 『맹자가 살아 있다면』부터 읽어보길. 이렇게 시작해 맛을 들이면, 쓴 약도 마다하지 않을 날이 오리라. 나이 들어서야 깨달으면, 너무 늦는다.

두 마리 토끼를 잡다
나탈리 제먼 데이비스의 『마르탱 게르의 귀향』

이제 곧 최종판결이 내려질 참이었다. 기이하기 짝이 없는 사건이었으나, 이번 사건은 조카의 재산을 탐낸 작은 아버지의 농간임에 틀림없다. 더 넓고 큰 세상에 대한 동경 때문에 젊은 날 집안을 내팽개치고 외지로 떠돌아다니다 8년 만에 돌아왔다고 하지만, 무릇 남편을 알아보지 못할 아내는 없다. 어둠 속에서 자신의 몸을 더듬던 그 떨리는 손길을 기억하는 여인라면, 척 보면 아는 법이다. 그런데 이제 와서 그가 가짜 마르탱이라니, 말이 되지 않는다.

그러나 바로 그때 자신이 진짜 마르탱이라고 주장하는 절름발이 남자가 법원에 나타났다. 법정은 일대 혼란에 빠졌고, 재판은 원점에서 다시 진행됐다. 놀라운 일은 대질심문에서 일어났다. 가짜라고 지목된 이가 진짜보다 더 많은 것을 사실에 맞게 기억하는 것이었다. 논란 끝에 피고는 가짜로 판명되었다. 결과론이기는 하지만, 진짜 마르탱이 절름발이였다는 것은 도덕적 은유로 작동했다. 호라티우스가 노래했듯 징벌은 다리를 절뚝이며 오지만 가장 민첩한 범죄자도 따라잡게 마련이다.

나탈리 제먼 데이비스의 『마르탱 게르의 귀향』(양희영 옮김, 지식의풍경, 2000)은 제라르 드파르디외가 열연한 영화로도 널리 알려진 이 이야기를 역사가 특유의 시선으로 재구성했다. 지은이는 이 책에서 극적 구성에 치중한 영화가 미처 담아내지 못한 역사적 의미를 파헤치는데, '과거'가 남겨준 다양한 자료를 바탕으로 16세기 한 농촌마을의 생활상을 오늘에 되살리고 있다. 물론, 이른바 사료만이 책의 근간을 이루는 것은 아니다. 설득력 있고 유연한 역사적 상상력으로 사료의 공백을 메우고 있어 마치 영화를 '복기'하는 듯한 느낌마저 든다.

이 책의 미덕은 지은이의 날카로운 역사적 통찰력에 있다. 지은이는 전대미문의 이 사건을 '창안된 결혼'이라고 분석한다. 평화롭고 화목하게 그리고 열정을 품고 살고 싶은 열망에 자신들의 힘으로 당시의 습속에 맞서 결혼을 만들어냈다는 것이다. 또 하나는 이들이 창안된 결혼을 합리화하려고 신교에 관심을 기울였을 가능성을 점치는 대목이다. 어떤 중개자 없이 신에게 자신들의 죄를 고백할 수 있고, 이 같은 삶이 신의 섭리일 수도 있으며, 남편에게 버림받은 아내는 재혼할 수 있다는 신교적 메시지가 가짜 부부에게 큰 희망을 주었으리라는 것이다.

소설이나 영화에서나 기대해봄직한 흥미를 전해주면서도, 사건의 이면에 숨겨진 인간들의 내밀한 심성을 읽어내고 있다는 점에서 두 마리 토끼를 잡은 보기 드문 역사책이다.

없는 곳에 대한 상상의 포획

『산해경』

황지우는 「산경」이라는 시의 말머리에 이렇게 썼다. "무릇 경전은 여행이다. 없는 곳에 대한 지도이므로." 이 시구는 분명 모순이다. 없는 곳을, 그리하여 그 누구도 발을 디디지 못했을 곳의 지형을 어찌 알 수 있겠는가. 그러므로 이 시에 나온 '경전'이란 낱말은 '신화'로 바꿔야 마땅하다. 모름지기 신화는 여행이게 마련이다. 가보지도 않은 곳에 대한 상상의 포획이므로.

『산해경』(장수철 옮김, 현암사, 2005) 읽기는 황당무계하기 짝이 없는 일이다. "다시 동쪽으로 300리를 가면 기산이 있다. 산 남쪽에는 옥이 많이 나고 북쪽에는 괴상한 나무가 많이 자란다. 이곳의 어떤 새는 생김새가 닭 같은데 머리가 셋이며 눈은 여섯 개이고 다리가 여섯, 날개가 셋이다. 그 이름을 창부라고 하며 이것을 먹으면 잠이 없어진다." 「산경」은 내내 이런 식의 상투어로 수놓아져 있다.

중국고전의 맨 앞자리에 놓인 책이라 하길래 마음먹고 읽었지만, 금세 졸가리를 놓치고 만다. 덮어버리고 다른 책을 읽을까 싶다가도 내친 김에 읽어보자고 다독였다. 아무리 애를 써도 본문 내용만으로는 요령부득이다. 그나마 이 책을 우리말로 옮긴 연변 학자의 의뭉스럽기까지 한 각주가 있어 지루함을 달랠 수 있었다. 예를 들면 이렇다.

단원산에는 '유'가 있는데, 암수 한몸으로 이 고기를 먹으면 질투하지 않는다고 한다. 이에 대해 옮긴이는 이렇게 토를 달아 놓았다. 인류가 부계 씨족사회가 되면서 일부일처제를 실행하게 되었는데, 이때 남성이나 여성 모두 상당한 '성 자유'를 잃게 되었다. 그래서 "인간은 질투하지 않는 약 처방을 필요로 하게" 되었다. 칠오산에는 빛이 나타났다 숨었다 하는데 해가 머물기 때문이라는 구절이 있다. 이를 두고는 당시 사람들은 태양이 동쪽에서 서쪽으로 여행한다고 생각해 "태양이 숙박하는 산이 반드시 있을 것"이라 여겼다고 설명했다.

「해경」에 이르러서야 겨우 숨통이 트인다. 중국신화책을 보며 익혀둔 낯익은 이름들과 사건들이 나오는 탓이다. 황제와 '맞짱'을 뜬 형천과 치우 이야기가 단편적으로 나오고, '여왜보천'의 주인공 여왜도 짧게나마 등장한다. 태양을 쫓아갔던 과보 역시 재미난 인물이다. 이 거인은 달리다가 갈증이 나 황하와 위수의 물을 들이켰으나 이것도 부족했다고 한다. 세계의 중심Axis Mundi으로서 세계수도 나온다. "높이가 100길로 가지가 없고 위는 아홉 갈래로 빙글빙글 구부러져 있고 아래는 뿌리가 아홉 갈래로 뒤엉켜 있"는 건목이 바로 그것이다.

『산해경』을 읽고 나서 황지우의 「산경」을 다시 읽었다. 시가 어떻게 달리 읽히나 궁금해서였다. 역시 아는 만큼 보이는 법이다. 「산경」이야말로 1990년대의 담시였다. 신화적 상상력에 기대 현실을 통렬하게 풍자하고 있지 않은가. 생김새가 돼지 같은데, 입이 앞뒤로 둘이고 오리발을 하고 있으며, 사람이 되다 만 개 짖는 소리 내고, 나타나면 고을에 큰 도둑이 든단다. 누구냐고? 바로 회장蛔丈이다. 정재서가 지적한 바 있듯, 정위새에 얽힌 신화를 차용해 분단의 비극을 형상화한 시구는 압권이다. 누구는 읽어도 무슨 뜻인지 도통 알아차릴 수 없는데, 누구는 그것을 바탕으로 빼어난 시를 써낸다. 왜 그럴까.

『산해경』에 그 답이 있다. "능력이 있는 자는 이것을 충분히 이용할 것이고 우둔한 자는 잘 활용하지 못할 것이다."

개인의 가치를 옹호하는 논객
고종석의 『자유의 무늬』

나는 고종석의 글을 읽으며, 그것이 모순된 조어일지 모르지만, 그이를 일러 '생각하는 게릴라'라 할 수 있겠구나 싶었다. 그의 글은 누구처럼 논쟁적이지도 않고, 다른 이처럼 공격적이지도 않다. 더욱이 그의 글은 풍자적이거나 해학적이지도 않으며 그렇다고 현학적인 것도 아니다. 그의 글은 단아한 문장을 자랑하며, 사전류를 뒤적여 봐야 할 정도로 난이도가 높은 낱말을 쓰지 않는다. 누구들처럼 목소리를 높이거나 앞날을 내다보는 시늉을 하지도 않는다. 그이의 글은 그만큼 낮은 목소리지만 진지하며 지극히 성찰적이다.

그럼에도 그이에게에서는 게릴라 냄새가 난다. 우리가 애써 감추어 온 이성의 그늘에 침투해, 그곳에 은닉해 있는 것들을 한 방에 날려 버린다. 그가 게릴라다운 예리한 눈으로 조준하고 있는 목표물의 정체는 "옳고 정상적이고 다수파인 우리와, 그리고 비정상적이고 소수파인 그들로 만인을 나눈 뒤, 아무런 거리낌없이 그들을 박해하고 백안시하는 이 전체주의적-마니교적 심성"이다. 이 심성이 구별해서 차별하는 것은 전라도 사람, 미혼모, 동성애자, 이혼녀, 빨갱이, 간첩, 이교도, 외국인, 정신병자, 사생아 등속이다.

그이의 시선이 얼마나 날카로운지 잘 보여주는 대목이 있다. 서울의 풍경에는 반드시 있어야 할 것이 없고, 마땅히 없어야 할 것은 있단다. 앞의 것은 장애인들이다. 그이는, 왜 서울 거리에서는 장애인들을 보기가 어려울까, 묻는다. 서울에 장애인이 살지 않아서가 아니라 그들이 거리에 아예 나오지 않아서인데, 그 까닭은 이 도시가 장애인을 배려한 시설을 갖추지 않아서다. 뒤의 것은 검문 경찰이다. 서울거리에 넘쳐나는 전경들은 우리 사회가 여전히 전체주의적 통제사회를 벗어나지 못했다는 사실을 입증하고 있다.

그이는 자기에게도 엄정하다. 살아오면서 도대체 몇 차례나 5월의 광주를 아프게 회상하는가를 따져보면, "내 몸에 들러붙은 이기주의에 구역질"이 난단다. 더불어 권인숙의 모멸감이나 박종철의 공포를 "일상의 의식 바깥으로 밀어내는 내 건망증과 불감증 앞에서" 절망한다. 자신의 환부를 세상에 내보일 줄 아는 용기는 우리 사회를 휩싸고 있는 전체주의라는 유령을 퇴치하는 방법을 제시하는 데로 이어진다. 그 광기가 진리에 대한 열정에서 비롯된 만큼 자유의 이름으로 열정의 사슬을 끊어내고, 광신이라는 국에 의심이라는 물을 타야 한다는 것이다. 또한, 집단의 자리에 개인을 집어놓고 사랑의 자리에 존중을 앉혀야 한다고 주장한다.

이 땅에 무슨 유행처럼 자유주의라 자칭하는 사람들은 넘쳐났으나, 그들 대부분이 우리 시대의 광기와 맞서는 대열에서 멀찌감치 떨어져 있었다. 알고 보면, 그들은 시장만능주의자이거나 극우주의자였다. 그러나 고종석은 예외다. 설혹 그이와 생각이

다르더라도, 우리에게 만인에 의한 일인의 박해에 저항하고, 개인의 가치를 옹호하는 논객이 있다는 것은 같은 시대를 살아가는 사람으로서 큰 복이 아닐 수 없다.

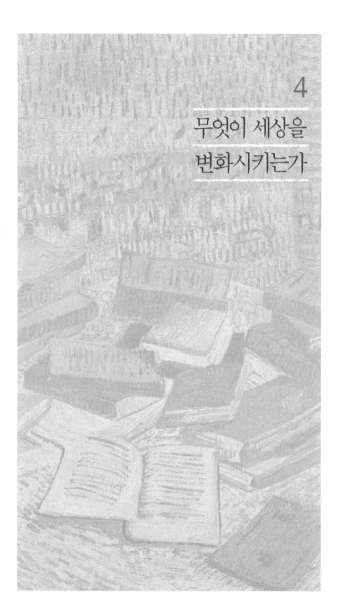

4

무엇이 세상을
변화시키는가

사막에 쓴 장엄한 서사시

앨런 와이즈먼의 『가비오따쓰』

그 사람들은 자신들이 만든 마을을 일러 유토피아라고 하지 않았다. 잘 알다시피, 유토피아란 누구나 꿈꾸는 이상향을 뜻하기는 하나, 이 세상 어디에도 없는 것을 가리키기 때문이다. 그 사람들은 자기 마을을 일러 '토피아'라고 부른다. 부정을 뜻하는 접두어 'u'를 빼버린 순간, 그것은 이 땅에 세워진 이상향이 된다. 숱한 몽상가들이 유토피아를 이루기 위해 찾아간 곳은 젖과 꿀이 흐르는 땅이었다. 그러나 이들이 토피아를 건설하기 위해 발을 디딘 곳은 사막과 다를 바 없는 사바나 지대였다.

그 사람들이 사바나지역으로 달려간 것은 원대한 꿈이 있어서다. 가장 열악한 자연조건에서 환경 친화적인 공동체를 만들 수 있다면, 세계 어느 곳에서나 그것을 이룰 수 있다고 믿었다. 그리고 도시는 벌써 만원이었다. 사람이 넘쳐나고 웬만한 지역은 다 개발된 형편이다. 그렇다면 서둘러 버려진 땅을 사람이 살 수 있는 곳으로 탈바꿈시켜야 했다. 더욱이 석유자원이 고갈될 경우에 대비해 대체 에너지를 찾는 일도 시급했다. 본디 사막은 상상력이 통할 여지가 없는, 고갈된 곳이다. 그러나 그 사람들은 이곳을 상상력의 오아시스로 만들었다. 그 사람들은 사막에 장엄한 서사시를 써내려갔다.

그들이 모여 사는 곳의 이름은 가비오따쓰. 내전과, 마약과의 전쟁으로 온통 피멍이 든 콜롬비아에서 일어난 생태공동체 운동의 결실이다. 앨런 와이즈먼의 『가비오따쓰』(황대권 옮김, 랜덤하우스코리아, 2008)는 이 마을을 건설하는 과정을 되살려낸 책이다. 지은이가 이 책에서 공들여 묘사한 이는, 공동체를 만드는 데 앞장선 파올로 루가리. 명문 집안의 자손인 루가리는 개인의 영달을 꾀하지 않고 조국과 세계를 위한 실험에 도전했다. 이 몽상가는 불가능을 가능으로 만들기 위해 필요한 사람이라면 누구라도 설득했다. 그에게 사로잡혀 이 마을에 온 사람들 가운데 눈부신 활약을 한 이는 일군의 과학자와 엔지니어들이다. 태양열을 이용한 다양한 기구들을 만들어냈다.

　하긴, 그것은 생존을 위한 필수조건이었다. 목마른 놈이 우물 판다고 하더니, 그 사람들이 꼭 그러했다. 말라리아 모기가 우글거리고 진창 같은 개울만 흐르는 곳에서 깨끗한 물을 찾아내지 않으면 공동체는 무너질 수밖에 없었다. 누구나 쉽게 작동할 수 있는 수동펌프를 발명하고, 식수의 세균을 없애는 태양열 주전자를 고안해내고, 약한 바람을 잡아 에너지로 바꾸는 풍차를 만들어냈다. 비가 와도 작동하는 태양열 집열기와 토양이 없어도 식물을 재배할 수 있는 시스템은 세계에 자랑할 만한 발명품이었다. 물론 가비오따쓰에 늘 평안과 기쁨만 넘쳐난 것은 아니다. 사람 사는 곳이 으레 그러하듯 숱한 갈등을 겪어야 했으며, 성공보다는 실패가 더 많았다. 자칫 공동체가 붕괴될 도전에 직면하기도 했다. 용케 이겨내 오늘에 이르렀을 뿐이다.

누구나 지금 이곳의 삶을 부정하고 새로운 세상을 꿈꾼다. 그 꿈을 나무랄 이유는 없다. 단지 자신의 젊음과 재능을 바쳐 새로운 길을 열어젖히려는 사람이 극히 드문 것이 안타까울 뿐이다. 꿈은 반드시 이루어진다. 그러나 안주하지 않고 도전하는 자들만이 그것을 이룰 수 있다는 것을 『가비오따쓰』가 보여주고 있다.

제3자의 눈으로 본 '식민지 근대화'

카터 에커트의 『제국의 후예』

한국의 자본주의가 어떻게 발생했는가를 고민하는 학자라면, 그리고 그 결론이 놀랍게도 일본의 식민지배가 명백하게 모태가 되었다고 말할 수밖에 없다면, "식민지 유산은 깊은 그늘과 파우스트적 아이러니로 가득 차 있다"라 말해야 마땅하다. 그러지 않는다면 아무리 실증성을 바탕으로 학문적 고투의 결과를 내놓는다 해도, 불행했던 식민지 체험을 미화하고 만다. 도대체 이것이 말이 되는가. 나라 잃은 식민지인들이 겪어야 했던 엄청난 고통에 대해 그토록 무심해도 좋은 것인가. 없는 것을 있는 것처럼, 거짓을 사실처럼 꾸며야 한다는 말이 아니다. 고통 받은 민족의 후예로서 이 놀라운 아이러니를 어떻게 해석해야 하는지 학자의 운명을 걸고 고민해야 한다. 그런데 정작 이 문제를 놓고 두려워하고 망설이고 허탈해하고 조심스러워하는 사람은, 이 땅의 학자가 아니라 카터 J. 에커트라는 벽안의 학자다.

『제국의 후예』(주익종 옮김, 푸른역사, 2008)는 경성방직을 중심으로 한국 자본주의 발흥사를 톺아보고 있다. 그런데 이 책이 주목받는 것은 이른바 맹아설을 부정하고 있어서다. 지은이는 경제체제로서 자본주의 특징을 "단순히 시장 관계와 생산 수단의 사적 소유만이 아니라, 기계제 공업의 우위"라는 점에 두고 있다.

바로 이 처지에서 보자면, 자생적인 근대의 가능성은 현격히 낮아지고, 일본의 식민지 지배가 "한국 자본주의를 처음으로 만들어낸 도가니"가 된다. 불편한 감정이 드는 것이 사실이지만, 지은이의 주장이 충분한 논리적 근거와 객관적 자료를 바탕으로 이루어졌다면, 비판적으로 수용하는 것이 성숙한 태도이리라.

지은이에 따르면, 한국 자본주의 역사에서 1919년은 상당히 중요하다. 세 가지 요소가 합쳐지면서 지주자본이 공업으로 옮아갈 수 있도록 이끌었기 때문이다. 첫 요소는 새로운 세대의 출현이니, 자본주의적 경영 감각과 자금력을 확보한 무리가 나타났다. 둘째는 경제조건이 바뀌면서 토지 투자보다 공업 분야에서 더 많은 이윤을 기대할 수 있게 되었다. 그러나 만약 식민지 개발 정책이 바뀌지 않았다면 모든 것은 물거품이 되었을 터다. 중요한 것은 왜 정책이 바뀌었냐는 점이다. 먼저 분할통치를 위해서였다. 3·1 운동 같은 민족운동을 철저히 막으려면 계급분화와 계급갈등을 조장해야 했다. 이를 위해서 토착 기업가가 참여하는 공업화를 용인할 필요가 있었다. 그렇지만 이 용인의 범위는 제한되어 있었다. 어디까지나 "토착인의 도움을 받아서 일본제국의 목표에 부합하는 경제를 건설"하려 했던 것이다.

식민지 유산이 자본주의적 발전이었다면, 거기에서 무엇을 깨달아야 할까. 이 벽안의 학자는 "섬뜩한 기시감"을 떨쳐버릴 수 없었다고 털어놓는다. 식민지 시대의 발전은 강권적인 국가권력과 높은 대외 의존도 덕에 가능했다. 이것은 놀랍게도 박정희 시대에 그대로, 다시 출현한다. 도대체 식민지 시대에 자본주의 발전이 이루어졌다고 앵무새처럼 되뇌는 것이 무에 그리 중요한가. 그것이 우리 민족에게 안겨준 질기고 질긴 불행의 그림자를 걷어내려는 의지를 자극할 때 비로소 의미가 있는 법이다.

'좋은' 자유와 '나쁜' 자유
데이비드 하비의 『신자유주의』

이제 우리 눈앞에 펼쳐질 것은 신천지일까, 벼랑 끝일까. 얼마전까지 이 땅에 울려퍼진 소리는 곧 신천지로 가는 길이 열릴 것이라는 호언장담뿐이다. 하지만 데이비드 하비가 쓴 『신자유주의』(최병두 옮김, 한울아카데미, 2007)를 읽으면서 우리가 나락으로 추락할지도 모른다는 불안감이 일어났다. 신자유주의가 자본축적을 재활성화하는 데 기대한 만큼 성과를 내지 못했는데, 만약 끝내 실패한다면 "그 재앙이 삼켜버리는 것은 힘없고 순진한 사람들일 뿐, 잘 준비된 방주를 가진 엘리트들은 적어도 일정 기간 동안은 그 속에서 아주 잘 살 것"이라 했기 때문이다.

새삼 신자유주의를 다룬 책을 읽을 필요는 없을지도 모른다. 세계화라는 포장지는 이미 찢겨나갔고, 그 실체가 무엇인지 목격한 바라 그렇다. 그럼에도 이 책을 읽은 것은 '간략한 역사'라는 부제 때문이었다. 잘 알다시피 신자유주의는 대처와 레이건 시대를 시발로 삼는다. 그러니까, 바야흐로 30년에 가까운 역사성을 띠게 된 것이다. 이제, 풍문이나 상식으로 아는 단계에서 벗어나 차분히 발생과 전개, 그리고 성과를 곱씹어 볼 만하다. 그럼에도 신자유주의에 대한 일반적인 이해 수준에 이른 독자라면 굳이 이 책을 읽을 필요는 없다. 이미 알고 있는 내용을 넘어서는 획기적인 내용을 담고 있지는 않다. 개인적으로 이 책을 통해 처음 알게 된 사실은, 1970년대 뉴욕시가 재정적자를 해결한 방식이었다. 신자유주의가 지향하는 바가 무엇인지 예고해주었는데, 제빈의 말대로 그 대처방안이야말로 "새로운 전쟁의 초기국면임과 동시에 결정적인 전장"이었던 셈이다.

그러나, 이 책을 읽어볼 이유는 여럿 있다. 그 가운데 하나가 우리 시대에는 서로 다른 "자유의 개념들 중에서 어떤 것이 적절한지를 따져보는 심각한 논쟁이 없다"는 지은이의 문제의식이다. 결국 우리는 세계사의 발전과정에서 힘겹게 얻어낸 "언론과 표현의 자유, 교육과 경제적 보장의 자유, 조합을 결성할 권리"를 금융자본이 이윤을 추구할 수 있는 자유와 맞바꿨다. 좋은 자유는 왜 사라졌고, 나쁜 자유가 어떻게 그 자리를 차지했는가를 놓고 고민해보아야 한다. 더욱이 이 주제에 대해 개인적으로 어떤 입장을 취했는지 되돌아보아야 한다.

다른 하나는 "신자유주의화는 애초부터 계급권력의 회복을 위한 프로젝트"라는 지은이의 강한 주장 때문이다. "현재 자본주의의 상층부에 존재하는 믿기 어려울 정도인 부와 권력의 집중은 1920년대 이래 볼 수 없었던 것"이라는데, 사회양극화가 신자유주의의 의도하지 않은 부작용이라는 통설과 정면으로 맞서고 있다. 책을 읽다가 "신자유주의화와 좋은 경영 분위기가 흔히 동일한 것으로" 말해진다는 대목에 밑줄을 그으며 등이 오싹해졌다. 이즈음 '비즈니스 프렌들리'라는 말을 자주 들은 탓이다.

하비가 간략하나마 역사로 다루었다는 점은 이제 그 끝에 다 이르렀다는 상징성도 띠고 있다. 인류의 보편가치가 훼손당하면서까지 특정 계급의 경제이익을 보장해주는 체제가 지속될 리만무다. 이미 궤도수정을 요구하는 강한 목소리들이 신자유주의 진영 내부에서 터져 나오고 있다. 그럼에도 우리는 신자유주의라는 차의 액셀러레이터를 더 강하게 밟고 있다. 어찌할 것인가, 파국의 조짐은 보이는데 대안은 제시되지 못하고 있으니. 더 늦기 전에 "신자유주의가 전도하는 것보다도 훨씬 더 고귀하고 쟁취해야 할 자유의 전망이 있다"는 말이 뜻하는 바를 정확히 깨달아야 하리라.

우리 시대의 화두를 던지다

우석훈 외 『88만원 세대』

서울에 있는 대학(원)을 나왔는데도 백수로 허송세월하고 있다면 믿어지겠는가. 21세기 청년세대의 풍속도를 그려낸 김영하의 『퀴즈쇼』에 나온 주인공을 볼라치면 그것이 엄연한 현실임을 다시 한번 확인하게 된다. 감탄사로 가득한 청춘예찬을 되뇌이기는커녕, "이십대 후반의 남자가 가져야 할 최소한의 그 무엇이 너한테는 결여돼 있잖아. 직장, 집, 부모, 미래에 대한 확신 같은 것들"을 자인해야 한다.

가진 것 다 털려 고시원으로 들어간 주인공이 택한 일은 편의점 아르바이트. 술 취한 척하면서 동정을 구해 택시비 털어가는 사기꾼, 그것을 감시카메라로 본 주인의 호통, 담배 잘못 찾아준다고 짜증내는 취객, 유통기한 갓 지난 삼각김밥으로 채우는 허기. 점주가 '알바'들에게 했다는 말대로, 정말 "세상은 학교가 아"니다. 이 정도는 약과다. 공무원 시험 준비하러 고시원에 들어온 여성의 이야기는 애잔하기까지 하다. 혼자 삼겹살 먹기 민망해 주인공과 함께 옥상에 올라가 구워먹던 장면, 사랑과 일에 대한 집착 사이에서 갈등하다 결국 자살하고 마는 장면은 오늘의 청년세대가 막장에 이르렀음을 보여준다.

명석한 경제학자가 이런 상황을 놓칠 리 없다. 우석훈과 박권

일은 『88만원 세대』(레디앙, 2007)에서 청년들을 일러, 책 제목대로 '88만원 세대'라 이름 붙인다. 이유인즉슨 이렇다. 국내 전체 비정규직 평균임금은 월 119만 정도라 한다. 여기에 전체 임금과 20대 임금 비율을 곱해보니, 88만 원이 나왔다고 한다. 그리하여 '88만원 세대'라는 것인데, 더 끔찍한 것은 이들이 40대가 되더라도 평균소득이 급증할 리 없는데다, 50대에 이르면 주기적 소득마저 없을 가능성이 높다는 전망이다. 도대체 왜 이런 일이 벌어지고 있는 것일까.

좋았던 시절을 가능케 했던 것은 대량생산 대량소비를 내세웠던 포드주의 시스템 덕이었다. 그러나 이른바 도요타주의가 등장하면서 풍요의 시대는 끝장났다. 다품종 소량생산의 시대가 막을 올렸다. 탈 포드주의가 우리 경제에 미친 영향은 크게 두 가지다. 연공서열제와 정규직 체제가 무너져내린 것이다. 상식적으로 충분히 이해되는 현상이다. 포디즘 시대에는 장치산업이나 노동집약산업이 득세하던 때라 신규인력을 대규모로 채용하곤 했다. 그렇지만 바뀐 경제체제에서는 과거와 같은 규모의 신규투자가 이루어지지 않고 있다. 이런 상황에서는 '노동수요자'들의 권력이 훨씬 강화되는 법이다. 젊은이들이 노동시장으로 가는 길에 바리케이드가 쳐져 있는 형국이다.

오늘의 문제가 청년세대에 있지 않다는 점을 인정할 때 비로소 실마리가 풀릴 수 있다. 그들이 무능하고 게으르고 어리석어 백수로 보낼 수밖에 없는 것이 아니다. 경제구조의 급격한 변화가 몰고온 태풍에 청년들이 휩싸인 꼴이다. 지은이들은 지금 우리 사회가 승자독식이라 한다. 그것을 달리 표현하면 기성세대가 20대의 희생 위에 자신들의 풍요를 누리고 있다는 말이 된다. 이것은 결코 바람직한 현상이 아니다. 도덕적 입장에서뿐만 아니라 한국경제의 앞날을 위해서도 서둘러 해결해야만 한다.

"어떻게 하면 20대의 청년들이 슈퍼마켓에서 인사나 하는 직업이 아닌 다른 삶을 가질 수 있도록 만들 수 있을 것인가." 우리 사회 구성원들이 부여잡고 함께 고민해야 할 절실한 화두다.

기업권력에 고삐를 매라
존 케네스 갤브레이스의 『경제의 진실』

뉴스피크(newspeak)라는 말이 있다. 본디 낱말이 품고 있는 정치적 쟁점을 약화시키고자 만들어낸 새 낱말을 가리킨다. 흔히 완곡어법과 비슷한 것으로 여기지만, 극단적으로 말해 뉴스피크는 사기다. 이 말은 조지 오웰의 『1984』에 나온다. 대표 격으로 '평화를 위한 부서'와 '진실을 위한 부서'를 들 수 있다. 앞의 것은 전쟁을 담당하는 부서이고, 뒤의 것은 진실을 조작하는 부서다. 갤브레이스가 보기에 '시장체제'야말로 이 시대를 상징하는 뉴스피크였던 모양이다.

시장체제는 자본주의를 대체한 낱말이다. 이 말에 담긴 그 무엇을 '살균'하고 싶은 욕망이 반영된 것이다. 갤브레이스는 『경제의 진실』(이해준 옮김, 지식의날개, 2007)을 이를 폭로하는 것으로 시작한다. 본디 유럽에서 자본주의라는 말은 "소유주의 권력과 노동자들의 종속성을 거칠게 인정하는 표현"이었다. 미국에서는 비용의 착취를 뜻했다. 시장의 신을 믿는 신도들에게 이 얼마나 불경하고 치욕스러운 일인가. 그래서 "자본주의에 대한 온화한 대안"으로 시장체제라는 말을 창안해냈다. 이 낱말은 자본주의에 덧칠돼 있던 부정적인 역사를 탈색시킨데다 학구적이기까지 하다. 도대체 이런 뉴스피크로 무엇을 노렸을까. 갤브레이스는 "소비자 수요에 영향을 끼치고 나아가 이를 통제하려는, 생산자 권력이란 추악한 기업의 실체를 감추려는 치사하고 무의미한 변장"이라 대답한다.

갤브레이스가 크게 우려하는 것은 두 가지다. 그 하나는 기업 권력의 남용이고, 다른 하나는 더 짙어진 군산복합체라는 그림자다. 대기업이 현대 경제의 핵심이라는 주장에 이의를 달 사람은 없다. 그런데 대기업을 근본적으로 지배하고 있는 것은 경영진이다. 우리의 경우 자주 확인할 수 있듯, 주주들의 역할은 기대에 한참 못 미친다. 이른바 '기업 스캔들'이 자주 터지는 이유가 여기에 있다. 이를 막으려면 기업권력에 고삐를 매어야 하는데, 가장 좋은 것은 그것이 법적 효력을 띠어야 한다는 것이다. 클린턴의 경제교사라 불렸던 지은이는 강한 어조로 말한다. "기업권력을 통제하지 못하는 사회에 미래는 없다."

기업이 공공부문을 장악하고 있는 것은 평화체제에 대한 중대한 도전이다. 아이젠하워가 대통령 퇴임연설에서 한 불길한 예언이 현실이 된 지는 꽤 오래다. 특정 기업이 국방예산에 끼치는 영향력이 크게 늘어났다. 이 현상을 갤브레이스는 한마디로 "전쟁에 영향력을 행사하는 것"이라 했다.

경기침체 타개책은 우리에게 뜻하는 바가 많다. "소비하지 않는 사람들에게는 돈을 주고, 소비할 이들에게는 이를 박탈하는 정책"을 갤브레이스는 통렬하게 비판한다. 세금감면으로 부자들에게 혜택을 줘봐야 침체된 경기를 살릴 수 없다. 그런데도 빈곤층의 구매력을 늘릴 수 있는 사회지출을 삭감하려 한다. 만약, 갤브레이스 말대로 경제 정책을 펼치면 당장 사회주의 정권이라는 말이 튀어나올 듯하다. 갤브레이스가 좌파 학자로 분류되는지는 모르겠지만, 미국의 민주당이 좌파가 아닌 바에야 소가 웃을 일이 아닐까.

박노자 또는 등에
박노자의 『당신들의 대한민국』

한 신문의 종교란에 실린 칼럼을 읽으면서 충격을 받은 적이 있다. 내로라하는 사찰의 높은 자리에 있는 스님이 쓴 글인데, 일반인들이 짐작하는 것과 달리 세속과의 인연을 단호히 끊을 수만은 없는 불가의 풍경이 그려져 있었다. 여기까지만 읽으면 '입맛'을 당기는 이야기일 듯싶은데, 너무 앞지르지는 말 것! 스님들도 예비군 훈련을 받아야 한다는 내용이었다. 어찌 보면 재미있는 이야기다. 칼럼에 나오는 대로 승복 대신 훈련복을 입은 스님들이 제식훈련을 받고 선착순 기합을 받는 장면을 떠올리면 저절로 웃음이 나온다. 더욱이 방위 출신 스님이 소대장이 되자 너도나도 가문의 영광이라고 치켜세웠다는 대목은 읽는 이들의 흥미를 돋우기 위한 글쓴이의 배려였을 것이다.

물론, '근본주의'적인 시각에서 바라보면, 여기서부터 시비를 걸 수 있을 성싶다. 진정한 불자라면, 그것도 불자를 이끌 스님들이라면 불법이 가르치는 바에 따라, 어떤 희생을 치르더라도 생명을 위해하는 집단에 몸담기를 거부했어야 한다, 라고. 그러나 나는, 원칙적으로 그런 태도에 동의하지만, 솔직히 그렇게까지 단호한 주장을 펼치지는 못하겠다. 내가 하지 못한 행동을 남에게 강요할 수는 없는 법이다. 그나마 사랑과 평화를 내세우는 종교집단과 폭력이 일상화한 군대의 관계를 예전과 판이하게 생각할 수 있게 된 것은 전적으로 박노자 덕이다. 그이가 『당신들의 대한민국』(한겨레출판, 2006)에서 이 문제를 집요하게 물고늘어지는 바람에 뒤늦게 '돈오'한 것이다.

각설하고, 문제는 그 칼럼의 마지막 대목이었다. 내용인즉슨, 스님들의 사격솜씨가 일반인들을 앞서는데, 그 이유가 수행을 해서라는 것이다. 내가 비록 불법의 세계를 깊이 있게 아는 것은 아니나, 그리고 앞서 말했듯 근본주의자가 아님에도, 이것은 아니다 싶었다. 살생을 금하는 것이 외려 불가의 전통일 텐데, 그리고 수행을 했다면 살생이라도 저지르고자 하는 욕망을 제어하기 위해서였을 것이고, 그 살생을 강요하는 압력에 굴하지 않은 강한 믿음을 얻기 위해서였을 텐데, 어찌 화두에 정진한 힘이 생명을 앗아가는 기술을 키워냈다고 할 수 있는 것일까, 하는 의구심이 솟구쳤다.

답답한 심정에 박노자라면 어떻게 말했을까 궁금했는데, 『좌우는 있어도 위아래는 없다』를 보니 "자신과 똑같이 무명의 고해에서 헤매고 있는 중생을 자신과 하나되는 존재로 보고 늘 사랑하고 부처로 여겨야 할 불자라면, 다른 폭력집단(즉, 국가)이 통치하는 다른 지역 출신이라고 해서, 다른 색깔의 옷을 입고 다른 생각을 하게끔 세뇌를 당했다고 해서 어떻게 중생을 파괴의 대상, 적으로 망상할 수 있겠습니까?"라고 했다. 큰 스님이 따로 없다는 생각이 들었다.

박노자는, 일찍이 소크라테스가 말한, '등에'의 역할을 톡톡히

해내고 있다. 스스로 진보주의자라고 여기는 이들도 미처 눈치채지 못한 '마음속의 파시즘'을 그이는 정확하게 지적한다. 그리고 진정한 세계시민으로서, 한 개인이나 국가의 경제적 풍요가 또 다른 개인이나 국가의 희생을 밑거름으로 삼고 있음을 밝혀낸다. 오랜 진보운동의 대가로 경제적으로 넉넉하면서도 정치적으로 민주적인 사회를 이룬 노르웨이를 바라보는 그이의 눈이 그러했다.

더 나은 세상을 꿈꾸는 이들이라면, 현실과 쉽게 타협하지 않고 늘 정진하고 있는, 박노자를 읽어야 일이다.

시대의 고민을 끌어안은 '뜨거운' 책

장하준 외 『쾌도난마 한국경제』

흔히 '짜고 치는 고스톱'이라는 말은 부정적인 뜻으로 쓰인다. 상대방을 속이거나 골탕먹이려는 수작 정도로 받아들이는 것이다. 이즈음 부쩍 많이 출간되고 있는 대화집에 독자들이 관심을 기울이는 까닭은, 기본적으로 서로 다른 생각을 품은 사람들이 충돌하며 펼칠 말의 향연을 만끽하고 싶어서일 터다. 거기에다 '격정대화'라는 꼬리표가 붙으면, 그 기대치는 더 극대화하게 마련이다. 『쾌도난마 한국경제』(이종태 엮음, 부키, 2005)에는 '장하준·정승일의 격정대화'라는 부제가 붙어 있다. 꼬일 대로 꼬인 우리 경제의 문제점을 파헤치고 나름대로 속 시원한 처방전을 내놓을 거라 예상되는 제목에, 서로 의견이 다른 사람이 한판 붙었을 터이니 흥미진진할 거라 짐작케 한다.

그러나 이 책은 그런 기대를 보기 좋게 배반한다. 『쾌도난마 한국경제』는 전형적으로 '짜고 치는 고스톱'이다. 뜻을 같이하는 사람이 대화를 나누기 때문이다. 상대의 논리를 정면으로 맞받아치는 것이 아니라, 말을 받아 더 깊이 있고 더 쉽게 풀어주고 있는 꼴이다. 그러니, 책을 읽고 나서 불쾌감이 일어나느냐 하면, 전혀 그렇지 않다. 그것이 이 책의 매력인바, 머릿속에서 빙빙 돌기만 하던 개념이 확실해지고, 현실을 제대로 볼 수 있는 눈이 뜨이고, 오랫동안 얹힌 속이 확 풀리는 듯하다.

이 책의 문제의식은 "왜 ~하면 할수록 ~해지는 걸까"라는 관용구로 요약할 수 있다. 왜 개혁을 하면 할수록 우리 경제의 종속성은 심화되는 것일까, 왜 재벌을 손보면 손볼수록 외국자본만 이득을 얻는 것일까, 왜 수출이 늘어나는데 내수는 죽고 노동자는 직장에서 쫓겨나는 것일까 등속이 그것이다. 지은이들은 그 이유가 오늘의 정권담당층이 신줏단지 모시듯 하는 신자유주의에 있다고 명토를 박는다. 신자유주의는 저투자 · 저성장 · 고용불안을 특징으로 하는데, 이는 금융자본주의가 기업경영 시스템을 장악한 것이 신자유주의니만큼 당연하다고 한다. 이 정도는 우리의 멱을 바짝 조여 오는 세계화라는 망령의 정체를 고민한 사람들에게는 새로울 것이 없다. 그러나 구체적 사례로 영국병을 분석하는 데 이르면, 바야흐로 '무림의 고수'를 만났다는 사실을 인정하게 된다.

누가 영국병을 일으킨 주범이 망국적인 노동운동이라 했던가. 과격한 노동운동은 원인이 아니라 결과였으니, 금융자본이야말로 병원체다. 금융자본이 산업자본보다 힘이 세다보니 파운드화가 강세를 유지하게 되었고, 제조업체들은 경쟁력을 지킬 수 없게 되었다. 여기서 그치는 것이 아니다. 신자유주의가 주주 민주주의의 다른 말이라는 사실에서 알 수 있듯, 기업들이 단기이익만 좇다보니 장기투자나 기업운영을 포기하게 되었다. 어디 이게 남의 나라에서나 볼 수 있는 현상이던가. 지금 이 나라가 돌아가는 꼴과 너무 흡사하지 않은가, 라고 지은이들은 말하고 있는 것이다.

문제는 박정희다. 박정희 노선의 성공은 "민주주의가 아니었기 때문이 아니라 자유주의가 아니었기 때문"이라는 분석은 상당히 문제적이지만 설득력 높다. 자본가들의 투자·소비·자본의 유출을 통제한, 반시장주의적이며 국가주도형 개발의 현재적 가치를 재평가하고 있는 것이다. 이 점을 이처럼 돋을새김한 데는 전략적 차원의 발상이 끼어들어 있는 듯싶다. 시장에 정부가 개입할 때 비로소 신자유주의를 이겨낼 수 있다고 말하고 싶은 것이리라. 그러나 오늘을 위해 흔들어 깨운 유령 때문에 과거의 생채기가 다시 돋아났다. 노동자와 농민을 억압하지 않고 경제를 발전시킨 나라는 없었고 임금이 많이 올랐다는 데서 위로를 찾으라는 말은, 지난 시대의 희생자들을 모독하는 발언이다. '면죄부'를 함부로 남발해서는 안 되는 법이다.

또 다른 문제는 재벌이다. 재벌이 경제성장을 위한 시스템이었다는 주장부터 반론이 가능하다. 그리고 소액주주 운동 같은 시민단체의 활동이 외국투자자들과 금융자본에게만 이익을 준다는 분석 역시 논쟁을 유발한다. 또한 안기부 도청사건에서 볼 수 있듯 정치권력마저 장악하려는 재벌의 형태를 염두에 둔다면, 지은이들의 주장은 빛이 바랜다. 게다가 정책당국자들이 이 대목만 편의적이고 선택적으로 수용할 때 벌어질 일을 가상한다면 경계를 늦출 수 없다. 그러나 지은이들의 현실론은 귀담아들을 만하다. 유럽식으로 재벌 시스템의 일부는 인정하되, 이에 상응하는 사회적 역할을 부과하자는 것이다.

우리가 살고 있는 오늘은 '보수혁명'의 시대다. 지은이들의 말대로 "신자유주의는 과거에 민주주의로 인해 빼앗긴 권력을 되찾자는 이론"일 뿐이다. 그 권력을 되찾고자 하는 무리가 누구일지는 불을 보듯 뻔하다. 이제 신자유주의자들의 이데올로기 공세에서 벗어나 새로운 돌파구를 찾아나서야 한다. 그것을 지은이들은 '사회주의적 시장경제'라 명명하고 있다. "시장과 공공성을 조화시킬 수 있다는 가정하에 국가의 적극적인 시장개입을 긍정"하는 것이다. 이 주장을 받아들인다면, 우리는 이렇게 말할수 있어야 한다. "민주적인 정권일수록 (양극화를 해소하고, 일자리를 늘리고, 사회적 안정망을 확충하고, 민족자본을 지키기 위해) 시장에 적극 개입해야 한다"고 말이다.

군이 좋은 책이 무엇인가 정의한다면, 읽고 나서 지은이와 논쟁을 하고 싶은 욕구를 불러일으키는 책이라 할 수 있다. 군이 무엇을 올해의 책으로 뽑아야 하는지 말해야 한다면, 우리 시대의 고민을 끌어안고 그 대안을 제시하고 있는 '뜨거운' 책이어야 한다고 할 수 있다. 『쾌도난마 한국경제』는 보기 드물게 이 두 조건을 두루 만족시키고 있다.

이라크전에 반대하는 이유

밀란 레이의 『전쟁에 반대한다』

그날, 나는 엄청난 충격에 휩싸였다. 마침 다니던 직장을 때려 치우고 백수가 되어 있던 나는, 걸프전이 발발하는 역사적인 장면을 방 안에서 뒹굴며 텔레비전으로 지켜보았다. 요란스럽게 다국적군을 구성하고 전쟁의 당위성을 선전한 터라 미국의 침공은 기정사실이었다. 전쟁 그 자체가 놀랄 만한 일은 아니었다는 뜻이다. 정작 경이로웠던 것은 전쟁이 텔레비전으로 중계되었다는 사실이었다. 그때 비로소 소문으로만 듣던 CNN의 위력과 동시통역사들의 대활약을 직접 확인했다. 전쟁 중계의 백미는 공습장면이었다. 폭격기의 조종사가 목표물을 찾아내고 폭탄을 투하해 명중시키는 모습이 중계될 때는 저절로 탄성이 터져나왔다. 그리고 지상에서 폭격기를 향해 쏘아대는 무수한 포는 마치 밤하늘을 수놓은 반딧불이들의 향연 같았다. 전쟁이라기보다는 어딘가 흥겨운 축제 같은 분위기마저 풍겼다. 그렇게 보내길 며칠, 나는 어느 날 아침 정말 엄청난 깨달음을 얻었다.

습관적으로 펼쳐본 조간 신문은 걸프전 보도로 도배되어 있었다. 거의 생중계되다시피하는 텔레비전을 끼고 산 만큼 새로운 소식은 없었다. 심드렁해져 신문을 덮으려다 어느 문인의 칼럼이 눈에 띄었다. 특별한 걸 기대해서가 아니라 이름에 끌려 그냥 읽었다. 텔레비전을 보던 자세 그대로 칼럼을 읽던 나는 정신이 퍼뜩 들며 바른 자세를 하고 마저 읽었다. 내용인즉슨, 많은 사람들이 걸프전을 게임 보듯 하는 현실을 개탄하고 있었다. 전쟁을 겪어본 세대로서 저런 식의 폭격이 민간인들에게 얼마나 큰 피해를 주는지 잘 아는 터인데, 사람들이 거기에 대해서는 전혀 생각하지 않는다는 것이다. 나는 그 칼럼을 읽는 내내 부끄러웠다. 이 양반이 말한 덜떨어진 인간부류에 내가 속해 있었기 때문이다. 그때 비로소 그 어떤 가치를 내세우든 전쟁 탓에 궁극적으로 피해를 입는 집단이 누구인지도 곱씹어 보게 되었다. 때늦었지만 그때의 충격 이후로 나는, 반전주의자에다 평화주의자가 되었다.

다시 이라크에 전운이 감돈다. 전 세계의 양심 있는 시민들의 반대에도 아랑곳하지 않고 전쟁은 초읽기에 들어갔다. 얼마 전 잘 아는 이들과 저녁식사를 하면서 왜 이 전쟁에 반대해야 하는지를 놓고 토론을 벌였다. 대체적으로 어떤 전쟁도 불법이며 고귀한 생명이 희생되기 때문에 반대한다는 뜻의 말을 했다. 이런 주장이 잘못일 리 없지만, 그러나 그 정도로는 다른 견해를 가진 사람들을 설득하기에 어딘가 부족해보였다. 그래서 내가 지인들에게 꼭 읽어보라며 추천한 책이 밀란 레이의 『전쟁에 반대한다』(신현승 옮김, 산해, 2003)이다. 영국의 반전운동가가 쓴 이 책은 "관계당국과 언론매체의 왜곡과 거짓 뒤에 숨겨져 있는 진실"을 밝히면서 부시의 불장난을 막아야 하는 열 가지 이유를 자세히 설명한다. 그것이 비록 당랑거철螳螂拒轍 같은 허무한 일이더라도 부정할 수 없는 근거를 들어 전쟁을 막아보자는 지은이의 뜨거운 마음만은 높이 살 만한데, 이 가운데 설득력 높은 항목을 골라보면 다음과 같다.

전쟁을 반대해야 하는 첫 번째 이유는 증거가 없어서다. "이라크가 내포하고 있는 잠재적 위험을 축소시켜서도 안 되겠지만, 그들이 대량 살상무기를 비축하고 있다거나, 지역이나 세계의 안전에 직접적인 위협을 가하고 있다는 주장을 증명할 만한 뚜렷한 증거가 아직 없다"는 주장이다. 두 번째는 후세인과 알카에다는 무관하기 때문이다. 9·11테러를 이라크가 배후에서 조종했다는 말은 어디까지나 하나의 가설일 뿐이란다. 빈 라덴이 후세인을 싫어 한다는 분석은 이 가설을 뒤집을 만해 흥미롭다. 이유는 후세인이 미국인보다는 이슬람 성직자를 더 많이 죽여서다. 두 사람은 미국에 대한 증오만을 공유할 뿐이다. 세 번째는 미국의 이라크 전략을 분석한 것으로, 미국은 이라크의 진정한 체제변화를 원하지 않고 있어서다. 미국은 후세인보다 못한 인물, 후세인이 빠진 후세인주의, 절충된 독재주의자를 원하고 있다는 말이다.

넷째는 인도주의 차원에서 대재앙이 불을 보듯 뻔하기 때문이다. 자료에 따르면, 걸프전에서 미국은 이라크의 민간기반시설을 철저하게 파괴했다. 특히 전력생산시설을 의도적으로 폭격, 정수와 식수공급과 관련된 시스템이 중단되는 일이 벌어지게 되었다. 그 결과 수인성 질병이 돌아 유아사망률이 현저히 높아졌다. "수인성 전염병을 막을 수 있는 수단을 고의적으로 파괴한 것은 생물학무기를 사용하는 것과 다를 바가 없다"는 주장은, 지금 누가 더 반인류적인 범죄를 저지르고 있는지를 명확하게 밝히고 있다.

전쟁 재발은 고통받는 이라크 민중을 더 나쁜 상황에 빠트릴 것이 확실하다. 다섯째는 분노하는 중동을 존중하기 때문이다. 대량 살상무기를 보유하고 있다는 이라크와 국경을 맞대고 있는 사우디아라비아, 이란, 쿠웨이트, 터키 들은 이 전쟁에 동조할 뜻이 없다. 유엔의 결의를 무시하는 이스라엘에 대해 미국은 적절한 조치를 취하지 않고 있다. 그런데도 유독 이라크에 대해서만은 무력으로 문제를 해결하려 한다. 이 이중잣대에 중동은 화가 나 있다.

밀란 레이는 목청만 높이는 반전운동가가 아니다. 그이는 지속적인 사찰이라는 현실성 높은 대안을 제시했다. 이 책에는 한계가 있었다고만 알려진 유엔의 사찰활동이 거둔 의외의 성과가 돋을새김되어 있다. 1991년 미 공군의 집중포화에도 파괴되지 않은 무기들이 "끈덕진" 지상 사찰로 폐기처분한 경우가 많았다는 것이다. 그러나 아무리 객관적인 증거를 들어 논박하더라도 전쟁을 막을 수 없는 지경에 이르렀다. 냉정한 이성에 기초한 토론의 기회는 물 건너간 지 이미 오래다. 이 절박한 상황에서 지은이가 제시한 마지막 카드는 "비폭력 저항의 헌신적인 캠페인"이다. 닉슨은 한 회고에서 베트남에 원폭을 투하할 계획을 세운 바 있었다고 실토했다. 이 경악할 비밀계획의 실행을 멈추게 한 것은 1969년의 반전시위다. 종전을 외치며 워싱턴으로 물밀듯 밀려오는 40만 명에 이르는 시민들의 염원에 권력이 무릎을 꿇었던 것이다.

지금 세계는 부시에게 이라크 민중의 운명을 좌지우지할 '수표'를 백지로 위임한 상태이다. 대를 이어 전쟁을 일으키려는 오만한 제국의 수장에게 백지수표를 건네주고 수수방관하는 것이 올바른 일일까. 세계시민의 이름으로 그 수표를 돌려 받아 폐기할 때가 왔다. 더 늦게 전에 서둘러야 할 일이다.

만화로 읽는 촘스키
조엘 안드레아스의 『전쟁중독』

사람마다 다르겠지만, 신문을 볼 때 제일 먼저 눈길이 가는 부분이 만평인 경우가 적지 않다. 이른바 잘 나가는 사람들의 행태를 풍자한 한칸 만화는, 때로는 어떤 사설이나 칼럼보다 읽는 이들의 가슴을 속시원히 풀어준다. 따지고 보면, 만화의 힘은 사건의 핵심을 단순화하는 데 있다. 그런 뜻에서 만화는 '고르디아스의 매듭'을 풀어낸 알렉산더의 지혜를 이어받고 있는 셈이다. 조엘 안드레아스의 『전쟁중독』(평화네트워크 옮김, 창해, 2003) 역시 만화 특유의 단순성을 무기로 문제의 핵심을 잘 드러내고 있다.

이 만화의 첫장면은 전쟁을 주제로 한 영화나 게임에 익숙한 세대들의 마음도 사로잡을 만하다. 책을 펼치자마자 월급명세서를 보고 입을 다물지 못하고 있는 여인의 모습이 나온다. 세금이 너무 많아서다. 집에 돌아오니 아들이 학교 화장실에 휴지가 부족해 바자회를 연다고 전해준다. 지난번에는 책이 없다고 하더니 말이다. 조금은 굳은 표정으로 여인이 입을 연다. 도대체 "그 많은 세금은 다 어디에 쓰는 거야."

정말 어디에 쓰는 걸까. 그 답은 벤다이어그램에 나온다. 미국 연방정부의 자유재량 예산 가운데 군사비는 51.6퍼센트를 차지한다. 교육관련 예산은 단지 6.7퍼센트에 불과하다. 이 정도면 본문이 72쪽인 이 만화가 무엇을 말하고자 하는지 지레짐작할 수 있다. 다가온 이라크와의 전쟁을 반대하는 메시지가 담겨 있으리라. 이렇게 말한다고 해서 틀린 바는 아니지만, 이 책은 만화의 정신을 되살려 자신의 주제의식을 노골적으로 말하지 않고 에둘러 표현하고 있다.

지은이는, 왜 미국은 그 동안 평화적인 수단을 통해 현안을 해결하려 하기보다는 전쟁이라는 극단적인 방법으로 문제를 풀어 왔는가를 곱씹어보고 있다. 그 이유로 첫손에 꼽은 것은 '명백한 운명론'이다. 영국과 벌인 독립전쟁에서 승리를 쟁취한 지도자들은 "자신들이 북아메리카 전역을 지배하도록 신에 의해 선택받았다"고 굳게 믿었다. 인디언 학살이나 멕시코 전쟁은 다 여기에 연원을 두고 있으니, 다른 것이야 말하지 않아도 알 만하다. 두 번째는 일찍이 아이젠하워가 경고한 대로 군산복합체에 있다. "나는… 대기업이나 월가나 은행가들의 고급 호위병으로 일했다"는 스메들리 버틀러 장군의 말이 이를 입증한다.

이 만화책을 반전운동을 위해 급조된 선전물 정도로만 여기면 오산이다. 말이 너무 많은 게 탈이긴 하지만, 캐리커처와 구성력은 수준급이다. 더욱이 만화임에도 145개에 이르는 후주를 달아 놓아 신뢰감을 높이는데, 객관적인 근거에 기초해 '전쟁중독증'을 앓고 있는 미국을 비판한다는 점에서 '만화로 읽는 촘스키'라 할 만하다.

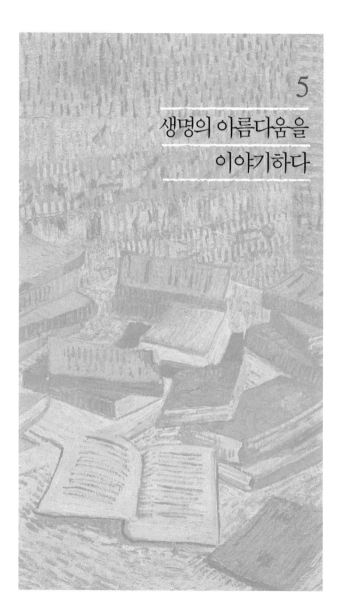

5

생명의 아름다움을
이야기하다

차이가 낳은 차별을 정당화할 수 있는가
킹즐리 브라운의 『다윈의 대답 3』

논쟁적인 책을 읽는 일은 즐겁다. 세상에 독점적이고 유력하고 유일한 이론은 없다는 것을 새삼 일깨워주어서다. 킹즐리 브라운의 『다윈의 대답 3: 남자 일과 여자 일은 따로 있는가?』(강호정 옮김, 이음, 2007)는 논쟁에 불을 붙일 만한 화약이 내재해 있다. 차이가 차별을 공고화하는 데 각별히 예민한 정치의식이 있는 사람들에게는 불쾌한 기분이 들게 할 정도도. 더욱이 자신의 주장을 과학의 이름으로 정당화한다는 점에서도 많은 것을 성찰하게 한다.

지은이는 자신의 주장을 솔직히 까발린다. 에둘러 말하거나 조심하지 않는다. 즉 두괄식으로 글을 쓴다. 확실하게 말해놓고 왜 그런지를 논증해나간다. 앞부분의 '문제제기'에 이미 '결론'이 들어 있으니, 이렇다. "이 책의 핵심논제는 유리 천장이나 성별격차의 대부분이 현대 노동시장에서 작동하는 성격 혹은 기질의 기본적인 생물학적 차이에 근거하는 것이라는 점이다. 이러한 차이들은 인간진화의 과정을 통해 두 성이 선택한 상이한 생식전술에 기인하며 우리가 두 발로 걷는 것이나 안으로 굽어지는 엄지손가락을 가지게 된 것과 다름없는 자연선택의 결과라는 점이다."

지은이의 의도와 상관없이 읽는 이의 특권으로 함부로 말하자면, 인간이라는 동물이 본디 그렇게 생겨먹었기 때문에 노동시장에서 여성들이 차별받을 수밖에 없다는 것이다. 큰일 났다! 오랜 세월, 여성의 권리를 확충하기 위해 노력해온 사람들에게 '물대포'를 쏘는 격이다. 여성은 만들어지는 것('성차가 사회화에 따라 발생했다는 주장')이 아니라, 그렇게 태어나는 것('성차가 생물학적인 원인에 근거하다는 주장')이라 하니 마치 벌집을 건드린 격이다. 말하자면, 오랫동안 참아온 '마초'들의 반격이 시작된 셈인가. 그것도 진화생물학이라는 과학의 이름으로 말이다.

대전제가 있다. "행동을 만들어내는 심리적인 메커니즘도 자연선택의 힘에 지배를 받는다"는 것이다. 그러니까 이 책은 이러한 주장을 반박할 만한 근거를 제시하면 일거에 무너뜨릴 수 있다. 진화론을 부정할 수 있거나, 그것이 심리에도 영향을 미친다는 사실을 반박할 근거가 필요하다는 뜻이다. 성차는 다윈이 말한 성선택에서 비롯한다고 보는 듯하다. 수컷공작에게 길고 밝은 깃털 꼬리가 남아 있는 것은 암컷을 유혹하는 데 긴요하기 때문이다. 수사슴의 뿔은 경쟁자인 다른 수사슴과 싸우기 위해 필요하다. 여기서 중요한 것은 수컷들 간의 경쟁이 치열하다는 점이다.

로버트 트리버즈가 말한 양육투자도 중요한 개념이다. "더 많은 양육투자를 제공하는 성이 제한 자원이 될 것"을 예측한 것으로, 관찰 결과 "수컷의 생식노력은 양육노력보다는 교미노력으로 매우 치우쳐 나타"났다. 이 개념을 끌어들이는 것은 양육을 적게 하는 성이 더 능동성이 높다는 점을 강조하기 위해서다. "진화이론은 교미를 중시하는 개체들과 양육을 중시하는 개체들이 서로 다른 형태의 행동을 보일 것이라 예측한다"는 말은 어디까지나 칼을 칼집에 넣고 하는 말일 뿐이다.

이렇게 물을 수 있다. 진화이론에 따르면 남성과 여성은 어떤 차이가 있느냐고. 이미 그 답변은 준비되어 있다. 한마디로 "남성은 여성에 비해 지위 추구성, 경쟁성, 위험부담 감수 등이 더 크게 나타나고 여성은 더 많은 보육행동을 보일 것으로 예측"된다. 그리고 "이 예측은 알려져 있는 모든 인간사회에서 입증된다." 좀 더 이론적으로 표현하면 이렇게 된다. 남자들이 엄포와 허세로 지위를 높여왔고, 그 덕에 생식성공률을 높여왔으니, 자연선택은 이 행동기질을 선호했을 것으로 보인다. 그러나 여성은 위험부담과 경쟁성의 성향에서 얻을 게 없다. 외려 생식에 위험하고 불리하다. 성공적인 전략을 좋아하는 게 자연선택의 경향이지 않던가. 상당히 논쟁적이고 문제적인 발상이긴 하나, 생물학적으로 성역할이 내면화되어 있다고 보는 셈이다. 그리하다 보니, 다음처럼 깔끔하게 정리할 수 있었을 것이다.

"요약하면, 남성과 여성은 기질적 성향에 있어서 현저히 다르다. 남성은 경쟁적인 경향을 보이고 여성은 더 협력적이다. 남성은 주도권 위계에서 최상위에 오르려 하는 반면 여성은 덜 계급화된 사회관계를 견고히 하려고 한다. 남성은 자신의 추구에 있어서 외골수적인 반면 여성은 더욱 다양한 관심을 가지고 있다."

'사회과학적 논제의 패러다임을 진화생물학으로 뒤집는다!'고 명토 박은 '다윈의 대답' 시리즈의 한 권으로 나온 책인 만큼, 진화론적 입장에서 볼 때 남녀의 차이가 있는가로 그칠 리는 만무하다. 지은이는 말한다. "한 연구에서는 여성이 남성적일수록 직업에서 성취도가 높다고 주장한다." 남녀사원의 행동과 태도에는 분명한 차이가 있다고 한다. 그 가운데는 여성이 승진을 위해 전근하거나 장시간 일할 의사가 남성보다 적다는 것도 있다. 그리고 여성은 자신이 하는 일을 더 높은 지위로 끌어올리는 디딤돌로 생각하는 경향이 적다고 한다. 이 같은 사례는 "여성의 승진율이 낮은 것이 차별에 의한 것이 아니라 동기의 차이에서 유래한다"는 결론을 뒷받침한다. 여기에 이르면 지은이가 '유리천장'의 존재를 부정한다는 사실이 새삼스럽지 않게 된다.

남녀의 생물학적 차이가 구조적인 차원에서 차별로 나타나는 양상을 극복하기 위해서는 어떤 조치가 있어야 할까. 예상되는 답변이지만, "여성이 동등한 권리를 얻으려면 직업의 요구조건이 바뀌거나 여성이 바뀌어야만 한다." 상당히 흥미로운 주장인데, 그럴 수밖에 없는 것이 이 주제를 둘러싸고 첨예하게 싸울 집단 모두에게 '면죄부'를 주는 꼴이라 그렇다. 그 한쪽은 가부장적 질서를 유지해 이익을 보는 집단에 대한 면죄부다. 거봐라, 여자들이 문제인 게 아니냐. 성공한 여자들은 두루 남자 같았다. 다른 한쪽은 여성권익 신장을 위해 싸워온 전투적 집단이다. 결국 체제를 바꾸지 않고서는 여성들에게 주어지는 몫에 한계가 있을 수밖에 없지 않느냐. 근본적으로 경쟁의 체제를 배려의 그것으로 바꾸어야만 하는 것이다.

그런데 끝까지 남는 의문이 있다. 정말 우리는 만물의 영장이기를 포기한 것인가 하는 점이다. 물론 다른 생명체를 지배하고 약탈하는 자로서 만물의 영장 자리에서는 서둘러 내려와야 한다.

그러나 유전자의 명령에서 자유로울 수 있다는 믿음이 준 그 자리는 부여안고 살아가야 하는 게 아닌가. 차이가 차별로 바뀌지 않도록 지혜를 모으고 대안을 마련하는 게 더 가치 있는 행동이 아닐까. 과학의 이름으로 진보의 싹을 잘라내는 일은 더 이상 용납되어서는 안 되는 게 아닐까. 논쟁적인 책은 이래서 흥미롭다. 더 깊이 더 넓게 생각하게 해주니까 말이다.

과학기술의 민주화를 향해

강양구의 『세 바퀴로 가는 과학자전거』

자주는 아니지만 기회 닿는 대로 과학책을 읽어보려 애쓴다. 가만 생각해보면, 과학책 읽기를 가로막는 가장 큰 걸림돌은 선입견이다. 청소년 시절, 원리에 대한 설명 없이 무작정 외우라는 교수법에 질린 데다, 실험 없이 이루어지는 건조한 수업이 과학을 멀리하게 만들었다. 그러니 바쁜 일상을 희생하면서까지 이해되지 않는 수식과 표로 범벅되어 있을 책을 굳이 읽어야 할 필요가 무에 있겠냐는 생각이 든다. 하나, 본디 벼랑 끝에 서 있더라도 밑을 보지 않으면 걸어갈 수 있는 법이다. 선입견만 떨쳐버리면 과학책 읽는 재미가 쏠쏠하다는 것을 알게 된다.

분명 교양인의 처지에서 보자면 중도에 포기하고 말아야 하는 책들도 여럿 있다. 이것저것 뒤적이며 '용맹정진' 해보지만 때로는 자다가 봉창 두드리는 듯한 이야기로 점철된 경우가 있다. 그럼에도 가끔씩 과학책을 읽다보면 중요한 사실을 알게 된다. 과학은 궁극적으로 단순명쾌한 것을 추구하고, 그것으로 우주와 생명의 원리를 설명하려 한다. 그러니까 아무리 어렵고 복잡하더라도 결국은 단 하나의 원리에 귀속된다는 것이다. 과학의 황홀경은 아마도 이 단순성에서 비롯되는 듯하다.

강양구의 『세 바퀴로 가는 과학자전거』(뿌리와이파리, 2006)도

예의 하나의 '원리'로 과학과 사회의 문제를 톺아보고 있다. 그 원리란 "우리가 사용하는 과학기술 인공물의 역사 속에는 복잡한 정치·경제·사회적 요인들이 얽히고 설켜" 있다는 것이다. 청년 시절 지은이에게 큰 충격을 준 루카스 항공 노동자들의 실험은 많은 것을 생각하게 한다.

1969년 대량 해고의 위기에 놓인 루카스 노동자들은 사회적으로 유용한 기술을 개발해 위기를 돌파하려 했다. 저렴한 의료기구, 태양열을 모으는 장비, 연료가 적게 드는 엔진, 노동자가 조종하는 로봇 등 "인권과 환경, 지역사회의 필요를 고려한 제품"을 생산하기에 이르렀다. 그러나 이 실험은 실패하고 말았다. 마거릿 대처의 보수당 정권이 지원하지 않은 데다 경영진이 상품화를 훼방한 탓이다.

이 책에 나오는 많은 사례는 과학기술이 결국 자본의 이익을 대변하는 경우다. 공작기계도 마찬가지다. 노동자의 통제를 받는 녹음재생 공작기계가 상품화에 실패하고, '노동의 종말'을 목적으로 하는 수치제어 공작기계가 숱한 단점에도 불구하고 노동현장에 적극 도입된다. 이 과정에서 "기술이 선택되는 데 경영진과 노동자의 대립 같은 사회적 요소가 큰 역할을 한다"는 사실을 확인하게 된다. 부정적인 예만 있는 것은 아니다. 자전거가 오늘 같은 모습을 띠게 된 데에는 여성들의 힘이 컸다. 관습상 긴 치마를 벗어던질 수 없는 여성들이 앞바퀴가 작고 공기 타이어를 단 자전거를 좋아했다. 과학기술을 수용만 하는 것이 아니라 시민들의 이해를 반영하도록 요구하는 것이 어떤 결과를 낳는지 보여주는 사례이다.

이충웅 씨는 '과학은 열광이 아니라 성찰을 필요로 한다'고 일갈한 바 있다. 브라이언 마틴은 "우리가 어떤 가치에 기반을 둔 사회를 만들어갈지 노력하는가에 따라서 과학기술의 모습은 전혀 달라질 수 있다"고 말했다. 이 책은 대안적 성찰에 그 무게중심이 놓여 있다. 열광의 상처를 입었을 청소년들을 위해 쓴 책이지만, 과학기술의 민주화에 관심 있는 일반 교양인들이 읽기에도 손색없다.

정의냐, 국익이냐

한학수의 『여러분! 이 뉴스를 어떻게 전해드려야 할까요?』

　우리 사회를 뒤흔든 그 엄청난 파문은 한 양심적인 연구자의
제보로 촉발되었다. 누구도 믿을 수 없는 일이었다. 전문가 처지
에서 봤을 적에, 황우석 교수가 2005년 〈사이언스〉에 발표한 논
문이 99퍼센트 가짜라는 것이다. 증거는 있는가? 없단다. 입증할
방법은 있으나 황 교수가 바보가 아니고서는 그 요구를 들어줄
리 없단다. 도대체 어쩌란 말인가. 그때 제보자가 말했다. "그러
니까 이렇게 〈PD수첩〉을 찾은 거 아닙니까?" 정의냐, 국익이냐
의 갈림길에서 〈PD수첩〉은 정의의 편에 서기로 했다. 일찍이 에
밀 졸라가 말한 바 있다. "정의를 위해 싸우는 것이 곧 조국을 위
해 싸우는 것임을 잘 알고 있습니다."

　곧바로 광풍이 몰아닥쳤다. 처음에는 상식의 저항이었다. "설
마, 황 교수가 사기를 쳤겠어"라는. 그런데, 거기서 그치지 않았
다. 이른바 국가주의와 민족주의가 합쳐지며 사태는 걷잡을 수
없는 지경에 이르렀다. 우리가 생생히 기억하듯, 그것은 또 다른
의미의 파시즘이었다. 진리를 말하려는 언론에 재갈을 물리려고
정권이 언론을 탄압한 적이 있었다. 그때 깨어 있는 민중이 이를
막으려 했다. 그러나 이번에 상황은 완전히 뒤집어졌다. 진실을
밝히려는 언론에 대중이 돌팔매를 던지기 시작한 것이다. 에밀

졸라는 이미 겪은 바 있었다, 이 혼란을. 그래서 말했다. "정의를 희구하기 위해서는 백치나 주구로 취급당해야 하는 끔찍한 혼란에 직면"하기도 한다고.

파문이 가라앉고도 여전히 남는 의문이 있었다. 도대체 이 어처구니없는 역경을 〈PD수첩〉은 어떻게 헤쳐 나갔을까. 그리고 어떻게 〈PD수첩〉은 마침내 거짓을 까발리고 진실을 밝혀낼 수 있었을까. 천만다행으로 이제 그 전모를 파악할 수 있는 '취재파일'이 책으로 엮여 나왔다. 황우석 사태를 취재하며 그야말로 지옥과 천당을 오락가락한 한학수 PD가 쓴 『여러분! 이 뉴스를 어떻게 전해 드려야 할까요?』(사회평론, 2006)가 바로 그것이다.

물론, 이해할 만하다. 이제는 잊고 싶다는 것을, 다시는 떠올리고 싶지 않다는 것을. 어찌 우리들의 일그러진 자화상을 기꺼운 마음으로 바라볼 수 있겠는가. 그러나 그럴수록 기억해야 한다. 다시는 그 같은 집단적 광기를 저지르지 않기 위해서 말이다. 그리고 다음 세대에게 믿음을 주어야 한다. 에밀 졸라가 말한 대로 "정의를 위한 진실한 투쟁, 이것보다 더 영웅적인 투쟁은 이 세상에 없다"는 것을 말이다. 우리가 이 책을 뜨거운 마음으로 받아들여야 하는 이유들이다.

그런데 이 책을 읽으면서 이상한 징후를 감지하고 말았다. 사건이 차지하는 무게감 때문에 어깨에 잔뜩 힘을 주고 바짝 긴장해서 읽어내려 갔는데, 웬걸 어느 추리소설 못지않게 박진감 넘치고 읽는 이의 흥미를 돋우는 것이 아닌가. 그 엄청난 사건을 다룬 책을 이런 기분으로 읽어도 되는 것인가, 하며 다시 경계심을 품고 읽어가는데, 여전히 손에 땀을 쥐게 하는 긴박감과 조각난 퍼즐을 맞춰 마침내 진상을 규명하는 민완형사를 보는 듯한 착각에 빠지고 마는 것이 아닌가. 그러다 보니, 책을 읽으며 한학수 이 사람 큰일 낼 만한 사람이었네, 라는 말이 절로 나오고 만다. 그러니 이 책을 읽은 사람들 가운데 한번 손에 쥐면 다 읽기 전에는 결코 놓지 못하리라는 독후감을 쓸 사람이 반드시 나올 법하다.

워낙 반전에 반전을 거듭한 사건인지라, 정작 그 전체상을 그리기가 여간 어려운 일이 아니다. 다행히 이 책은 황우석 교수와 건곤일척의 대결을 벌인 당사자가 썼는지라, 사건의 전말을 일목요연하게 파악할 수 있는 장점이 있다. 책을 읽으며 가슴 벅차오르는 대목이 있다. 과학계와 언론, 그리고 권력이 맺은 '삼각동맹'의 포화에 〈PD수첩〉호가 침몰할 때 이를 구해낸 과학도 이야기다. 정말 감자농사 짓는 농사꾼이라는 아노니모스나 젊은 과학도 아롱이 없었더라면 어찌할 뻔했던가. 절망의 끝자락에서 한가닥 희망을 보게 되는 순간이 아닐 수 없다.

국민들의 자존심에 큰 상처를 입혔지만, 황우석 사태는 우리에게 생생한 역사적 교훈을 안겨주었다. 그것이 무엇일까? 다시, 에밀 졸라의 말을 인용하면 이렇다.

"만일 당신이 국익 때문에 진실과 정의를 추구하지 말아야 할 순간도 있다고 주장하신다면, 당신은 도대체 이 나라의 민주주의에 어떤 교훈을 남길 수 있을까요?"

내가 망각과 무시에 맞서 "여러분! 이 책을 도대체 어떻게 알려 드려야 할까요?"라는 간절한 심정으로 이 글을 쓴 이유이기도 하다.

침팬지냐, 보노보냐
프란스 드 발의 『내 안의 유인원』

이른바 '이기적 유전자'론에 관한 책을 읽다 보면, 마음이 몹시 불편해진다. 인간이 고작 유전자의 꼭두각시에 불과하다고 이해되는 점에서 그렇거니와, 결과적으로 경쟁의 가치를 최고의 선으로 내세우기 때문이다. 원했든 그러지 않았든, 인간을 적자생존의 밀림에 몰아넣고 만다. 프란스 드 발의 『내 안의 유인원』(이충호 옮김, 김영사, 2005)은 그 불편함이 이유 있다며 논쟁적인 지적 탐구를 자극하는 책이다.

지은이는 그 동안 이기적이고 공격적인 본성론이 세를 얻은 데는 그럴 만한 근거가 있다고 분석한다. 그 첫 번째는 과정과 결과가 서로 비슷해야 한다는 '베토벤의 오류'에서 찾는다. 자연선택은 무자비하고 가혹한 제거과정인 만큼 잔인하고 이기적인 생명체가 나타나는 것은 당연하다는 사고방식이다. 두 번째는 역사배경에 두고 있다. 제2차 세계대전 이후 서구학자들은 문명의 심장부라 여긴 곳에서 자행된 야만행위에 눈감을 수 없었다. 억제력 없다는 동물의 본성이 인간의 유전자 속에 숨어 있지 않나 톺아보게 되었다는 것이다. 세 번째는 지극히 정치적인 맥락에 놓여 있다. 대처와 레이건이 주창한 신자유주의의 교리와 이 본성론이 너무나 잘 맞아떨어졌다는 것이다. 연대와 이타의 가치는 부정되고, 경쟁과 이기의 가치가 시대정신이 되고 말았다.

　인간과 무척 가까운 친척으로 알려진 침팬지는 이 시대정신을 상징하는 마스코트였다. 일반적으로 침팬지는 수컷 중심의 엄격한 위계질서를 유지하는 데다 폭력적이고 권력에 굶주린 동물이라는 평판을 얻고 있다. 지은이가 이 같은 통념에 저항하기 위해 내세운 동물은, 인간의 또 다른 친척으로 판명된, 보노보이다. 암컷 중심의 에로틱하고 낙천적인 데다 평화적인 천성을 지닌 '히피족'이다. 지은이는 각별히, 침팬지가 권력으로 성문제를 해결하는 데 반해 보노보는 성으로 권력문제를 해결한다는 점을 돋을새김하고 있다. 그렇다고 지은이가 인간의 침팬지적 속성을 부정하는 것은 아니다. "침팬지와 우리의 유사점은 부정할 수 없고, 은근히 우리를 불안하게 만드는 게 사실이다." 단, 침팬지만으로 설명할 수 없는 바가 분명히 있다는 것이다.

　지은이의 말대로 진화가 기록된 자연이라는 책은 보수주의자와 진보주의자, 또는 경쟁을 화두로 삼는 무리와 연대를 지선으로 섬기는 무리 모두를 만족시킨다. 그런 점에서 인간의 본성을 유독 침팬지에 빗대어 온 과학담론에 대한 성찰이 필요하다. 과학이 지배이데올로기에 영향을 미쳤는지 혹은 그 반대인지는 정확히 판단할 수 없다. 부정할 수 없는 것은 경쟁사회를 뒷받침하는데 '이기적 유전자론'이 동원된다는 사실이다. 보노보는 이타적이고 협동하며 평화지향적인 성격도 진화의 산물임을 입증한다. "할 수 없이 뭉쳐 살게 된 이기적인 독불장군으로 인간을 그리면서 이러한 깊은 유대관계를 무시하는 기원에 관한 이야기는 영장류의 진화를 전혀 모르고 하는 소리이다."

그러나 무엇보다 중요한 것은 우리가 "본성의 유전적 프로그램을 맹목적으로 연기하는 배우라고는 생각하지 않는다"는 점이다. 유전자는 실마리와 암시만 줄 뿐, 우리는 '즉흥 연기자'로서 살아가고 있다. 세계화의 광풍에 고통받는 사람들이 늘어나고 있다. 양극화현상의 원인도 여기에 있다. 지금 본성의 거울에서 우리가 확인해야 할 것은 침팬지일까 보노보일까. 어디에 방점을 찍느냐에 따라 더불어 살아가는 더 나은 세상을 만들 지평이 열릴 터이다.

타고난 이야기꾼이 들려주는 생명 이야기

나탈리 앤지어의 『살아 있는 것들의 아름다움』

타고난 이야기꾼이 있다. 같은 주제를 다루어도 남과 다른 면이 있다. 더 흥미를 돋우고 재미있다. 드는 예도 색다르고, 이야기를 하는 방식도 특이하다. 더러는 악동기질이 있는 이야기꾼도 있다. 상식의 허를 찔러 상대방을 움찔하게 만드는 것을 즐긴다. 그런데 가장 뛰어난 이야기꾼은 이런 것들을 점잖게, 지적으로, 교양 있게 말한다. 이런 사람들이 쓴 책을 읽는 것은 커다란 즐거움이다. 이야기의 세계에 푹 빠지게 하기 때문이다.

과학 저널리스트 나탈리 앤지어가 꼭 이런 사람이다. 전문가가 그 주제로 글을 썼다면 '난수표'가 되고 말았을 것이다. 수식과 도표로 범벅이 되어 도통 무슨 말 하는지 모른다 싶어질 것이다. 그런데 앤지어의 도마에 그 주제가 오르면 이야기가 영 달라진다. 쉽고 재미있고 유익하고 흥미로운지라 그이가 해준 이야기를 누군가에게 당장 들려주고 싶은 욕구가 샘솟는다. 주로 생물학 관련 이야기라 만만해 보이지만, 그래도 명색이 과학인데, 그쪽 이야기를 이렇게 맛깔스럽게 요리해낸다는 게 신통하기 짝이 없다.

너무 호들갑스러운가. 나탈리 앤지어가 쓴 『살아 있는 것들의 아름다움』(햇살과나무꾼 옮김, 해나무, 2003)을 소개하려면 점잖지 못하더라도 이렇게 시작할 수밖에 없다. 글을 읽다 보면 보기 드문 이야기꾼이라는 생각이 절로 들기 때문이다. 그런데 이 책의 서문에 보면 앤지어의 악동기질이 드러난다. 그 첫째는 "자연의 아름다움은 사소한 것들에 있다"고 말하는 대목에서 엿볼 수 있다. 그 구절의 어디에 악동기질이 숨어 있냐고 볼멘소리 하지 말 것. 이어지는 말을 볼라치면 "거미, 전갈, 기생충, 벌레, 방울뱀, 쇠똥구리, 하이에나 같은 생물의 이야기를 쓰는 것을 즐거움으로, 아니 사명으로 여겨왔다"는 것이다. 하, 뭐 그 정도 가지고 그러냐고 반문하지 말 것. 머리말의 물꼬를 튼 게 바퀴벌레 이야기이고, 본문에도 바퀴벌레에 대한 글이 실려 있다. 악동 이전에 악취미가 아닌가 싶을 정도다.

앤지어의 악동기질을 엿볼 수 있는 두 번째 구절이 있으니, "나는 새로운 사실을 발견함으로써 불변의 진리로 여겨졌던 이론들을 뒤집거나 더욱더 복잡하게 만들기를 좋아한다"는 것이다(이 책은 총 7부로 구성되어 있다. 그러나 이런 식으로 분류해보면 이 책은 2부로 짜여졌다고 할 수 있으리라). 이 구절을 곱씹다 보면, 이러니 이야기꾼이 될 수밖에 없겠구나 싶어진다. 정답인 줄 알고 있는데 그것이 오답이거나 오답일 수 있다는 사실을 남보다 먼저 알면 입이 얼마나 간지럽겠는가. 더욱이 그런 이야기를 할 때 사람들이 당황하거나 당혹해하는 장면을 즐기는 악취미가 있다면, 입에 침이 마르도록 너스레를 떨 수밖에 없을 터다. 어쩌면 『살아 있는 것들의 아름다움』을 가득 채우고 있는 것은, 악동기질 넘치는 이야기꾼이 침 튀겨가며 떠든 수다 모음인지도 모를 일이다.

나는 앤지어의 두 번째 악동기질이 마음에 들었다. 상식과 상투성을 뒤집어엎어서다. 「아름다움이란 표피적인 것에 불과하다?」도 그런 유의 글이다. 흔히 아름다움이란 표피적인 것에 불과하다고 말한다. 말한 사람이나 듣는 사람이나 두루 기분 좋은 말이다. 그러나 이 말은 진실이 아닐 수도 있다고 한다. 여러 종에 대한 연구결과를 보면, 암컷들은 균형잡힌 외양을 지닌 수컷을 선호하는 것으로 조사됐다. 인간의 경우도 마찬가지란다. 한 연구자가 말했다. "정말 신통하게 잘 맞아떨어지더군요. 얼굴이 균형잡힌 사람일수록 첫경험이 빠르고 파트너 숫자도 많다는 결과가 나왔거든요." 많은 사람들의 바람과 달리 왜 이런 현상이 나타나는 것일까. 진화론적 관점에서 보자면 "얼굴과 몸매가 균형잡혀 있다는 것은 중요한 성장시기에 수컷의 중앙운영 시스템의 기능이 모두 최고조에 달해 있었다는 사실을 말해" 주기 때문이란다. 이렇게 되면 '빛 좋은 개살구'에 대한 뜻풀이가 바뀌어야 할지 모르겠다. '성적 호기심을 불러 일으킬 가능성이 높은 매력적인 사람'을 가리키는 것으로 말이다.

「벌처럼 부지런하다」도 상식을 깨는 글이다. 과학자들 가운데는 별 걸 다 연구하는 사람이 있는 모양이다. 연구과제가 이름하여 '시간활용분석.' 이 양반들이 연구해 보니 알려진 것과 달리 개미, 벌, 비버가 부지런한 동물이 아니란다. 동물들 대다수가 하루 종일 빈둥대며 논다고 한다. 게으름뱅이들인 것이다. 그렇다고 착각해서는 안 된다. 동물들이 쓸데없이 게으름피우는 것은 아니니까. 나름대로 이유가 있는 법이니, 그것이 궁금하면 이 책

을 읽어보면 되는지라 여기에는 써놓지 않겠다. 사람에 대한 이
야기는 인용할 만하다. 사냥이나 채집을 통해 먹잇감을 얻고 그
것을 그날 해치우는 동물들은 하루에 서너 시간 정도 일하는 것
으로 나타났다. 하루 여덟 시간 일하고도 부족해 야근에 철야를
거듭하는 인간과는 극명하게 대비된다. 그렇다면 앤지어의 다음
과 같은 질문에 우리는 무엇이라 답해야 이 악동의 꾐에 넘어가
지 않게 될까.

"사실 일밖에 모르는 사람까지도 일하지 않고 빈둥거리고 싶
어하는 선천적인 욕구를 지니고 있다는 사실을 무시할 수 없기
때문에, 게으름을 육욕, 대식과 함께 일곱 죄악의 하나로 여기는
것이 아닐까?"

글쓰기 공부에 입문하는 사람들이라면 앤지어의 글을 교과서
삼아 읽어볼만 하다. 세련되고 고급스럽고 교양 넘치는 글을 만
나기란 쉽지 않다. 비록 번역된 글이지만 앤지어에게서는 그런
기품을 느낄 수 있다. 개인적으로는 「세포의 죽음은 생명유지의
열쇠」라는 글에 깊은 감명을 받았다. 우리 몸의 세포는 늘 죽고
있으며, 이런 작은 죽음이 모여 종국에는 죽음에 이르는 법이다.
그런데 이 세포를 불멸로 만들 수 있다면, 어떤 일이 벌어질까.
희망대로, 우리는 영생할 수 있는 것일까. 영원히 죽지 않는 세포
는 우리 몸에 이미 만들어지고 있다. 그것을 일러 암이라고 한단
다. 그러니 "생명이 숭고한 아름다움을 갖고 있다면 그것은 그 누

구도 죽음을 거역할 수 없다는 사실 때문이리라"라는 말에 어찌 동의하지 않겠는가!

옛사람들은 왜 하늘을 관찰했을까
박창범의 「하늘에 새긴 우리 역사」

　　과학의 역사를 다룬 책을 읽다 보면 떠오르는 의문이 하나 있다. 왜 옛사람들은 굳이 하늘을 관찰하고, 그 광대무변의 화폭에 나타난 현상을 기록에 남겼을까, 하는 것이다. 답은 크게 두 가지다. 하나는 국가나 개인의 앞날을 귀띔받기 위해서다. 하늘이 인간세상을 비추는 거울이라 믿은 옛사람들은 세상사의 잘잘못이 그곳에 나타난다고 여겼다. 다른 하나는 방위나 절기 따위를 알아내 실용적인 도움을 받기 위해서다. 오늘과 크게 다를 바 없다. 상상해보면, 옛사람들이 하늘을 관측하는 방법은 얼마나 낭만적이었을까. 하늘의 별을 가리는 인공의 불빛이 없던 시절, 그들은 관측대에 누워 맨눈으로 하늘을 바라보았으리라. 처음에야 본디의 임무에 충실했겠지만, 때로는 별에 얽힌 사연으로 눈물지으며 가끔 졸기도 했을 터다.

　　무릇 앞서 간 사람의 발자국은 뒷날 역사가 되는 법이다. 박창범의 『하늘에 새긴 우리 역사』(김영사, 2002)는 책 제목을 곱씹어 보면 짐작할 수 있듯 옛사람들의 천문기록을 통해 역사를 읽고 있다. 여기서 일어날 법한 궁금증 하나. 도대체 무슨 근거로 이런 파격적인 시도가 가능한가 하는 점이다. 답하자면, 천체 운동에는 규칙이 있으며 오늘날에도 그 규칙성이 그대로 유지되고 있다는 것과, 컴퓨터로 역추적하면 옛날에 일어났다는 자연현상이 실제 있었는지 없었는지 알아낼 수 있다는 것이다.

이 책의 핵심은 『삼국사기』에 기록된 일식현상을 과학적으로 검증하고 있는 대목이다. 『삼국사기』에 기록된 일식현상은 66개인데, 이 가운데 53개가 실제 일어났던 것으로 확인됐다. 그런데 흥미로운 것은 일식을 관측한 지점이 어디였냐 하는 점이다. 백제는 발해만 유역이고 초기 신라는 양자강 유역이라는 게 지은이의 입장인데, 천문현상은 대체로 수도에서 관측했던 관례에 비추면 상당한 논란이 예상되는 주장이다. 기존 역사학계의 연구결과로는 백제의 요동경략설과, 가야의 허황후가 양자강 유역에 있는 허씨 집성촌과 관련 있다는 학설이 있는 정도다.

주장하는 바가 파격적이고, 그것을 뒷받침하는 논증이 과학적이라는 점에서 분명 관심을 끌 만하다. 그러나 지은이의 본의와 상관없이 일부 주장이 국수주의자들에게 악의적으로 이용당할 가능성이 높다는 점은 유의해야 할 듯하다. 아무도 가지 않은 길을 홀로 걸어가는 용기에 박수를 보내지만, 엄밀한 과학적 검증과 비판도 필요한 책이다.

진화에 관한 백과사전

데이비드 버니의 『진화를 잡아라!』

창조냐 진화냐, 는 토론을 하기에 좋은 주제다. 믿음과 과학이 '문명 충돌'을 일으키며 인식의 지평을 열어주기 때문이다. 그러나 정작 토론을 하게 되면 기대한 성과를 거두기가 어렵다는 것을 알게 된다. 한쪽은 신성한 존재를 내세우며 연역적 논리를 펴나가기 일쑤다. 신이라는 보름달 앞에 과학이라는 횃불은 보잘것없는 것이 되고 만다. 이에 맞서는 쪽도 진화에 관련한 기초적인 상식에 기반하고 있어 상대방의 허점을 공략하지 못한다. 상대방이 그저 '꼴통'으로만 보일 뿐이다. 그러다 보니 인간의 조상이 원숭이냐 아니냐를 놓고 말싸움을 벌이다 토론이 흐지부지해지기 십상이다.

토론이나 논쟁의 질을 높이려면 믿음을 논리로, 상식을 지식으로 대체해야 한다. 진화를 주제로 한 논쟁에서 논리의 칼을 벼리려면, 데이비드 버니의 『진화를 잡아라!』(김성한 옮김, 궁리, 2002)를 숫돌로 삼을 필요가 있다. 진화에 관한 모든 것을 요령껏 정리해낸 책이어서 그렇다. 다윈의 진화론을 핵으로 삼아 그 전의 과학사와 이후의 과학적 발견을 개념별로 두 쪽에 걸쳐 설명하고 있으니, '진화에 관한 백과사전'이라 할 만하다. 만족스럽다고는 할 수 없으나 유머 있는 삽화도 자칫 지루할 수 있는 독서에 즐거움을 안겨준다.

이 책은 크게 보면, 네 가지 키워드로 구성되어 있다. 진화와 유전과 DNA, 그리고 기원이다. 다윈은 변이와 자연선택을 내세워 진화론을 주장했다. 그러나 변이가 일어나는 원인에 대해서는 정확히 알지 못했다. 유전과 DNA는 다윈의 진화론을 뒷받침하는 놀랄 만한 과학적 발견이다. 이로써 진화의 메커니즘이 밝혀진 것이다. 책의 뒤편은 진화론적 처지에서 생명의 기원을 톺아보고 있다.

생명의 진화를 언어의 특성과 비교한 대목은 눈여겨볼 만하다. 일찍이 다윈도 진화를 언어에 빗대어 설명한 적이 있다. 흔적기관이, 한 낱말에서 더 이상 발음은 되지 않으면서 여전히 남아 있는, 철자와 같다고 했다. 아무 짝에도 쓸모 없지만, 그 철자가 낱말의 발달과정을 일러준다. 언어학자들에 따르면, 인도-유럽어족의 언어들은 대략 7,000년 전 남유럽이나 중앙아시아에서 쓰였을 원형언어에서 발달했다고 한다. 사람과 침팬지가 600만 년 전 같은 조상에서 갈라져 나왔다는 주장을 생각하면 된다. 새로운 낱말이나 오래된 낱말의 변형은 어느 때나 모든 언어에 나타나며, 그것이 유용하다고 판단되면 신속하게 확산되곤 한다. 돌연변이를 떠올리면 된다. 언어 역시 지질학적 고립이 다양성을 일으킨다. 한 고지대에는 백여 개의 언어가 있다고 한다. 이 지역에 새로운 언어가 들어오면 토박이말과 '생존경쟁'을 벌이게 된다.

창조냐 진화를 놓고 '진영'이 나뉠 수는 있다. 그러나 유전공학의 출현으로 생명의 진화를 인간이 주도할 수 있게 되었다는 점을 놓고는 머리를 맞대고 함께 고민해야 한다. '자연선택'의 굴레에서 벗어날 인류의 앞날이 유토피아일 것인가, 디스토피아일 것인가. 우리의 참여와 비판이 그 미래를 결정할 것이다.

우리가 알아야 할 성에 대한 모든 것
래리 고닉의 『세상에서 가장 아름다운 SEX』

어느 조사 결과에 따르면, 10대 후반의 남성은 5분마다, 40대 남성은 30분마다 한 번씩 섹스를 생각한다고 한다. 겉으로는 꽤 도덕적인 척하는 나도 정말 그런지 '자기검열'을 해보았더니, 그 정도는 아니지만 최소한 끼니에 뭘 먹을까를 생각하는 것보다는 빈도가 높았다. 아, 오해하지는 말기를! 성적 몽상을 이야기하면서 '먹는' 행위에 대해 말한 것이 시중에 떠도는 음담패설을 염두에 두고 한 것은 아니니까. 어디까지나 만화책『세상에서 가장 아름다운 SEX』(크리스틴 디볼트 글, 래리 고닉 그림, 변영우 옮김, 궁리, 2000)에 섹스와 식사의 공통점과 차이점이 흥미롭게 비교되어 있어서 그렇게 표현해 보았을 뿐이다.

그럼, 기왕 말을 꺼낸 김에 지은이가 말한 둘 사이의 비슷한 점을 열거해 보면 이렇다. "종의 생존을 위해 꼭 필요하다, 기분이 좋다, 졸림을 유발한다, 너무 과도하면 아플 수도 있다, 병에 걸리게도 한다, 끝난 후에 가끔 담배를 피우기도 한다, 광고에 쓰는 이미지들을 제공한다, 플라스틱 덮개가 쓰일 수도 있다, 침대나 혹은 테이블 위에서도 할 수 있다." 그렇다면, 차이점은? 앞의 항목에 빗대어 추측해보길. 만약 당신이 10대 후반이라면, 어차피 5분 후에 자동으로 그것을 생각하게 되어 있으니 그때를 적극 활용하면 될 법하다.

아무리 개명천지한 세상이지만, 섹스를 거리낌없이 솔직하게 말하기란 어렵다. 체면을 중시하는 우리 사회는 그 정도가 더 심한 편인데, 이제야 겨우 "개방적이고 솔직한 것"이 낫다는 공감대가 형성되고 있다. 성문제 전문가와 만화가가 손잡고 펴낸 이 책은, 우리가 알아야 할 성에 대한 모든 것을 솔직히 까발리고 있다. 물론, 그렇다고 이 책을 보도 듣도 못한 체위에 대한 정보를 얻을 수 있는 『소녀경』류나, 읽거나 보면서 들끓는 욕망을 분출할 수 있게 도와주는 '도색잡지' 류로 보면 큰 오산이다, 라고 말하고 싶지만, 이 책에는 인심좋게 그런 욕구도 일정 부분 충족시켜주는 대목이 있다.

호기심만 왕성한 초보자 수준의 독자라면, 남녀 성기를 해부학적으로 설명하는 "아마추어들을 위한 성적 지침"에 눈길이 쏠릴 테고, 이런 유의 책을 보는 목적이 오직 잔기술을 터득하는 것뿐이라고 생각하는 준프로급 독자라면, "그 짓의 모든 것"이 조금 도움이 될 법하다. 그러나 이 책의 특장은 조급한 독자들을 위한 '실용적 목적'에 있지 않다. 이 만화의 첫 번째 매력은, '욕망의 섹스학'이라 이름 붙일 만한 과학적인 설명에 있다. 섹스를 하면 기분이 좋아진다. 그래서 우리는 누구나 그것을 좋아한다, 라고 생각하게 되는데, 엄밀하게 말하면 유전자가 자신을 보존하기 위해 성적 쾌감이라는 당근을 던져준 것에 불과할 뿐이란다.

두 번째 매력은 재치있게 성에 관한 것을 설명하는 수사학에 있다. 아무래도 교육목적이 강조된 만화책이다 보니 그림보다 말이 많을 수밖에 없다. 언뜻 지루할 것 같지만, 글쓴이의 말재주에 실없는 웃음으로 시간 가는 줄 모르게 된다. 예를 들자면 이렇다. 섹스를 "아무나 하고" 할 것인가, 아니면 "헌신적인 관계"에 있는 사람하고만 할 것인가는 전적으로 개인의 선택문제다. 글쓴이는 아무나 하고 하는 섹스의 장점으로 재미있고 자극적일 수 있으며 속박이 없는 걸 든다. 단점에는 "아주 중요한 순간에 파트너의 이름을 잊어버릴 수도 있다"는 게 들어 있다. 이만한 입담이라면 한 동안 인기를 누렸던 구성애 아줌마를 능가하고도 남는다.

바라건대 이 책은 끝까지 다 읽어볼 것. 자신의 행동에 책임져야 할 내용이 잘 나와 있다. 혹시 이 만화책을 그냥 들고 다니기가 낯부끄러울 것 같은 사람이라면, 서문을 먼저 볼 것. 책 껍데기를 만드는 방법이 소상히 나와 있다.

6

열정과
냉정 사이

차라리 만화로 읽자
고우영의 「삼국지」

어느 중문학자와 이야기를 나눈 적이 있다. 분위기가 무르익다 보니, 대화의 주제도 마냥 넓어져 본의 아니게 시비거는 말을 하고 말았다. 이름난 중국 고전문학은 소설가들이 앞다투어 우리말로 옮기더라, 정작 전공자들은 왜 '직무유기'를 하냐며 목소리를 높였다. 옥신각신하다 이야기는 만화가 고우영에 이르렀다. 그이는 고우영의 『삼국지』(애니북스, 2007)를 침 튀겨가며 상찬했다. 그 말끝에 우리 중문학계가 고우영에게 진 빚이 많고, 50년 안짝에 학위논문으로 '고우영론'이 나올 것이라 호언했다.

이때다 싶어 나섰다. 나 역시 고우영의 『삼국지』를 주변사람들에게 권한다. 이유는, 꽤 역설적인데, 나는 이 시대에도 여전히 『삼국지』를 읽어야 하는가에 무척 회의적이기 때문이다. 세상살이가 전쟁터 한가운데를 가로지르는 것과 다를 바 없는데, 굳이 권모와 술수가 넘쳐나고 살육과 탐욕으로 점철된 책을 필독서인 양 여겨야 하겠는가. 더욱이 이 책을 청소년들이 읽어보기를 권하는 사회분위기에 나는 강한 저항감을 느끼는 편이다. 더불어 살아가는 힘을 키워주고, 더 나은 세상을 만들기 위해 지적 고투를 벌였던 사람들의 책을 읽는 게 어울리지 않겠는가.

그런데 사회 분위기는 영 딴판이다. 마치 이른 나이에 『삼국지』를 읽지 않으면, 사표와 귀감을 얻지 못할 양 나부대는 데다, 논술에서도 좋은 성적을 거두지 못할 양 말하고 있다. 그래서 (자율적으로는) 안 읽어도 되는데 (타율에 따라) 굳이 읽어야 한다면, 시간 아깝게 (열 권이나 되지 않더냐) 소설로 보지 말고, 고우영의 만화책으로 읽으라고 한다. 더 재미있고 더 풍자적이고 더 신나고 (같은 열 권짜리더라도) 더 빨리 읽힌다는 말도 꼭 덧붙인다. 장광설을 인내심 있게 듣던 그 중문학자가 퉁명스럽게 대꾸했다. 고우영의 『삼국지』를 높이 평가하는 것은 그런 이유 때문이 아니라, 작품해석이 놀라울 정도로(그러니까 학문적 연구대상이 될 만큼) 독창적이어서란다.

이유가 어디 있든, 고우영의 역량이 『삼국지』에서만 확인되는 바는 아니다. 장구한 중국역사를 요령껏 극화한 『십팔사략』도 『삼국지』 못지않다. 그런데 내가 정작 고우영의 역사만화 가운데 제일로 높이 치는 것은 『열국지』다. 만화적 상상력이 탁월하게 펼쳐져 있어서다. 『삼국지』와 『십팔사략』은 고전을 만화로 '번안'하는 모험에 부담이 있었는지 작가가 더 과감하게 '궤도이탈' 하지 못하는 면이 있다. 그런데 『열국지』에 이르러 고우영은 사뭇 달라진다. 이런 걸 일러 물이 올랐다 해야 맞을 듯싶게, 자유자재에 천의무봉하며 청산유수다. 큰 줄거리는 원작을 따르더라도 배경이나 지문은 상당히 현대적인 것으로 만들어낸 것이다. 읽다 저절로 피식, 하고 웃음이 새어나오게 하는 힘이 여기에서 비롯된다.

그 중문학자에게 마저 못 한 말이 있다. 굳이 50년을 기다려야 할 이유가 어디 있느냐는 것이다. 그만한 공이 있으면 일찌감치 예를 갖추는 것이 도리 아니겠는가. 뜻있는 학자가 이 일을 얼른 해냈으면 하는 바람이다. 하나 더 있다. 중국 고전의 만화화를 고우영이 성공리에 해냈다면, 우리 고전을 수준 높은 만화로 만들어낼 일이 후배 만화가들에게 숙제로 남아 있는 셈이다. 바라건대, '김세영 글, 허영만 그림'으로 만화『삼국유사』나『삼국사기』를 볼 수 있으면 얼마나 좋을까 싶다.

"므네 므네 드켈 브라신"

토마스 다비트의 『그림 속 세상으로 뛰어든 화가 렘브란트』

오래 전부터 바로크미술에 관한 책을 읽어보려 했다. 이주헌이 『서양화 자신있게 보기 2』에서 "카라바조와 렘브란트의 빛이 현대 영화의 거장들에게 큰 영향을 미친 것도 바로크 회화와 영화가 얼마나 유사한 특질을 갖고 있는지 잘" 보여준다 했고, 진중권은 『놀이와 예술 그리고 상상력』에서 "중세인가, 포스트모던인가"라는 에코의 물음을 "마니에리스모인가, 포스트모던인가?"로 바꾼 바 있기에 그러했다.

하나, 타고난 게으름 탓에 마음먹었던 책읽기를 차일피일 미루다 『그림 속 세상으로 뛰어든 화가 렘브란트』(토마스 다비트, 노성두 옮김, 랜덤하우스코리아, 2006)를 보고 나서야 비로소 바로크미술에 대한 관심이 되살아났다. 렘브란트야말로 이른바 '프로테스탄트적 · 시민적 바로크'의 한 정점이지 않던가. 물론 이 책은 렘브란트의 미술사적 가치를 논하고 있지는 않다. 지은이가 〈벨사살 왕의 연회〉라는 작품 한 편을 놓고 수다스럽게 해설하면서 렘브란트의 삶과 그림세계, 그리고 사회 · 문화 배경을 다루는 식으로 구성되어 있다.

지은이는 먼저 성경 「다니엘」에 기록된 벨사살 왕의 사건에 대해 자세히 말한다. 그러고는 장을 달리해 4대째 방앗간을 운영

해온 집안에 재능 있는 화가가 태어난 사실에 당황했던 아버지 이야기를 늘어놓는다. 다행히 아버지는 렘브란트가 가는 길을 적극 지원했다. 이 같은 일화를 바탕으로 한 명의 천재화가가 탄생하는 과정을 복원하고 있다. 호사가들의 흥미를 끄는 대목도 여럿 있다. 렘브란트의 그림이 유독 크고 무거웠던 데는 그럴 만한 배경이 있었다. 벼락부자의 속물근성을 드러내는 꼴이었으니, "기름값이 적게 드는 소형차보다 커다란 리무진을 몰고 다니면서 우리집에는 이렇게 돈이 많고 사회적 지위도 어지간하다고 자랑해"듯 유명한 화가의 큰 그림을 선호했다고 한다. 렘브란트의 미술세계가 제국으로 성장하는 자본주의를 배경으로 하고 있음을 보여준다.

유명한 〈야경〉은 본디 제목이 아닌데다 어두운 밤길을 도는 민병순찰대를 그린 것도 아니었다고 한다. 그림을 보호하려고 니스칠을 해놓았는데 시간이 지나면서 색이 시커멓게 죽어 그림을 침침하게 만들어버렸다. 60년 전쯤에 니스칠을 벗겨내 색감이 되살아났는데도 사람들은 고정관념을 버리지 못하고 지금껏 이 그림을 〈야경〉이라 부르고 있단다. 렘브란트의 바로크적 특성을 설명하는 중요한 열쇳말도 찾을 수 있다. 렘브란트 시대의 화가들이 연극에 열광했다는 점이다. 바로크 미술이 빛과 어둠의 강렬한 대비를 통해 극적인 효과를 노렸다는 점이 뜻하는 바를 짧지만, 만족스럽게 설명하는 대목이다.

지은이는 〈벨사살 왕의 연회〉를 당시 네덜란드 사람들이 어떻게 이해했는가로 책을 마무리짓고 있다. 튤립 열풍으로 상징되는 탐욕의 끝간 데가 어디인가. 그러니까 "지칠 줄 모르는 욕심과, 하느님을 두려워하지 않는 오만이 어떤 끔찍한 결과를 초래하는지" 말해주고 있다고 여겼다. 어찌 이것이 17세기 네덜란드에만 해당하는 말이겠는가. 양극화 현상에 애써 눈감고 귀 가리는, 이기와 탐욕에 가득한 마음의 벽에 오늘 보이지 않는 손이 글자를 새기고 있다. "므네 므네 드켈 브라신"이라고. 번안하자면, "이 참혹한 시대가 끝장나리라" 정도가 되리라.

미학으로 풀어낸 포스트모더니즘
진중권의 『놀이와 예술 그리고 상상력』

역설적인 이야기지만, 글쓴이가 너무 명민하면 책읽는 재미가 반감되고 만다. 진중권의 『놀이와 예술 그리고 상상력』(휴머니스트, 2005)이 그런 경우다. 책을 읽다가, 앞에 나온 대목이 겹쳐 나오는 것을 눈치챘다. 처음에는 실수인가 했다가 거듭되자 무릎을 쳤다. 지은이가 지금 새로운 글쓰기 실험을 하고 있구나 싶었다. 말하자면 하이퍼링크식 글쓰기라 할 만한데, 책이라는 오래된 매체가 강요하는 형식에서 벗어나 인터넷 매체의 특징을 살려 글을 쓰고 있었다.

글쓴이의 숨은 의도를 읽어냈다며 좋아했는데, 책 말미에 이르니 아뿔싸, 지은이가 이 사실을 밝혀놓았다. 크로스워드 퍼즐을 닮은 비선형적 텍스트로, 미래의 글쓰기 형태가 될 거란다. 책읽는 즐거움을 '강탈' 당한 이야기를 하다보니, 나는 이 책이 주목할 만한 가치가 있다고 일찌감치 실토한 셈이 되고 말았다. 글쓴이가 명민하다고 말하는 것보다 더한 상찬이 어디 있겠는가. 물론 그것이 새로운 글쓰기를 실험했다는 이유에서만 비롯된 것은 아니다. 그 실험이 과연 성공했느냐는 별개의 문제다. 나는 이른바 비선형적 글쓰기가 안고 있는 한계도 이 책에서 확인했다. (설혹, 의도한 바라 하더라도) 흩어지기만 했지 모이지 않아서 정리되지 않는 측면도 있었다.

이 책의 또 다른 미덕은 놀이와 예술의 연관성을 다양한 사례를 들어 설득력 있게 설명한 데 있다. 과거에 상상은 한낱 허구였다. 그러나 오늘날의 상상력은 테크놀로지의 뒷받침을 받아 현실이 되고 있다. 오죽하면 상상력이 생산력이 되는 시대가 되었다고 말하겠는가. 그런데 익히 알다시피 상상은 놀이이고, 놀이는 어린아이의 세계이다. 결론격으로 "창조적 인간이 되고 싶은가? 그럼 성숙의 지혜를 가지고 어린 시절의 천진함으로 돌아가라"는 말이 나오게 된 배경이다.

책을 장식하고 있는 사례들은, 근대의 입장에서 보자면, 억압된 예술 갈래들이다. 포스트모던한 오늘에 이르러 이 갈래들은 '귀환'하고 있으며 그 가치를 재평가받고 있다. 왜상anamorphosis과 수수께끼 그림rebus이 대표적인 예가 될 성싶다. 진중권은 새로운 시대를 이해하는 열쇳말로 비선형, 순환성, 파편성, 중의성, 동감각, 형상문자, 단자론을 들고 있다. 일곱 개의 장으로 이루어진 책의 내용도 여기에 대응하고 있다. 그리하여 이 책은 미학이라는 프리즘으로 본 포스트모던 입문서 역할도 한다.

흔히 역사는 되풀이된다고 한다. 당연히 단순반복일 리는 없고, 구조적 동일성을 일컫는다. 중세인가 포스트모던인가, 라는 에코의 질문도 이런 문제의식에서 비롯되었다. 중세와 탈근대의 유사성에 착안한 것이다. 그런데 진중권은 에코를 넘어서고자 한다. 중세의 상상력이 지극히 주술적–신학적이었다는 점에서 오늘의 상상력과는 질적으로 다르다는 것이다. 오히려 과학적-환상적 상상력을 특징으로 한 마니에리스모-바로크 시대를 주목해야 한다고 주장한다.

못내 아쉬운 것도 있다. 포스트모던 시대의 특징을 지나치게 강조하면서, 이 시대는 불가피한 것이고 넘어서기 어렵다는 인상을 심어주는 측면이 있어서다. '어린이-되기'가 해결책으로 제시되어 있지만, 파괴력은 그리 강해 보이지 않는다. 지금 이 시대를 힘들게 살아가는 사람들에게는 탈근대적 미로가 상징하는 '영겁회귀'보다는 '탈주'가 더 강조되어야 하지 않을까 싶다.

화폭에 담긴 '긴장'을 읽다
이주헌의 「화가와 모델」

내 기억이 맞다면, 그 비디오의 제목은 「누드 모델」이었다. 내가 이 비디오를 빌려본 이유는, 역시 기억이 맞다면, 영화 상영시간을 맞추려고 원작을 너무 많이 잘라냈다는 기사와, 세계적인 명성을 얻은 감독의 작품답다는 평을 보았기 때문이다. 그러나 내가 그런 이유만으로 이 비디오를 보았을 리는 없다. 고작 책을 창 삼아 세상과 소통하려는 나 같은 사람은, 말하자면 관음증 환자에 불과하다. 책에 새겨진 다른 사람의 욕망을, 책장을 커튼 삼아 훔쳐보는 한낱 책벌레에게 「누드 모델」은 남몰래 보기 좋은 영화의 제목이 아니던가.

동기야 불순하기 짝이 없었지만, 나는 이 비디오를 보면서 예술적 충격에 휩싸였다. 내가 보기에 이 영화의 주제는, 제목이 연상시키는 에로티시즘이 아니라, '긴장'이었다. 그 긴장은 먼저 모델의 몸에서 나왔다. 그림으로 보기에 지극히 자연스런 몸짓은 사실 연출과 과장의 결과물이었다. 화가는 모델에게 극히 부자유스러운 모습을 요구해 자연스러움을 실현해냈다. 그것은 다른 말로 하면, 몸의 긴장을 요구한 것이었다. 근육과 피부가 느슨해서는 그런 몸짓을 만들어낼 수 없었다. 그것들이 꺾어지고, 부풀어지고, 내밀어질 때 비로소 화가가 원한 자태가 나타났다. 두 번째는 그림 그린 이와 모델 사이의 긴장이었다. 모델은 그 화가를 존경하는 젊은 화가의 아내였다. 굳이 벌거벗고 있어서가 아니라, 그림작업을 하면서 서로에 대해 감정적인 교류가 이루어지면서 묘한 긴장감이 돌았다. 가까워져서는 안 되지만, 이미 멀어질 수는 없는 사이가 되어버린 것이다. 마지막은, 이 두 사람과 모델의 남편이 자아내는 긴장이었다. 젊은 화가는 두 남녀의 감정교류를 용납할 수 없었다. 교란을 일으켜야 했지만, 혼란이 먼저 찾아왔다.

『화가와 모델』(이주헌, 예담, 2003)이라는 책이 눈에 뜨인 것은 이런 연유에서다. 영화하고야 다르겠지만, 이 책에도 분명 그때 확인했던 긴장이 담겨 있으리라 기대했다. 거기에다 글쓴이가 이주헌이지 않던가. 그의 글쓰기에 무게가 더해지는 것을 눈치채고 있던 마당에 나는 이 책을 읽지 않고서는 배길 수 없었다. 합해 25쌍에 이르는 화가와 모델 이야기를 다룬 이 책은, 크게 3부로 나누어졌는데, 첫 번째는 두 사람이 연인이거나 정부였던 사이고(정염의 거울에 그대를 비추다), 두 번째는 모델이 아내였던 경우이며(아내, 그 사랑의 이름으로), 세 번째는 이른바 기타로 분류할 수 있는 것들(영감의 씨줄, 동행의 날줄)이다. 내가 이 책을 읽어나간 관점은 오직 하나였다. 「누드 모델」을 보고 나서 기억에 남아 있던 긴장이라는 열쇳말이 그것이었다. 그러니 아무데나 펼치고 읽어도 되는 이 책을 내가 어떻게 읽어나갔을지 충분히 짐작할 수 있으리라.

모델이 아내라면 긴장과는 거리가 있게 마련이다. 거기에는 지극한 사랑이라 '번역'할 수 있을 떨림이 스며 있을 것이다. 기타

항목에 들어가는 것이야 말할 것이 없다. 거기에는 '사연'이 있을 뿐이다. 군이 쪽수에 맞춰 읽어나갔으니, 지은이나 편집자의 의도는 제대로 관철된 셈이다. 다들 책에 실릴 만큼 흥미로운 일화들을 품고 있지만, 역시 긴장이라는 색안경으로 보건대, 단연 '쿠르베-조안나'와 '밀레이-에피'가 흥미를 돋울 만한 내용으로 가득 차 있었다. 이 가운데 「누드 모델」과 가장 유사한 구도를 갖춘 쌍은 '쿠르베-조안나'이다. 삼각으로 이루어진 팽팽한 긴장이 뚜렷이 담겨 있다.

아일랜드 출신의 모델인 조안나는 본디 화가 휘슬러의 정부였다. 가난한 집안 출신으로 호구지책 삼아 화가의 정부가 된 조안나는 독특한 패션과 미모로 화단을 사로잡았다. "타고난 창녀같은 분위기"를 지녔다는 조안나가 일을 일으킨 것은 휘슬러가 여행을 떠났을 때다. 정확한 이유는 알려지지 않았지만, 천하의 바람둥이 쿠르베의 〈잠〉이란 작품에 모델을 섰던 것이다. 쿠르베는 휘슬러가 상당히 존경했던 미술계의 선배였으니만큼, 얼마든지 가능한 일인 데다 제목만 보면 이 일이 왜 스캔들이 되었는지 모를 듯하다. 그러나 〈잠〉이라는 작품을 보면 그런 생각은 순식간에 사라지고 만다. 그 그림은 레즈비언 커플이 벌거벗은 채로 뒤엉켜 누운 장면을 그렸다. 이 그림이 발표되고 나서 세 사람 사이는 파국을 맞이했다. 조안나와 휘슬러의 사이가 깨진 것은 물론이고, 절친했던 선후배였던 쿠르베와 휘슬러 역시 관계가 악화되었다. 삼각으로 이루어진 긴장은, 압력을 받은 유리병이 마침내 깨져버리듯, 파괴를 가져오는 법인 모양이다.

밀레이-에피 쌍은 본디 1부에 있을 법한 내용이나, 2부에 둥지를 틀었다. 이유야 어디 있든 간에 두 사람이 나중에는 부부 사이가 되었느니, 분류상으로 잘못된 것은 아니다. 독자들은 "나중에"라는 낱말에 주목할 것. 그 과정에 흥미로운 일이 없었다면, 이 지면에 소개할 리 없을 터이니 말이다. 대부분의 모델들이 내세울 것 없는 가난한 집안 출신인 것에 비해 에피는 달랐다. 법률가 집안에서 태어났고, 남편은 미술평론가인 러스킨이었다. 에피가 밀레이의 모델이 된 것은 러스킨과 밀레이의 동지애 덕이었다. 밀레이는 당시의 주류화단에 도전한 라파엘 전파 화가였다. 당연히 기성 화가들이 크게 반발했는데, 라파엘 전파를 편들어 감싸준 이가 바로 러스킨이었다. 두 사람이 의기투합했을 것은 두말할 나위가 없다. 급기야 여행을 함께 하게 되었는데, 여기서 밀레이가 에피에게 모델을 서달라고 요청했다. 사단은 여기에서 났다. 모델을 자주 서주다 보니 두 사람 사이는 상당히 가까워졌고, 결코 발설해서는 안 되는 말을 에피가 내뱉고 말았다.

누설된 천기는 어이없기도 하고 재미있기도 하다. 러스킨은 결혼한 지 6년이 다 되도록 아내와 육체 관계를 단 한 차례도 맺지 않았다. 자신이 아이를 싫어하는 데다 임신으로 아내의 건강이 나빠질까봐 그렇다고 변명했으나, 진짜 이유는 다른 데 있었다. 러스킨은 관계를 맺으려고 아내가 옷을 벗을 때 그녀의 체모를 보게 될까 두려워했다. 상식적으로는 이해가 안 가는데, 예술적으로는 나름의 이유가 있었다. 자신이 입에 침이 마르도록 찬양해온 그리스·로마의 조각에는 체모가 없다는 것이다. 그런데 그토록 아름다운 아내에게 체모가 있다면, 자신은 크게 실망할 것이 뻔하다는 논리다. 별 미친놈 다 있네, 하고 할 만한데, 정말 러스킨은 심각한 성심리 장애가 있었다는 게 지은이의 설명이다. 이후 사건이 어떻게 종결되었는지 궁금할 할터인데, 밀레이와 에피가 40년 동안 해로하며 4남 4녀를 두었다는 사실을 밝히는 것으로 대신한다.

이 책이 관음증에 걸린 나 같은 사람의 입맛에 맞는 내용으로만 채워진 것은 아니다. 불륜 이야기에 눈길이 먼저 가는 게 인지상정일지 모르나, 이 책에 소개된 순애보는 읽는 이의 마음에 감동의 파문을 불러일으킨다. 어느 한 주제에 편중되지 않고 두루 소개한다. 나는 평소 이주헌이 문학을 전공했다면 시를 잘 읽는 평론가가 됐을 것이라 생각했다. 이 책에도 이주헌의 이런 특기는 잘 살아 있으니, 한 편의 그림을 치밀하게 읽어내는 글솜씨가 여전하다.

오래 전 보았던 한 편의 비디오가 한 권의 책을 읽게 했으니, 세상은 참으로 알 수 없는 질긴, 인연의 끈으로 이어져 있는 모양이다.

아, 박흥용
박흥용의 『호두나무 왼쪽길로』

　'아, 박흥용'이라고 첫구절을 쓰면 독자들이 당황할지도 모른다. 그이가 누구인지를 알아서 그럴 수도 있고 몰라서일 수도 있다. 모르면 그만이지만, 알고 있는 이라면, 너무 과장이 아니냐며 손사래를 칠 수도 있다. 만화에 대한, 오래된 편견이 있다면, 얼마든지 예상이 가능한 반응이다. 누구나 인정하겠지만, 책읽기의 시작은 만화였다. 아니라고? 그렇다면 당신은 책을 꽤나 나이들어 읽은 축에 든다. 우리는 대부분 거기서 시작해 창대해졌다. 그런데 점잔뺄 만한 나이가 되자 만화를 멀리하고, 자식들이 만화 보는 것마저 탐탁치 않게 여긴다. 어렸을 적에 잠깐 보고 가는, 독서의 정류장 정도로만 여기는 것이다.

　나도 그랬다. 중학생이 되고부터는 만화방에 들른 적도 없고, 수업시간에 여전히 만화 보는 아이들을 측은히 여겼다. 그러던 내가 대학 나오고 머리 굵어 가면서 만화를 재평가하고, 그 세계에 흠뻑 빠진 적이 있었다고 하면, 믿을 수 있겠는가. 내가 다시 만화의 바다에 빠지게 된 것은 저 1980년대 후반 혜성처럼 나타났던 박흥용과 이희재 때문이었다. 그 시절 박흥용과 이희재에 매료되었던 경험이 있는 이라면, 내가 이 글의 첫문장을 '아, 박흥용'이라고 쓰고 싶었던 이유를 알 수 있으리라.

박홍용의 단편만화는 달랐다. 일단 화면 구성이 실험 영화를 떠올릴 정도로 파격이었다. 구성도 상당히 치밀했으며, 주제는 문학적 완성도를 갖추고 있었다. 사실, 이 정도면, 만화가에게는 극찬일 것이다. 그런데 나는 당시 이 극찬을 서슴없이 내뱉고 다녔다. 아쉬움이 있다면, 먹고사는 일로 바빠 박홍용 만화의 변천사를 더 추적하지 못했다는 점이었다. 그런데 마침 이번에 장편만화가 나와 그의 이력을 살펴볼 수 있는 기회가 마련되었으니, 이 어찌 아니 기쁘겠는가. 보아하니, 참으로 만화도 많이 그리고 상도 많이 받았다. 물론 만화공장 수준에 비하면 양적으로 훨씬 떨어지겠지만, 작가정신을 생명으로 삼는 박홍용 만화의 특징을 보건대, 그동안 부지런히 그렸던 것 같다.

워낙 박홍용의 단편만화를 즐겨 보아온 터라, 장편만화인 『호두나무 왼쪽길로』(황매, 2003)는 과거와 같은 충격이나 긴장은 주지 않았다. 그러나 우리 장편만화가 이 정도의 수준을 확보하기란 결코 쉽지 않으리라는 생각을 떨치지 못했다. 제목부터 지극히 상징적이다. 호두나무는 주인공 상복에게는 결코 넘어설 수 없는 경계선이었다. 호두나무가 경계가 된 것은 어머니가 되돌아올 거라는 믿음 때문이었다. 벗어날 수 없으며, 벗어나지 않아도 되는 곳. 그곳은 삶의 분화가 이루어지지 않은 원형 공간이다. 박홍용은 만화라는 장르가 소설과 얼마나 가까운지를 보여준다. 정말, 박홍용이 아니라면, 우리 만화가 성취하기 어려운 일이 아닐 수 없다. 그럼 왼쪽길은? 그 길은, 처음 가는 길이다. 간절함이나 패기가 없다면 결코 접어들 수 없는 길, 그것을 박홍용은 "미지에 대한 기대"라고 말했다.

본디 작가는 유목인이다. 한곳에 머물지 않고 끊임없이 새로운 곳을 향해 움직여야 한다. 뿌리내리는 자에게 예술혼은 깃들지 않는다. 그래서이리라. 박홍용은 늘 여행 중이다. 상복은 나이 스물에 호두나무를 불태우고 4번국도를 따라 남행南行한다. 누군가의 회귀본능적 여행을 뒤쫓는 형식인데, 그 뼈대에 여행지의 문화와 역사가 묻어 있다. 그것을 굳이 발라내지 않고 통째로 읽는 맛이 여간 아니다.

옛 틀에 기대 오늘을 말하다

앤드류 블레이크의 『해리포터, 청바지를 입은 마법사』

너무 길었다. 나중에 계산해보니 160분이나 되었다. 중반을 넘어서부터는 지루했다. 형만한 아우 없다더니, 역시 속편은 전편보다 못하다는 통설이 맞다는 생각이 들었다. 박진감이나 환상성도 확실히 떨어졌다. 곁눈질로 아이의 반응을 보았더니, 예상과 달랐다. 전혀 짜증을 내지 않고 흥미롭게 지켜보고 있었다. 평소의 행동으로 보건대, 재미없으면 자리를 박차고 일어날 터인데 그런 기미가 보이지 않았다. 어쩌랴, 어차피 아이를 위해 보러온 영화가 아니던가. 다시 눈길을 돌려 영화를 보았다. 집으로 돌아오는 길에 지난번보다 재미없다는 투로 말해보았다. 아이의 반응은 단호했다. 아니라는 것이다. 전편에 이어 역시 뛰어났다는 논조다. 더 이상 악평을 할 이유가 없었다. 어차피 아비된 도리로 치러야 했던 '의무방어'였던 만큼, 아이가 흡족했다면 만사가 잘된 일이었으니 말이다. 이 정도면 어떤 영화를 말하는지 눈치챘으리라. 아이가 책으로 이미 '위편삼절'의 경지를 이룬 '해리포터 시리즈'를 이야기한 것이다.

참으로 놀라운 일이다. 이마에 번개표시가 나 있는 아이가 전세계 사람들을 사로잡고 있다. 아무리 세계화시대라고 하지만, 엄연한 문화 장벽을 넘어서 그토록 많은 사람들이 '해리포터'에

환호하는 것은 특기할 만한 현상이다. 물론 그 이유를 손쉽게 말할 수 있는 모범답안은 준비되어 있다. 홍보와 광고 덕이라고 하면 된다. 이런 설명이 모범답안인 만큼 전혀 근거가 없는 것은 아니나, 그렇다고 전적으로 맞는 분석이냐 하면 그건 아니다. 광고와 홍보에 천문학적인 돈을 쏟아부은 블록버스터들이 늘 성공하는 것이 아니라는 예에서 볼 수 있듯, 그것은 단지 성공의 충분조건에 불과할 뿐이다. 그런데 개 눈에는 똥만 보인다더니, 왜 지금 전 세계인이 '해리포터'에 열광하는가를 입체적으로 분석한 한 권의 책을 발견했다. 영국의 문화평론가 앤드류 블레이크가 쓴 『해리포터, 청바지를 입은 마법사』(이택광 옮김, 이후, 2002)가 바로 그것이다.

이 책의 장점은 명쾌하다는 데 있다. 지은이가 보기에 '해리포터'의 성공은, 과대광고 덕이 아니라 대중들의 문화적 성감대를 정확하게 건드린 데 있다. 그것을 일러 지은이는 '역혁명逆革命'이라 칭한다. 낯선 용어인 만큼 여기에는 장황한 설명이 필요하다. 역혁명이라는 단어가 인구에 회자한 것은, 1990년대 중반 파리모터쇼에 고급차 XJ시리즈 최신형이 선보인 다음부터다. 이 차는 1960년대풍의 재규어 형상을 뽐냈고, 전통적 외관의 가죽과 목재 실내장식을 갖추었다. 말하자면 복고풍의 디자인이었던 셈인데, 당연한 일이지만 기술적인 면에서는 첨단제품을 장착했다. 최신형의 엔진과 트랜스미션을 달았고, 브레이크 시스템과 사전조임좌석벨트, 그리고 에어백 같은 안전장치가 내장되어 있었다. 관람객들의 폭발적인 반응을 얻어낸 이 옛것과 새것이 공존하는 디자인을 가리켜, 말 만들기 좋아하는 사람들이, 역혁명이라 불렀다. 이후로 역혁명은 새로운 것이 오래된 것으로 포장된 것을 가리킬 적에 쓰이는 말이 되었다(그런 점에서 책 제목은 역설이다. 마법사라는 옛것이 청바지라는 새것을 입고 있으니까).

지은이의 평가대로 '해리포터'는 "의도적으로 역혁명을 추구한 창조물"이다. 과거의 문학형식과 현재의 관심사가 공존하고 있어서다. '해리포터'가 빌려온 옛것에는, 마법이라는 중세적 분위기만이 아니라 이야기 형식도 있다. 전래민담으로는 신데렐라 이야기와 젊은 아서 왕에 관한 중세전설에 크게 빚지고 있고, 기숙사 학교 이야기와 친구들의 모험담도 차용했다. 그런데 이런 오래된 거푸집을 통해 해리포터는 "오늘날 유년기, 성년기, 가족, 교육과 공부의 관계, 선과 악, 그리고 개인과 집단의 책임"을 말한다. 역혁명이 단지 문화 현상만이 아니라 정치 사건이기도 했다는 점을 밝힌 대목은 이 책의 압권이다. 1997년은 영국사에 역혁명의 해로 기록될 것이다. '해리포터' 출간과 블레어의 집권이 같은 해 일어났기 때문이다. 이 책에서는 노동당 정권이 문화산업의 육성을 통해 경제부흥을 꾀한 정책을 소상히 밝혔는데, 신지식인을 내세운 DJ노믹스와 상당히 비슷한 점이 많아 흥미롭다.

이제 남은 문제는 왜 디지털 시대에 역혁명이라는 마법이 전세계를 사로잡았는가 하는 점이다. 이 책의 한계는 이 문제를 집요하게 물고 늘어지지 않았다는 점이다. 그렇다고 귀담아들을 만한 분석이 없는 것은 아니다. 역혁명 현상은 신자유주의적 망령에 사로잡힌 세계가 권력과 부를 불평등하게 분배하는 현실과 관련을 맺고 있다. 자신의 힘을 박탈당한 자들이(당신은 아니라고? 무슨 소리. 지은이가 냉소적으로 지적했듯 그것은 거의 우리 모두를 가리킨다) 세계를 통제할 수 있는 수단을 영성의 형식에서 찾는다는 것이다. "현재를 견디기 위해 과거의 삶을 살고 있는 것"이다.

'해리포터'가 널리 읽히고 영화를 많이 보면서 만면에 웃음을 띄울 사람들이 많다. 미다스의 손이 된 작가를 비롯해 출판계와 영화계 인사들이 여기에 해당할 것이다. 물론 읽고 보는 이들도 즐겁고 행복할 것이다. 그러나 정작 왜 많이 읽고 보는지를 분석한 이 책을 덮고 나서는 우울해지지 않을 수 없다. 지금 이곳이 우리가 살 만한 세계라면, 우리는 '해리포터'에 환호하지 않았을 것이다. 기존의 질서가 무너진 새로운 세계로 탈출하고 싶다는 욕망이 우리를 해리포터로 이끌고 있다. 하지만, 그것이 위안은 될지언정 해결책은 아니지 않던가. '해리포터'는 우리에게 무거운 숙제를 안겨준다. 제1권의 원제에 기대어 표현한다면, 마법을 현실로 바꿀 현자의 돌을 찾아야 한다. 그것은 아마도 신자유주의라는 망령에 맞서 싸우는 각성된 시민들의 연대에서 가능할 것이다. 그렇다면 이런 식의 표현이 가능하지 않을까. '해리포터'에 열광하는 자들이여, 이제 빗자루에서 내려와 광장으로 모여라. 그때 비로소 우리는 더 이상 해리포터를 읽지 않아도 되리라.

7

희망을
읽고 쓰다

책의 자궁에 관한 추억
실비아 비치의 『셰익스피어&컴퍼니』와 헬렌 한프의 『채링크로스 84번지』

책벌레들에게는 사연이 많다. 책 구하고, 읽고, 그 즐거움 나누는 과정에서 숱한 이야깃거리가 태어난다. 서점에 얽힌 이야기는 의당 주메뉴다. 책의 자궁에 관한 추억을 빼놓고 어찌 책에 관한 이야기를 나눌 수 있겠는가.

실비아 비치는 목사의 딸로 프랑스 현대문학에 관심이 많았다. 아버지가 파리로 가 유학생들을 대상으로 목회를 하게 돼 프랑스와 직접적인 인연을 맺었다. 귀국했다가 프랑스로 돌아와 문학을 깊이 있게 공부하려 했다. 그러다 파리에 미국문학 전문서점을 차렸다. 이름하여 '셰익스피어 & 컴퍼니.' 애초에는 새책을 파는 서점으로 꾸려나가려 했지만, 환율 문제 같은 사정이 있어 도서 대여점으로 출발했다.

개점한 다음 두 번째 손님이 그 유명한 앙드레 지드였다니, 프랑스 지식인 사회에 이 서점이 끼친 영향을 짐작하고도 남는다. 프랑스로 관광 오거나 실질적으로 망명한 작가들도 단골손님이었다. 영국에서는 에즈라 파운드가 찾아오고, 미국에서는 헤밍웨이가 들렀다. 특별히 헤밍웨이와 얽힌 일화는 흥미롭기 짝이 없다. 헤밍웨이가 보기에 비치는 전형적인 문학소녀였던 모양이다. 자기가 고등학교 졸업하기 전에 아버지가 총 한 자루만 유산으로 남긴 채 돌아가셨고, 졸지에 가장 노릇하느라 권투시합 나가서 돈 벌기도 했고 신문팔이도 했고 캐나다 군대에 입대하기 위해 나이를 속였다고 말했다. 이 일화가 소개된 『셰익스피어 & 컴퍼니』(실비아 비치, 박중서 옮김, 뜨인돌, 2007)를 보면, 공식적인 약력에 앞의 내용이 들어가 있지 않다며 자기만 아는 은밀한 이야기인 양 되어 있다. 그러나 책의 각주에 보면 이 모든 것은 허풍이었다. 부친은 외과의사였는 데다 헤밍웨이가 기자 겸 작가로 활동하던 29세때 자살했다. 당연히 권투시합 운운한 대목 이하는 다 꾸며낸 말이다.

이 책은 어느 면에서는 문단이면사의 성격도 띠고 있다. 셰익스피어 & 컴퍼니가 제임스 조이스의 『율리시즈』를 출판한 덕이다. 두 사람이 만난 것은 서점이 문을 연 1920년. 조이스가 『율리시즈』를 영국의 〈에고이스트〉에 연재했는데 선정성을 이유로 항의를 받게 되자 미국의 〈리틀 리뷰〉로 옮겨 연재했다. 그러나 이 잡지도 압수되는 수모를 겪다 폐간되고 말았다. 조이스는 결국 자신의 책을 출간할 수 없으리라 낙담하였는데, 비치가 출판하겠다고 나섰던 것이다. 이 일이 계기가 되어 조이스에 관해 알려지지 않은 이야기를 기록할 수 있었다.

『채링크로스 84번지』(헬렌 한프, 이민아 옮김, 궁리, 2004)는 미국 작가와 영국의 고서점 직원 사이에 오고간 편지를 모아놓은 책이다. 헌책을 집어들면 저절로 펼쳐지는 대목이 있다. 전 주인이 즐겨 읽던 곳인데, 마침 펼쳐진 곳에 "나는 새책 읽는 것이 싫다"라는 구절이 적혀 있었다. 헬렌 한프는 그때 이렇게 외쳤다 한다. "동지!"라고. 책의 품격은 내용에서만 비롯되지 않는다. 그것을 감싸고 있는 물질적 속성도 중요한 역할을 한다. 예술적 가치가 높은 오래된 책을 만지는 손길은 사랑하는 연인의 몸을 애무하는 것과 다를 바 없으니, "함부로 만지지도 못하겠"노라 할 수밖에!

이제 책벌레들의 수다에서 서점항목은 사라질지도 모른다. 인터넷서점이 맹위를 떨치고, 대형서점만 남는 것이 현실이니 말이다. 하긴, 더 큰 문제는 책을 멀리하는 사회분위기다. 청소년들마저 영어 몰입교육을 받아야 한다면 도대체 책은 언제 읽으란 말일까. 답답하기만 하다.

읽기와 듣기의 힘

다치바나 다카시 외 『읽기의 힘, 듣기의 힘』

한동안 책읽기에 관한 사회적 관심이 늘어나면서 독서관련 책
자들이 다양하게 나온 적이 있다. 이때 나온 책 가운데 널리 읽힌
책이 바로 다치바나 다카시의 것이다. 다독하는 데다 다작까지
하는 인물이라 그의 독서론이 큰 반향을 불러왔다. 그러고 나서
는 이렇다 할 책들이 나오지 않았는데, 이번에 다치바나를 포함
해 세 명의 일본인 지식인들이 듣기와 읽기를 주제로 쓰고 말한
『읽기의 힘, 듣기의 힘』(다치바나 다카시 외, 이언숙 옮김, 열대림,
2007)이라는 책이 번역되어 나왔다.

다치바나야 별도로 설명할 필요가 없을 정도로 유명해 소개를
생략하나, 나머지 두 인물도 일본에서는 잘 나가는 인물이다. 가
와이 하야오는 국내에도 저서가 번역된, 유명한 심리학자다. 다
니키와 순타로는 시인이면서 그림책 작가로 활약했다. 이 책은
가와이와 다치바나가 읽기와 듣기를 주제로 강연하고, 다니키와
의 시가 실려 있는 앞부분과, 세 사람의 공개 대담을 글로 옮긴
뒷부분으로 꾸며져 있다. 개인적으로는 앞부분에서는 그리 인상
적인 대목을 만나지 못했지만, 뒷부분에서는 참고할 만한 게 많
았다.

세 사람의 대담을 읽다보면, 역시 다치바나라는 생각이 든다.

책 읽는 태도며 책 읽는 목적이나 방법, 인터넷 같은 변화된 환경에 대한 이해에서 다른 두 사람을 압도한다. 다니키와가 책 보관하는 것의 어려움을 토로하면서 다치바나의 심정을 묻자 다음처럼 말한다.

"저는 이 나이가 될 때까지 일생 동안 책 둘 곳을 마련하기 위해 살아온 듯한, 책 둘 곳을 유지하기 위해 참으로 열심히 일해 온 듯한, 그런 인생이 아니었나 하는 생각마저 듭니다."

진정한 책벌레만이 할 수 있는 답변이다. 속독에 대한 물음에도 인상적인 말을 한다. 무조건 빨리 읽는 것은 아니란다. 때로는 다른 사람보다 훨씬 천천히 읽을 적도 있다. 빨리 읽을 때는 "그 책이 어떤 책인지 맛을 보는 경우"다. 빨리 읽어도 머리에 들어오냐는 물음에는 인간의 뇌만큼 잠재력이 뛰어난 기관도 없다며 집중적으로 보면 반드시 남는다고 답한다.

요즘 우리 출판계는 실용서나 처세서가 상당히 잘 팔린다. 지금 당장 실제적인 효과를 주는 책을 주로 읽어본다는 뜻이다. 실생활과 관련된 책을 읽는 경우가 있냐는 질문에 시사하는 바가 많은 답을 한다.

"거의 없습니다. 머릿속 세계에서 갖가지 의문이 생기는데, 그 의문을 해결하기 위해 책을 찾아 읽습니다. 이것을 실생활의 일부로 포함시킨다면 실생활과 관련한 독서가 되겠지만요.

그러나 제가 주로 관심을 갖는 부분은 매우 특수한 문제이거나 역으로 매우 일반적인 문제이고, 이를 철학적으로 다시 한 번 파악해 보고자 책을 읽습니다."

가와이는 직업상 독특한 독서체험을 하고 있다고 실토한다. 상담하러 오는 사람들이 자신을 일러 "다자이 오사무의 『인간실격』에 나오는 주인공 같다" 말하는 경우가 있다는데, 이럴 때는 반드시 그 책을 읽어야 한다는 것이다. 최근에는 무라카미 하루키의 작품 주인공 같다고 말하는 사람들이 늘어나 그의 작품을 탐독하고 있다고 한다.

책을 멀리하는 사람들에게 하고 싶은 말을 책의 앞부분에서 다치바나가 해주고 있다.

"지금은 돈보다 시간이 부족해 고민이다. 지금 급속하게 줄어들고 있는 것은 매일매일의 독서시간뿐만이 아니라 내 인생의 남은 시간이다."

남은 인생을 헛되이 보내지 않고 참된 것을 얻으려면, 역시 책 읽기밖에 없으렷다.

사랑과 믿음으로 세운 도서관
박영숙의 『내 아이가 책을 읽는다』

이즈음 나를 사로잡는 낱말이 있으니, '직업'이 바로 그것이다. 청년실업문제가 심각하다는 사회적 관심사에 내가 유달리 민감하게 반응해서 그런 것은 아니다. 내가 눈여겨보는 것은 접두어로서 직업이다. 그러니까 '직업으로서' 교사, '직업으로서' 사서, '직업으로서' 편집자 따위가 그런 것들이다. 누구나 자신이 하는 일에 전문성을 확보해야 한다. 그리고 그것이 일시적이지 않고 지속되려면 정당한 대가를 받아야 마땅하다. 그런 점에서 하고 싶은 일을 하고, 그 일에 최선을 다하고, 프로로서 대접받는 것만큼 좋은 것은 없다. 이를 다 아우르면 직업으로서 무엇인가를 해야 한다는 말이 된다.

그런데 이상한 일이 있다. 직업으로서 무언가를 해야 한다는 말에 동의하면서도 직업으로만 그 일을 대하는 사람에게서 별 감동을 받지 못하고 있다. 내가 만나는 교사들은 기본적으로 직업으로서 그 일을 하고 있다. 그런데 문제는 직업으로서 교사를 하는 사람한테서는 향기가 나지 않는다는 것이다. 내가 만나는 사서들은 대체로 도서관에서 근무하니, 직업인이다. 그런데 정작 직업으로서 사서직을 수행하는 사람한테서는 관료적인 분위기가 물씬 풍긴다. 내가 자주 부딪치는 편집자들 가운데는 연봉이 무척 높은 이도 있다. 그런데 묘한 일이다. 시장논리로 출판을 말하는 사람한테서는 전혀 감동을 받을 수 없다.

누구 못지않게 전문성을 확보하고 있으면서도 오로지 직업으로서만 그 일을 하지 않는 사람을 만나기란 쉽지 않다. 세상이 돈에 미쳐 돌아가는데, 정당한 대가를 염두에 두지 않고 혼신의 힘을 기울여 일한다는 것은 놀라운 일이다. 그런데 세상 살맛나게 하는 사람들은 꼭 있게 마련이다. 직업으로서가 아니라, 운동으로서 그 일을 하고 있는 사람들이 있으니 말이다. 내가 만난 사람 가운데도 그런 사람이 있다. 느티나무어린이도서관의 박영숙 관장이다.

내가 박 관장에 관한 이야기를 들은 것은 몇 해가 넘었다. 도서관협회의 이영훈 부장이 기회 있을 적마다 박 관장에 대해 말해 주었다. 그러다가 이 도서관에서 연 한 강좌에 강사로 갔다 그 유명짜한 박 관장을 직접 만날 수 있었다. 느낌에 전형적인 외유내강형 인물이라는 판단이 들었다. 일말의 불안감은 너무 원칙에 충실하려 집착하지 않을까 하는 점과, 다른 곳에 비해 경제적 여유가 있어 보인 것이었다. 그리고 지역운동에만 갇혀 더 넓은 차원에서 도서관운동을 확산하는 데 한계가 있지 않을까 싶었다. 어디까지나 '첫인상'이 그랬다는 것이다.

그때 박 관장이 글을 쓰고 있고 번역도 한다는 말을 들었는데, 마침내 『내 아이가 책을 읽는다』(알마, 2006)를 펴냈다. 이 책을 읽으며 내내 들었던 생각도 바로 '직업'이라는 낱말이었다. 왜 내가 이용하는 도서관에서는 이런 사람을 발견하기가 어려운 것일까. 왜 내가 만나는 사서들에서는 이런 열정을 느끼기가 어려운 것일까. 물론, 다 그렇다는 말은 아니다. 직업으로서 도서관에 근무하는 사람들 가운데 박 관장 못지않은 사람이 있다. 이름을 대라면 얼마든지 들 수 있을 정도다. 그러나 대체적인 분위기가 그렇지 못하다는 것이다. 책을 읽다보면 박 관장한테는 측은지심과 믿음이 깊이 배어 있다는 느낌이 강하게 든다. 저 어린것들이 아무런 문화시설 없는 곳에서 자라게 할 수 없다는 생각과, 아이들에게는 기회만 마련해주면 스스로 자라날 수 있다는 생각이 그것이다. 그런 영혼을 가진 사람이니 도서관운동을 할 수밖에.

직업으로 어떤 일을 한다는 게 흠이 될 리 없다. 직업집단이 운동가들한테 늘 빚진 의식을 가져야 할 리 없다. 제도 안에서 해야 풀릴 일이 있고, 밖에서 애 써야 비로소 물꼬가 트이는 일도 있다. 안과 밖이 벽을 사이에 두고 갈려야 할 이유가 없다. 안에서 밖으로 손을 내밀고, 밖에서 안에 힘을 불어넣어야 한다. 그런데 물어보자. 직업으로서 도서관에 몸담고 있는 이들이, 운동으로서 도서관을 맡고 있는 사람들만큼 열정이 있는지. 그만큼 지역주민과 더불어 성장하고자 하는 의지가 있는지. 자기 희생을 감수하면서라도 도서관의 가치를 지키고 있는지. 믿노니, 있을 것이다. 그것도 많이. 그러나 박 관장의 책을 읽으며 한번쯤 성찰의 시간을 보내는 것도 나쁘지는 않으리라. 그리하여 다시, 책과 도서관과 시민을 사랑하는 마음이 샘솟는다면 얼마나 행복한 일이겠는가. 그리하여 도서관이 우리 사회에 넉넉한 쉼터를 주는 문화공간으로 성장한다면 얼마나 기쁜 일이겠는가.

우리 교육의 마지막 희망

백화현 외 『학교도서관에서 책읽기』

한 교사가, 지금은 번듯한 아파트단지가 들어섰지만, 그때만해도 달동네였던 곳에 자리잡은 중학교에 부임했다. 얼마나 열악한 지역인지는 귀가 따갑도록 들어온 데다, 아이들을 사랑하는 교사인지라 외려 한번 잘 해보고 싶다는 뜻을 굳게 세웠다. 그런데 그 야무진 꿈은 첫날부터 도전을 받았다. 학급평균이 63점이었고, 학부모들은 대체로 건축 일용직에 종사하고 있었다. 부모들의 경제수준이 아이들의 학업성취도를 좌우하는 현실을 확인했다. 순간, 맥이 풀리는 듯했다. 그러다 그 교사는 스스로를 책망했다. 그런 형편의 아이들일수록 더 따뜻하게 보살피고 위로해주는 것이 교사의 사명이라 여겨서였다.

두 번째 충격의 해일은 사명감이라는 방파제를 훌쩍 넘어섰다. 아이들에게 지금껏 걸어온 길이나 꿈 이야기 따위를 글로 써보라고 했다. 너무 길면, 부담스러워할 것 같아 한 쪽이나 한 쪽 반만 쓰라고 했다. 그런데 아이들은 반쪽도 채 메우지 못했을 뿐만 아니라, 내용마저 상투적이거나 형식적이어서 실망스럽기 짝이 없었다. "꿈도 없고 아는 것도 없고 생각할 줄도 모르면 어떡한단 말인가! 대체 이 아이들을 어찌해야 하는 것일까." 아이들을 사랑한 만큼 고민과 갈등도 컸을 법하다. 무엇을 어떻게 해야 하는지,

어렵사리 찾아낸 방법이 정말 도움이 될는지, 자신이 그것을 꿋꿋이 실천에 옮길 수 있을지 의문이 들었다.

『학교도서관에서 책읽기』(백화현 외, 우리교육, 2005)는 한 교사가 교육현장에서 온몸으로 겪은 문제상황과 이를 돌파하기 위한 교육자적 열정이 빚어낸 책이다. 아이들이 당장 한 쪽짜리 글도 제대로 쓰지 못하는 것은 생각하는 힘이 턱없이 부족했기 때문이다. 그리고 생각하는 힘이 모자란 것은 꾸준히 책을 읽지 않아서 그러했다. 더욱이 책읽기는 사람을 성장시키고, 자신과 세상을 새롭게 발견하게 하며, 스스로 성찰하게 하면서 기쁨과 위안, 그리고 휴식을 주지 않던가. 그렇다면 길은 오직 하나뿐이다. 학교도서관을 활성화하고 학생들의 독서능력을 키울 수 있는, 그러니까 "체계적이고 지속가능한" 독서수업 프로그램을 만들어 실천하는 것뿐이다.

이 책이 소개한 독서프로그램은 6단계 36차시로 짜여 있다. 읽고 싶은 마음 다잡기, 중심생각 끌어내기, 질문하며 생각 키우기, 분석하며 책읽기, 비판하며 책읽기, 작품 재창조하기 순으로 되어 있다. 각 프로그램별로는 수업목표와 수업전개, 그리고 활용자료와 학생들의 작품을 두루 실었다. 문제의식을 공유하는 교사가 융통성을 발휘하면 국어시간이나 재량수업시간에 당장 활용할 수 있게 꾸민 것이다. 각별히 한 교사가 제안한 독서프로그램을 여러 교사들이 직접 수업시간에 적용해보고 문제점을 다듬은 결과를 모아놓은 것이라 완결성과 현장성이 돋보인다.

독서인증제나 이력철 문제가 불거져 나올 적마다 안타까웠다.

반대 목소리가 높은데도 강제적 형태의 독서를 강행하겠다는 처지도 잘못되었으나, 대안을 오로지 문화운동 논리로만 제시하는 쪽도 문제가 있다고 보아서다. 청소년에게 독서동기를 불러일으키고, 책을 제대로 이해하게 이끌려면 학교가 도대체 무엇을 할 수 있는지 고민해야 한다. 이 책은 바로 그 요구에 대한 현장의 답변이다. 갈 길이 멀고 어려움도 많겠지만, 믿건대, 이것만이 입시라는 유령에 사로잡힌 우리 교육을 바로 세울 수 있는 마지막 희망이다.

"권위를 의심하라"
데릭 젠슨의 『네 멋대로 써라』

팔자에 없는 글쓰기 강좌를 맡아 몇 년 전 봄부터 곤욕을 치르고 있다. 아무리 새로운 세대가 영상문화에 익숙하더라도 읽고 생각하고 쓰는 일에 그토록 저항감이 클 줄은 미처 몰랐다. 마침내 강의실이 아수라장이 되어버려 수업을 진행할 의지를 잃은 적이 한두 번이 아니었다. 당연한 말이지만, 학생 탓만 할 수는 없다. 좀더 세련되고 유연한 방법으로 학생들을 이끌어나가야 할 책임이 가르치는 사람에게 있는 법이다. 그럼에도 글쓰기의 가치와 목적을 이해하지 못한 학생들에게 면죄부를 줄 생각은 전혀 없다. 나는 여전히 화나 있다.

데릭 젠슨의 『네 멋대로 써라』(김정훈 옮김, 삼인, 2005)는 실망과 분노, 그리고 허탈감에 빠져 있는 한 사이비 글쓰기 강사를 크게 격려, 고무해주었다. 얼마나 신나고 재미있게 읽었던지, 나는 이 책을 일러 스티븐 킹의 『유혹하는 글쓰기』와 나탈리 골드버그의 『뼛속까지 내려가서 써라』의 장점을 고루 성취하고 있으면서, 그 두 책이 미처 담지 못한 것까지 아우르고 있다, 고 평할 정도다. 이 두 권의 책을 읽은 이라면, 방금 한 말이 얼마나 극찬인지 알리라. 책에 대해서라면 도통 흥분하지 않는 성격이지만, 이번에는 예외인 셈이다.

이 책이 킹과 골드버그의 것과 어깨를 나란히할 만한 점은 자전적 요소를 표나게 강조한다는 사실에서 찾을 수 있다. 각별히 젠슨은 대학과 교도소에서 글쓰기를 가르쳤던 경험을 바탕으로 하고 있어 현장감이 더 넘친다. 킹과 직접적 연관성을 보이는 곳은 글쓰기의 여섯째 규칙을 말하는 대목이다. "말하지 말고 보여 줘라"를 설명하면서 킹이 말한 "특정한 걸 갖고 와라"를 인용했다. 그런데 무엇보다도 글쓰기를 낚시에 빗대어 말하는 데서 두 사람은 겹친다. 써야 비로소 영감이 떠오른다는 면에서 두 사람은 뜻을 같이하고 있는 것이다. 통제를 멈추고 쓰고 싶은 걸 실컷 쓰라는 주장은 골드버그와 통한다.

젠슨만의 독창성은, 이름하여 정치적 올바름이라 할 만한 것에 있다. 지은이가 학생들에게 가장 힘주어 말한 것은 권위를 의심하라, 였다. 이 말을 거꾸로 하면 사람들이 글을 못 쓰는 이유를 명확히 알 수 있다. "예의 차리는 사람, 붙임성 좋은 사람, 인정받기를 원하는 사람, 등급 매기기를 원하는 사람, 모든 강한 의견, 모든 강한 충동 앞에서 얼버무리는 사람. 그 사람은 지랄같이 가치 있는 걸 쓸 줄" 모른다. 그러나 정작 우리 안에는 글을 쓸 수 있는 사람이 무려 "백 명이 들어 앉아" 있다. 그 각각에 자기 생각이 있고, 내면에서 솟아오르는 이들의 말을 받아적기만 해도 좋은 글이 되게 마련이다. "다른 모든 건 그냥 기술적인 것"에 불과할 뿐이다.

내가 이 책을 상찬하는 것은 글쓰기를 바라보는 문제의식이 같기 때문이다. 나는 학생들에게 글쓰기의 잔재주를 가르치려 하지 않았다. 그저 집요하게 물어보려 했을 뿐이다. 지금 상황이 만족스럽냐, 아니라면 이유가 뭐냐, 어떻게 해야 해결할 수 있겠냐, 그럼 그것을 글로 써봐라, 라고 말이다. 이것이야말로 "열정의 방아쇠를 세게 당겨 자의식을 떨쳐버리고 느낌과 말과 뜻 속으로 완전히 빠져들 수 있도록" 만드는 지름길이라 믿어서였다. 그런데, 나는 실패했고, 젠슨은 성공했다. 그 이유를 스스로 밝히자면, 그의 타고난 엽기적 유머가 나에게는 없기 때문이다. 젠슨의 책을 읽는 또 다른 즐거움이 바로 여기에 있기도 하다.

정보를 지식으로 바꾸는 연금술

마츠오카 세이고의 『지식의 편집』

에드거 앨런 포의 『도둑맞은 편지』에는 정보독점의 사회적 의미를 일깨워주는 대목이 나온다. 교활한 D장관은 왕비로 짐작되는 부인의 편지를 훔친다. 그는 편지를 소유만 하고 있을 뿐 결코 사용하지 않는다. 부인에게 정치적인 영향력을 지속적으로 행사하기 위해서다. 『다빈치 코드』에서 아링가로사 주교가 위험한 거래를 하기로 마음먹은 것은 정보를 독점하기 위해서였다. 나중에 성배의 내용을 공개하겠다고 교황청에 으름장을 놓아 위기에 놓인 교단을 보호할 속셈이었다.

인터넷이 일상화하면서 정보에 관한 담론은 바뀌었다. 주경철 교수는 『언어 사중주』에서 정보범람 현상에 대해 의미 있는 말을 한다. 정보를 숨기고 싶지만 숨길 수 없을 때 이를 해결하는 방법이 있다. 정보의 유통을 막고 있는 둑을 터버려 아예 넘쳐나게 하는 것이다. 이런 상황이 되면, 정작 중요한 정보를 손에 넣고도 그것의 가치를 모르는 일이 벌어지고 만다. 포의 『도둑맞은 편지』는 이런 점에서 주목할 만한 상황을 설정하고 있다. 문제의 편지가 숨겨져 있는 곳은, 금고나 벽장 따위가 아닌, 사람들의 눈에 잘 띄는 편지함이었다. 범람은 은폐의 지름길이다. 정보 획득력보다 정보가치를 제대로 판단하는 능력이 중요해지고 있다.

마츠오카 세이고의 『지식의 편집』(변은숙 옮김, 이학사, 2004)은 정보를 지식으로 바꾸는 '연금술'에 관한 책이다. 지은이는 그저 흩어져 있기만 한 정보가 쓸모 있는 정보로 탈바꿈할 때 지식이 된다고 말한다. 그리고 정보를 지식으로 만드는 행위를 일컬어 편집이라 정의한다. 이를 바꾸어 표현하면, 지은이의 말대로 책이나 잡지 만드는 일만 아니라, "커뮤니케이션이 깊어지고 넓어지는 방법"을 통틀어 편집이라 할 수 있다. 편집에서 가장 중요한 것은 '관계의 발견'이라는 주장은 설득력 높다. 나는 그것을 은유의 발견이라고 여겨왔다. 서로 다른 것처럼 보이지만, 예민한 감수성의 촉수로 그것들 사이의 공통점을 찾아내어 하나로 묶어내는 일이야말로 창발적인 행위다. 그래서이겠지만, 지은이는 21세기를 '방법의 시대'라고 이름지어 붙인다.

편집에는 크게 두 종류가 있으니, 요약과 연상이다. 요약은 정보의 특징을 최대한 단순하게 만드는 것이고, 연상은 '있는 것'에서 다른 정보를 이끌어내는 것이다. 지은이도 적절히 말하지만, 책 읽을 적에 우리는 무의식적으로 편집행위를 실천한다. 책읽는 것은 지은이의 주장을 간략하게 줄여나가는 일이며, 더불어 그것을 통해 더 많은 것을 상상하거나 생각하는 것이기 때문이다. 편집이 의사소통의 방법임을 떠올린다면, 요약이 얼마나 중요한지 금세 눈치챌 수 있다. 짧은 시간 안에 고갱이를 정확하게 정리하는 능력은 현대사회에서 중요한 덕목으로 대접받고 있다. 연상은 지식의 지평을 넓혀 가는 행위라는 점에서 특별히 주목할 필요가 있다. 부가가치는 이곳에서 생성된다.

이 책은 원론만 '설교'하고 있지는 않다. 편집기법의 '퍼레이드'도 나오고, 연습 문제도 있다. 단, 일본독자들을 염두에 두고 쓴 책이라 가끔 이해하기 어려운 대목이 나오는 게 못내 아쉬웠다. 이 책의 미덕은, 내용의 적절성이나 주장의 새로움보다, 많은 것을 연상시킨다는 점에 있다. 당장 나는 이 책을 읽고 정민, 정재승 교수야말로 요약과 연상편집 능력이 뛰어난 지식인이라는 생각을 떠올렸다. 지식을 생산하는 방법이 어떻게 바뀌었는지 조감할 수 있는 책이다.

칭찬은 아빠도 춤추게 한다

김상복의 『엄마, 힘들 땐 울어도 괜찮아』

사서교사로 일하는 분한테서 『엄마, 힘들 땐 울어도 괜찮아』 (김상복, 21세기북스, 2004)라는 책을 소개받았을 때는 의아한 기분이 들었다. 아이들이 부모님을 칭찬하는 내용이 담긴 책이라는 사실부터가 낯설었다. 칭찬이라면 윗사람이 아랫사람에게 하는 것이지 않던가. 그리고 이 책의 저본이 한 중학교 선생님이 수행평가로 내준 부모님 칭찬하기 일기였다는 점에서 당황하지 않을 수 없었다. 이제는 별의별 숙제가 다 있구나 하는 생각과 함께 진정성이라는 점에 의심이 들었다. 과연 숙제로 낸 칭찬이 교육효과를 거둘 수 있겠나 싶었다. 보통사람이라면, 아마 책을 읽지 않을 수도 있을 터이다. 문제가 있다 싶으면 아예 그 책을 안 읽는 것도 시간을 아끼는 방법이다. 그러나 미련하기로 유명한 나는, 도대체 어떤 책일까 싶어 읽어나가지 않을 수 없었다.

삐딱한 시선으로 읽기 시작한지라 다른 무엇보다 실수담이 눈에 띄었다. 아버지가 텔레비전을 보다 방귀를 뀌자 '숙제' 할 틈을 노리던 딸이 이때다 싶어 한마디했다. "아빠 방귀소리는 커… 그렇지만 개성적이야." 가족들의 반응이야 불을 보듯 뻔하다. 허탈해 할 수밖에 더 있겠는가. 어머니가 주전부리로 라면을 끓여주자, 칭찬한답시고 "라면 존나 맛있어" 하자 어머니가 대뜸 물어왔다. "존나가 뭐니?" 이 낱말을 설명할 자식이 누가 있겠는가. 이런 경우도 있다. 화분에 물을 주는 엄마에게 칭찬의 말을 건넸다. "엄마가 물을 줘서 꽃이 빨리 필 것 같아요"라고. 돌아온 답은 민망하기 짝이 없으니, 마침 그때 물을 주던 난은 꽃이 안 피는 종이었단다.

실수가 많았던 것은 워낙 안 해보던 일이어서였을 것이다. 칭찬이란 위에서 아래로 흐르는 것이지 그 반대는 아니라는 고정관념이 아이들의 발목을 잡았을 것으로 짐작된다. 그러기에 말을 바꿨으면 어떨까 싶었다. 어른께 드리는 칭찬이란 진심으로 감사드리는 일이라고 말이다. 그러면 아이들이 좀더 홀가분한 심정으로 숙제를 할 수 있었지 않을까 싶다. 아이들의 칭찬일기에는 코끝이 찡해지는 이야기도 많다. 아버지가 아들한테 팔씨름을 도전했다. 중학생 아들에게 질 아버지는 그리 많지 않을 성싶다. 팔씨름에서 진 아들이 아빠 힘 세다고 칭찬한다. 그랬더니 기분이 좋아진 아버지 왈, "넌 대학 가도 나한테 안돼!"라고 큰소리친다. 그 아들이 속으로 생각한다. 고등학생만 돼도 이길 것 같다고. 그래도 계속 져 드려야겠다고. 책 제목으로 쓰인 일기도 감동적이다. 엄마는 시장에서 장사를 한다. 늘 혼자 고생이지만 아이들에게 웃음을 보이려고 애쓴다. 엄마가 안쓰러워 보인 딸이 엄마에게 말을 건넨다.

"엄마, 힘들 땐 울어도 괜찮아요. 엄마는 지금 충분히 우리를 위해 노력하고 계세요."

칭찬은 고래도 춤추게 한다더니, 아이들의 칭찬이 가정의 화목을 이끌어냈다. 공부가 즐거웠던 사람이 얼마나 되겠는가. 선생님이 채근을 해대니 억지로 한 적도 많다. 그러나 훗날에 되돌아보면, 그래서 배우게 된 것도 많지 않던가. 억지로라도 해서 몸에 익히면 잘 하게 되는 것도 있다. 칭찬일기를 숙제로 낸 교사의 마음이 꼭 그러했으리라. 남 칭찬하기에 인색했던 사람이라면, 겸손한 마음으로 아이들에게 배워 볼 것. 그리하여 갈등만 일으켜온 윗사람부터 칭찬해 볼 것. 괜한 소리일지 모르지만, 아부와 칭찬은 다른 법이다. 그걸 구별하지 못하면, 기대했던 칭찬의 약효는 없을 것이다.

두려움을 떨쳐버리고 이제 글을 써라

『글쓰기의 쾌락』과 『THE ONE PAGE PROPOSAL』

알고 지내던 월간지 기자한테서 전화가 왔습니다. 창간 72주년 기념 부록으로 글쓰기 책을 내려는데 한 꼭지 맡으라는 원고 청탁 전화였습니다. 책 제목은 이미 정한 듯한데, 잘 들리지 않아 건성으로 대꾸하며 넘겼지만, 기획의도는 제대로 들었습니다. 학생시절 글이라고는 단 한 줄도 안 써 보았던 사람들이 직장에 들어가보니 의외로 글을 써야 할 경우가 많아 당혹스러워한 경험이 많다는군요. 그래 글은 왜, 어떻게 써야 하는지를 주제로 한 권의 책을 내겠다는 것이었습니다. 이야기를 들으며 저는 맞장구를 치지 않을 수 없었습니다. 많이 알면 무엇하겠습니까. 자기 생각을 조리있고 재미있게 남에게 펼칠 수 없으면 아무 소용없는 법입니다. 참, 좋은 주제를 잡아 책을 내기로 했다며 기자를 치켜세웠습니다. 급한 일이 있어 약속했던 원고마감을 며칠 넘기고 말았습니다만, 저도 오랜만에 흥미로운 글을 썼더랬습니다. 그런데 출간된 책을 보고는 뒤로 자빠지는 줄 알았습니다. 부제가 '읽고 쓰고 생각하는 즐거움' 이라 붙은 이 책의 제목이 글쎄『글쓰기의 쾌락』(신동아, 2003)이지 무어겠습니까. 세상에, 글을 쓰면서 쾌락을 느낄 사람이 얼마나 있다고 이런 제목을 붙였는지 알 수 없는 노릇이었습니다. 편집자 입장에서는 좀더 자극적이고 인상적인 제목을 달고 싶어서 그러했겠지만, 저에게는 글쓰기가 여전히 고통이라 이 제목을 받아들이기 어려웠습니다.

물론, 과정이 고통스럽더라도 그 결과가 쾌락일 수는 있습니다, 라고 쓰려고 보니 쾌락이라는 낱말이 마음에 걸리는군요. 입말로는 잘 쓰지 않는데다 이 낱말이 대체로 부정적인 분위기를 띠는 곳에서 쓰이기 때문입니다. 그냥 글쓰기의 즐거움은 어떨까 싶습니다만, 이미 나온 책제목을 입맛에 맞춰 바꿀 수도 없는지라 쾌락이라는 말을 계속 쓸 수밖에 없습니다. 어찌 했든 글을 제대로 써 자신이 목표한 바를 이루었다면, 아무리 고통스러운 과정을 거쳤더라도 쾌락일 수 있을 겁니다. 그런데 제 짐작에 제목으로 쾌락이라는 말을 쓸 수 있었던 것은 이 책의 글쓰기가 문학적인 것을 제외하고 있었기 때문일 겁니다. 흔히 말하는 생활글이나 실용문을 중심으로 편집되어 있기에 그런 제목이 가능했던 게지요. 저는 이 책의 기획이 돋보이는 점이 거기에 있다고 봅니다. 공짜로 주는 책이라고 함부로 만들지 않고, 읽는 이들의 현실적 필요에 맞추려고 애를 쓴 흔적이 보인 겁니다. 그 동안 글쓰기라 하면 으레 문학만을 가리키는 경우가 많았고, 이럴 경우에는 타고난 재능이 중요한 문제가 되는지라 많은 사람들이 글쓰기를 아예 포기하는 일도 자주 있었습니다. 그러나 글쓰기가 문학에 국한될 이유가 있던가요. 가장 뛰어난 글쓰기가 문학일 수는 있을지언정 문학이 글쓰기의 전부는 아닌 겁니다.

그런데 왜 직장인들이 글쓰기 때문에 스트레스를 받을까요. 오늘날은 영상의 시대인 데다 구어의 시대가 아니던가요. 말로 때우면 될 법한데, 현실은 그게 아닌 모양입니다. 이유가 어디에 있나 했더니 "인터넷이 도입되어 모든 직장 업무나 의사소통이 기존의 '면 대 면(face to face)' 방식에서 전자우편(이메일), 인터넷 게시판 등을 중심으로 하는 디지털 글쓰기 방식으로 변화되면서, 글쓰기 능력은 그 어느 때보다도 중요한 경쟁력으로 대두"되어서랍니다. 정말 설득력 있고 타당성이 높은 분석이지요. 이 같은 지적은 구체적인 통계자료로도 입증됩니다. 미국에서 성공한 엔지니어 24명을 대상으로 한 설문조사에 따르면, "본인 업무에서 효과적인 문장력의 필요성은?"이라는 질문에 필수적임이라고 답한 사람이 111명(45%)이었고, 매우 중요함이라고 말한 사람은 124명(50%)이나 되었습니다. "부하의 문장력을 진급심사에서 어느 정도 고려하는가"라는 질문에는 필수적임이라고 답한 사람이 63명(26%)이었고, 많이 고려함은 153명(63%)이나 되었습니다. 근무 경력이 3~4년인 4,095명을 대상으로 "산업체 근무를 성공적으로 수행하기 위하여 필요한 학과목은 무엇이냐"고 물었더니, 2위가 기술자 글쓰기(Technical Writing)라고 답한 결과도 있었습니다. 직장생활하면서 글쓰기가 얼마나 중요한지를 일러주는 자료들입니다.

일상에서 쓰는 글, 그러니까 생활글로는 일기, 편지, 에세이, 독후감 등속이 있습니다. 그리고 사회생활을 하면서 가장 자주 쓰게 되는 글을 아무래도 기획서이겠지요. 이 책에는 기획서를 쓰는 요령도 나와 있습니다. 정영석(휴노컨설팅 비즈니스 컨설팀장)은 기획서를 일러 "충분한 지식과 논리적인 사고, 그리고 설득 기술의 조화로운 결합으로 비즈니스 분야에서 '글쓰기의 종합예술'이라 할 수 있다"고 말합니다. 조금 과장이다 싶으면서도 이해가 갑니다. 기획서가 재미있어야 한다고 말한 이답게 흥미로운 비유를 하나 들고 있는데, 기획서를 잘 만드는 사람은 만화 스머프의 주인공들인 투덜이, 공상이, 편리, 허영이를 합쳐놓은 모습이라는 겁니다. 무슨 말인가 싶을 텐데 설명하면 이렇습니다. 전혀 새로운 시각에서 문제에 접근하고 역시 그에 따른 새로운 대안을 내놓는다는 점에서는 공상이를 닮아야 한답니다. 무언가 새로운 것을 창조한다는 것 자체에 매력을 느껴야 한다는 점은 편리와 유사하다는 거구요. 기획서를 쓸 때는 어느 정도 자신감이 필요하기에 허영이의 자질이 요구된다는군요. 기획서를 작성하는 사람이 가장 경계해야 할 캐릭터는 똘똘이랍니다. "모두가 아는 이야기를 마치 자기만 아는 듯 지루하게 풀어내면 곤란하다"는 거지요. 이런 내용은 기획서를 쓰는 데 특별히 요구되는 사항입니다만, 어느 종류의 글을 쓰든 반드시 지켜야 할 원칙이 있습니다. 원진숙(서울교대 교수)은 그 원칙을 다음처럼 정리했습니다.

- 문장은 되도록 짧게 써라.
- 주어를 갖춰서 쓰도록 하라.
- 수동형 문장은 피하고 능동형 문장으로 쓰도록 하라.
- 불필요한 단어는 과감하게 삭제하라.
- 주어와 서술어가 호응하는지 확인하라.
- 문장에서 꼭 필요한 성분이 빠져 있지 않은지 확인하라.

- 조사를 정확하게 사용하라.

- 문장 간의 연관성에 주목하라.

- 문장 간의 연결 장치를 효과적으로 사용하라.

- 모호한 문장은 피하라.

- 단락을 중심으로 글을 구성하라

하다보니 이야기가 기획서 쓰기로 좁아졌으니만치, 이 책을 언급하지 않고 넘어갈 수 없군요. 패트릭 G. 라일리의 『THE ONE PAGE PROPOSAL』(안진환 옮김, 을유문화사, 2002) 말입니다. 지은이가 이 책을 쓴 동기가 그럴듯합니다. 1980년대 중반, 지은이는 소문난 갑부인 애드넌 카쇼기의 초대로 요트파티에 참석했다고 합니다. 이 자리에서 두 사람은 지은이가 제출한 기획서를 논의할 예정이었는데, 오랜 기다림 끝에 성사된 만남에서 지은이는 충격적인 말을 듣게 됩니다. 기획서가 잘 되었는지 잘못되었는지에 대한 평가 이전에 너무 분량이 많아 고려의 대상에 들지 않았다는 겁니다. 그러면서 카쇼기가 지은이에게 1 Page Proposal을 제안했답니다. "거래 여부를 판단하는 결정을 내리는 자리에 있는 사람치고 한 쪽 이상의 분량을 읽을 만큼 시간이 있는 사람은 매우 드문 법이오. 문화와 언어가 달라도 그 사실은 변함이 없"다는 것입니다. 내용이 부실해서가 아니라 간결하지 못해 기획서가 읽히지 않는다면 큰 문제 아니겠습니까. 지은이는 카쇼기의 도움 말대로 1 Page Proposal을 적극적으로 활용해 큰 이익을 얻었답니다.

지은이는 1 Page Proposal의 미덕을 "사람의 마음을 끄는 형식이 화려한 포장을 대신하고, 레이저 같은 투명함이 진부함을 대신한다"고 말합니다. 그러면서 우리가 흔히 보는 화려하고 두꺼운 기획서는 디자이너와 프린트 회사를 부자로 만들어줄 뿐이라고 조롱합니다. 저는 지은이의 의견에 전적으로 동의하는 축에 듭니다. 간결하면서도 핵심적인 문장으로 씌어진 기획서가 영향력 면에서 더 강하다고 믿고 있는 거지요. 물론, 익히 짐작하시겠지만, 이 기획서 쓰기는 충분한 워밍업을 전제로 한다는 사실을 잊어서는 안 됩니다. 한 쪽짜리라니까 사전조사작업도 대충하고, 후다닥 써내려가면 되는 걸로 알면 안 되지요. 사전조사작업을 비롯해 준비과정에 시간을 많이 할애하라는 뜻으로 지은이는 "완벽해지기 전까지, 1 Page Proposal은 세상에 나오면 안 된다"고 말합니다. 이 정도만 듣더라도 벌써 호감이 가 쓰는 요령을 알고 싶을 터인데, 책이 얇고 실제적인 사례가 많이 소개돼 있으니만큼 직접 읽어보는 게 좋을 듯합니다. 여기에서는 한 쪽짜리 기획서가 제목, 부제, 목표, 2차 목표, 논리적 근거, 재정, 현재 상태, 실행 등 여덟 개 항목으로 짜여진다는 것만 밝혀놓겠습니다. 덤으로 하나 더 일러드리면, 기획서의 문체는 단순성, 직접성, 명확성을 특징으로 해야 한다고 합니다. 너무 상투적인가요. 하나, 사실 원칙이라는 게 알고 보면 별거 아닌 것처럼 보이지만, 실행하기는 정작 어려운 것들을 가리키는 거 아니겠습니까.

글을 써서 먹고 살아야 하는 저 같은 사람도 글쓰기란 거의 공포에 가깝습니다. 아무리 숨기려 해도 자신의 몰골이 드러나게 되어 있고, 잘 쓴 사람의 것과 비교하면 부끄럽게 마련입니다. 그렇다고 구더기 무서워 장 못담는 우를 범할 수 없는 노릇입니다. 좋은 글을 쓰려고 애를 쓰다보면 자신도 모르게 성장한 모습을 발견하게 됩니다. 더욱이 우리가 써야 할 글은 문학적 품격까지 갖출 필요가 없다는 점을 기억해야 합니다. "주요사실을 알기 쉽고 간결하게" 쓰면 됩니다. 세상을 바꾸고 싶은 욕심은 누구에게나 있습니다. 그러려면 다른 사람을 설득해야 합니다. 왜 이 일을 꾸미고자 하는지, 어떻게 할 것인지, 돈을 마련할 방법은 무엇인지, 그래서 기대되는 효과가 무엇인지를 설명해야지요. 아무리 뜻이 크고 높더라도 글을 쓰지 않으면, 어떤 일도 시작할 수 없습니다. 아직 글쓰기에 대한 두려움을 떨쳐버리지 못했고, 여전히 자신감이 없다면 앞에 소개해드린 책을 읽어보십시오. 세상을 바꿀 작지만 의미 있는 힘을 이 책들에서 얻을 수 있을 겁니다.

| 함께 읽은 책 |

『가비오따쓰』 (앨런 와이즈먼, 황대권 옮김, 랜덤하우스코리아, 2008)

『강릉 가는 옛 길』 (이순원, 다림, 2002)

『걷기의 철학』 (크리스토프 라무르, 고아침, 개마고원, 2007)

『게으름의 즐거움』 (피에르 쌍소 외, 함유선 옮김, 호미, 2003)

『경제의 진실』 (존 케네스 갤브레이스, 이해준 옮김, 지식의날개, 2007)

『공자와 맹자에게 직접 배운다』 (린타캉 · 탕쉰, 강진석 옮김, 휴머니스트, 2004)

『귀환』 (안토니오 네그리, 윤수종 옮김, 이학사, 2006)

『그림 속 세상으로 뛰어든 화가 렘브란트』 (토마스 다비트, 노성두 옮김, 랜덤하우스코
리아, 2006)

『글쓰기의 쾌락』 (신동아, 2003)

『Giving』 (빌 클린턴, 김태훈 옮김, 물푸레, 2007)

『꽃아 꽃아 문 열어라』 (이윤기, 열림원, 2007)

『꿈꾸는 책들의 도시』 (발터 뫼르스, 두행숙 옮김, 들녘, 2005)

『나는 공부를 못해』 (야마다 에이미, 양억관 옮김, 작가정신, 2004)

『나의 가장 나종 지니인 것』 (박완서, 문학동네, 2006)

『나의 삶은 서서히 진화해 왔다』 (찰스 다윈, 이한중 옮김, 갈라파고스, 2003)

『나의 해방전후』 (유종호, 민음사, 2004)

『남자』 (디트리히 슈바니츠, 인성기 옮김, 들녘, 2002)

『남한산성』 (김훈, 학고재, 2007)

『낭만적 사랑과 사회』 (정이현, 문학과지성사, 2003)

『내 아버지로부터의 꿈』(버락 오바마, 이경식 옮김, 랜덤하우스코리아, 2007)

『내 아이가 책을 읽는다』(박영숙, 알마, 2006)

『내 안의 유인원』(프란스 드 발, 이충호 옮김, 김영사, 2005)

『네 멋대로 써라』(데릭 젠슨, 김정훈 옮김, 삼인, 2005)

『노장사상』(박이문, 문학과지성사, 2004)

『놀이와 예술 그리고 상상력』(진중권, 휴머니스트, 2005)

『느린 희망』(유재현, 그린비, 2006)

『니체의 위험한 책, 차라투스라는 이렇게 말했다』(고병권, 그린비, 2003)

『다시 에드워드 사이드를 위하여』(빌 애쉬크로프트 · 팔 알루와리아, 윤영실 옮김, 앨피, 2005)

『다윈의 대답 3:남자 일과 여자 일은 따로 있는가?』(킹즐리 브라운, 강호정 옮김, 이음, 2007)

『달의 바다』(정한아, 문학동네, 2007)

『당신들의 대한민국』(박노자, 한겨레출판, 2006)

『대화』(리영희 · 임헌영 대담, 한길사, 2005)

『THE ONE PAGE PROPOSAL』(패트릭 G. 라일리, 안진환 옮김, 을유문화사, 2002)

『독립협회, 토론공화국을 꿈꾸다』(이황직, 프로네시스, 2007)

『라 퐁텐 그림우화』(장 드 라 퐁텐, 박명숙 옮김, 시공사, 2004)

『마르탱 게르의 귀향』(나탈리 제먼 데이비스, 양희영 옮김, 지식의풍경, 2000)

『마크 트웨인 자서전』(마크 트웨인, 찰스 네이터 엮음, 안기순 옮김, 고즈윈, 2005)

『맹자가 살아 있다면』(조성기, 동아일보사, 2001)

『모내기 블루스』(김종광, 창비, 2002)

『미완의 시대』(에릭 홉스봄, 이희재 옮김, 민음사, 2007)

『미학 오디세이 3』(진중권, 휴머니스트, 2004)

『본드걸 미미양의 모험』 (오현종, 문학동네, 2007)

『비단꽃 넘세』 (김금화, 생각의나무, 2007)

『사대부의 시대』 (고지마 쓰요시, 신현승 옮김, 동아시아, 2004)

『사랑의 역사』 (니콜 크라우스, 한은경 옮김, 민음사, 2006)

『산해경』 (장수철 옮김, 현암사, 2005)

『살아 있는 것들의 아름다움』 (나탈리 앤지어, 햇살과나무꾼 옮김, 해나무, 2003)

『삼국지』 (고우영, 애니북스, 2007)

『30분에 읽는 융』 (루스 베리, 양혜경 옮김, 랜덤하우스코리아, 2004)

『성애』 (김형경, 푸른숲, 2004)

『세 바퀴로 가는 과학자전거』 (강양구, 뿌리와이파리, 2006)

『세상에서 가장 아름다운 SEX』 (크리스틴 디볼트 글, 래리 고닉 그림, 변영우 옮김, 궁리, 2000)

『세상에서 가장 재미있는 세계사』 (래리 고닉, 이희재 옮김, 궁리, 2006)

『세상에서 가장 재미있는 유전학』 (마크 휠리스 글, 래리 고닉 그림, 윤소영 옮김, 궁리, 2007)

『셰익스피어&컴퍼니』 (실비아 비치, 박중서 옮김, 뜨인돌, 2007)

『소금꽃 나무』 (김진숙, 후마니타스, 2007)

『소설 사마천』 (커원후이, 김윤진 옮김, 서해문집, 2007)

『술탄 살라딘』 (타리크 알리, 정영목 옮김, 미래M&B, 2005)

『슬픈 카페의 노래』 (카슨 매컬러스, 장영희 옮김, 열림원, 2005)

『69 : sixty nine』 (무라카미 류, 양억관 옮김, 작가정신, 2004)

『신자유주의』 (데이비드 하비, 최병두 옮김, 한울아카데미, 2007)

『실크로드 문명기행』 (정수일, 한겨레출판, 2006)

『쌀』 (쑤퉁, 김은신 옮김, 아고라, 2007)

『아랑은 왜』(김영하, 문학과지성사, 2001)

『아름다운 여신과의 유희』(나카무라 신이치로, 유숙자 옮김, 현대문학, 2004)

『아메리카 타운 왕언니 죽기 오분 전까지 악을 쓰다』(김연자, 삼인, 2005)

『엄마, 힘들 땐 울어도 괜찮아』(김상복, 21세기북스, 2004)

『에게』(다치바나 다카시, 이규원 옮김, 청어람미디어, 2006)

『에드거 스노 자서전』(에드거 스노, 최재봉 옮김, 김영사, 2005)

『여러분! 이 뉴스를 어떻게 전해 드려야 할까요?』(한학수, 사회평론, 2006)

『연애소설 읽는 노인』(루이스 세풀베다, 열린책들, 2001)

『열하일기, 웃음과 역설의 유쾌한 시공간』(고미숙, 그린비, 2003)

『우주뱀=DNA』(제레미 나비, 김지현 옮김, 들녘, 2002)

『유림』(최인호, 열림원, 2005)

『은행원 니시키씨의 행방』(이케이도 준, 민경욱 옮김, 미디어2.0, 2007)

『이야기의 숲에서 한비자를 만나다』(이상수 편역, 웅진지식하우스, 2007)

『이어령의 삼국유사 이야기』(이어령, 서정시학, 2006)

『이현의 연애』(심윤경, 문학동네, 2006)

『일본 근대의 풍경』(유모토 고이치, 연구공간 수유+너머 옮김, 그린비, 2004)

『읽기의 힘, 듣기의 힘』(다치바나 다카시 외, 이언숙 옮김, 열대림, 2007)

『자본론 범죄』(칼 마르크스, 이승은 옮김, 생각의나무, 2004)

『자유론』(존 스튜어트 밀, 서병훈 옮김, 책세상, 2006)

『자유의 무늬』(고종석, 개마고원, 2002)

『재일 강상중』(강상중, 삶과꿈, 2004)

『전쟁에 반대한다』(밀란 레이, 신현승 옮김, 산해, 2003)

『전쟁중독』(조엘 안드레아스, 평화네트워크 옮김, 창해, 2003)

『제국의 후예』(카터 에커트, 주익종 옮김, 푸른역사, 2008)

『조선 청년 안토니오 코레아, 루벤스를 만나다』(곽차섭, 푸른역사, 2004)

『주기율표』(프리모 레비, 이현경 옮김, 돌베개, 2007)

『중국에 바친 나의 청춘』(님 웨일즈, 한기찬 옮김, 지리산, 1994)

『지식의 편집』(마츠오카 세이고, 변은숙 옮김, 이학사, 2004)

『진화를 잡아라!』(데이비드 버니, 김성한 옮김, 궁리, 2002)

『채링크로스 84번지』(헬렌 한프, 이민아 옮김, 궁리, 2004)

『채식주의자』(한강, 창비, 2007)

『철학, 삶을 만나다』(강신주, 이학사, 2006)

『침이 고인다』(김애란, 문학과지성사, 2007)

『쾌도난마 한국경제』(장하준 외, 이종태 엮음, 부키, 2005)

『퇴계와 고봉, 편지를 쓰다』(이황 · 기대승, 김영두 옮김, 소나무, 2003)

『88만원 세대』(우석훈 · 박권일, 레디앙, 2007)

『풀숲을 쳐 뱀을 놀라게 하다』(배병삼, 문학동네, 2004)

『플라톤 향연』(조안 스파르, 이세진 옮김, 문학동네, 2006)

『하늘에 새긴 우리 역사』(박창범, 김영사, 2002)

『학교 도서관에서 책읽기』(백화현 외, 우리교육, 2005)

『한국 근대사의 풍경』(노형석, 생각의나무, 2006)

『해리포터, 청바지를 입은 마법사』(앤드류 블레이크, 이택광 옮김, 이후, 2002)

『행복한 기부』(토마스 람게, 이구호 옮김, 풀빛, 2007)

『현경과 앨리스의 神나는 연애』(현경 · 앨리스 워커, 마음산책, 2004)

『호두나무 왼쪽길로』(박흥용, 황매, 2003)

『화가와 모델』(이주헌, 예담, 2003)